Себастьян Жапризо
ДОЛГАЯ ПОМОЛВКА

DE FIANÇAILLES

Sébastien Japrisot

UN LONG DIMANCHE DE FIANÇAILLES

Себастьян Жапризо

ДОЛГАЯ ПОМОЛВКА

Роман

ЛИМБУС ПРЕСС
Санкт-Петербург · Москва
2005

Перевод с французского А. Брагинского

Себастьян Жапризо
Долгая помолвка: Роман. – СПб.: Лимбус Пресс, 2005. –
288 с.

Любовно-детективный роман от признанного короля жанра. Жених расстрелян по приговору военно-полевого суда? – но это еще не повод, чтобы прервать долгую, затянувшуюся на годы, помолвку. Матильда ищет Манеша – среди живых или мертвых.

"Долгая помолвка" Себастьяна Жапризо и фильм Жан-Пьера Жене с таким же названием выходят в России одновременно. Матильду играет блистательная Одри Тоту.

ISBN 5-8370-0389-4

© Éditions DENOËL, 1991
© А. Брагинский, перевод / ООО "Издательство "Лимбус Пресс", 1997, 2005
© А. Веселов, оформление / ООО "Издательство "Лимбус Пресс", 2005
© Оригинал-макет / ООО "Издательство "Лимбус Пресс", 2005

– Взгляни-ка на дорогу! Кого ты там видишь?

– Никого, – ответила Алиса.

– Мне бы такое зрение, – заметил Король с завистью. – Увидеть Никого! Да еще на таком расстоянии... А я против солнца и настоящих-то людей с трудом различаю!

Льюис Кэрролл. "Алиса в Зазеркалье"

В СУББОТУ ВЕЧЕРОМ

Жили-были пять французских солдат, которым на роду было написано воевать.

У первого, в прошлом разбитного, веселого парня, на шее болталась бляха с номером 2124, выданная призывным пунктом в департаменте Сена. А на ногах были сапоги, снятые с немца. Теперь эти сапоги, увязая в окопной жиже, шлепали из одной траншеи в другую, через забытый Богом лабиринт, ведущий на передовую.

Следуя друг за другом и спотыкаясь на каждом шагу, со связанными за спиной руками, все пятеро шли к передовой. Их вели люди с ружьями наперевес из траншеи в траншею, навстречу вечерним сполохам – хлюп-хлюп, чавкали по грязи сапоги, снятые с немца, – мимо первых линий окопов, мимо дохлой лошади, мимо брошенных ящиков с боеприпасами и разного другого похороненного под снегом хлама.

В те первые дни первого месяца 1917 года выпало много снега.

Номер 2124 брел по траншеям, с трудом вытаскивая ноги из грязи, и подчас кто-нибудь по доброте душевной помогал ему, схватив то за рукав, то за полу старой, задеревеневшей от холода шинели.

А еще были лица.

Десятки, сотни лиц, заляпанных грязью, повернутых в сторону узких траншейных переходов, провожающих безмолвными взглядами пятерку усталых солдат, через силу тащивших свои тела – все дальше, все вперед, в сторону передовой. В блеклых вечерних сумерках они смотрели из-под касок поверх поваленных деревьев и гор развороченной земли, их глаза на заляпанных грязью лицах не отрывались от этих пятерых со связанными за спиной руками.

В совсем еще недавние прекрасные деньки этот номер 2124, по прозвищу Эскимос, но отзывавшийся и на кличку Бастилец, был столяром, обтесывал рубанком доски, а в промежутках между двумя готовыми кухонными шкафами отправлялся пропустить стаканчик белого сухого вина к Малышу Луи на улицу Амело в Париже. Каждое утро он обматывал живот длинным фланелевым кушаком. Один раз, два, три раза. Окна его комнаты выходили на крытые шифером крыши, над которыми проносились стаи голубей. А в постели лежала черноволосая девушка, говорившая... – так что же она говорила?

Осторожно, не оборви провод.

С непокрытыми головами шли траншеями на передовую пятеро французских солдат со связанными размокшей и задубевшей, как и их шинели, веревкой руками, которым на роду было написано воевать.

И когда они проходили мимо других солдат, кто-нибудь обыденным, участливым тоном просил их не споткнуться о провод и не оборвать его.

Он был столяром, военный трибунал судил его за умышленный самострел. Так они решили, обнаружив на его раненой левой руке следы пороха, и приговорили к смертной казни. Но на самом деле все было не так. Он хотел вырвать седой волос на голове, а ружье, к тому же не его собственное, внезапно выстрелило, ибо на всем протяжении от моря на севере до гор на востоке в лабиринтах окопов, вырытых человеком, поселился дьявол. Так он и не сумел вырвать седой волос.

В 15-м году его наградили: упомянули в приказе и выдали деньги за пленных. Троих. Первый был взят в Шампани. С поднятыми вверх растопыренными руками, рыжим растрепанным клоком волос над глазами, он говорил по-французски. Он говорил... – так что же такое он говорил?

Осторожно, не оборви провод.

Двое других пленных остались рядом с одним из своих, умиравшим от неизвестно чего в животе – раскаленного осколка снаряда, осколка солнца, просто осколка. Они ползли, упираясь локтями, под разбитой двуколкой, в серых, отделанных красным кантом, пилотках, ползли в туго натянутых на голову пилотках. В тот день светило солнце, товарищ. Когда же это было? Где-то в разгар лета 15-го. Однажды он сошел с поезда в деревне и на перроне увидел пса, лаявшего на солдат.

Номер 2124 был резвым и крепким парнем, со здоровенными плечами трудяги, каким он был и в годы молодости, когда жажда приключений и задор толкнули его отправиться в Америку. У него были плечи дровосека, ломового извозчика, золотодобытчика, делавшие его меньше ростом. Теперь ему исполнилось тридцать семь лет, он верил всему тому, что говорилось в оправдание происходящего несчастья, всему тому, что теперь засыпал снег. Чтобы не холодно было дневалить, он снял сапоги с немца, которому они больше не требовались, взамен собственных старых разбитых башмаков, набитых соломой и газетной бумагой. Его осудили за самострел и еще раз, к сожалению, за то, что был выпивши и сделал глупость с товарищами. Но не стрелял в себя, это совершенно точно. Был награжден, старался как все остальные и теперь никак не мог взять в толк, что же с ним случилось. Он шел во главе пятерки, ибо был старше других, по заполненным водой траншеям, выставив вперед свои могучие плечи, провожаемый безмолвными взглядами товарищей.

У второго солдата со связанными руками был номер 4077 с призывного пункта тоже в департаменте Сена. Его бляха все еще болталась под рубахой, но все другие знаки отличия и награды и даже карманы мундира и шинели были, как и у его товарищей, сорваны. Входя в траншею, он поскользнулся, упал и промок до нитки. Может, это было и к лучшему: от сырости его левая рука онемела, и боль, мучившая много дней подряд, притупилась. Холод подействовал и на его разум: от страха он как будто задремал и воспринимал происходящее как дурной сон.

До этого сна он был капралом. Когда в их роте понадобился таковой, все солдаты высказались за него. Но он презирал звания. В нем жила непоколебимая уверенность, что когда-нибудь все люди станут свободными и равноправными, сварщики в том числе – ибо он был сварщиком в Баньё, близ Парижа, мужем и отцом двух дочерей, а голова у него была набита выученными наизусть красивыми фразами о рабочем человеке. Так в них говорилось – все это он хорошо вызубрил за тридцать лет жизни, да еще отец, рассказывавший ему о поре цветения вишен, тоже так понимал. Его отец, который узнал это от своего отца, накрепко вбил ему в голову, что бедняки своими руками делают пушки, из которых потом их расстреливают, а богачи этими пушками торгуют. Он пытался высказаться на этот счет во время привалов, в овинах, в деревенских трактирах, когда хозяйка зажигала керосиновую лампу, и жандарм умолял их разойтись по домам, – вы же, мол, славные ребята, будьте благоразумны, расходитесь. Но он не умел ни складно говорить, ни доходчиво объяснять. Вокруг было столько нищеты, а вино, спутник нищеты, так притупляло его мозг, что ему становилось еще труднее все им объяснить.

Незадолго до Рождества, когда они двигались к передовой, разнесся слух о том, что проделали некоторые солдаты. Он тоже зарядил ружье и выстрелил себе в левую руку, торопливо, не глядя, не успев даже ни о чем подумать, чтобы тотчас присоединиться к своим. В классе, где его судили, их было двадцать восемь, поступивших так же. Он был доволен, даже гордился тем, что их было двадцать восемь. Пусть ему не суждено это увидеть, ибо солнце для него заходило в последний раз, но он знал, что настанет день и для французов, немцев, русских – он говорил: всей оравы, – наступит день, когда никто не захочет воевать – никогда, ни за что. Он в это верил. У него были бледно-голубые глаза с мелкими красными прожилками, которые подчас встречаются у сварщиков.

Третий был из Дордони, и на груди у него висела бляха под номером 1818. Когда ему вручали ее, он удивленно покачал головой, поскольку в годы пребывания в приюте его шкафчики в столовой и спальне были под номером 18. С тех пор как он научился ходить, у него сохранялась неизменно тяжелая походка; теперь она была еще тяжелее из-за налипшей окопной грязи, да все в нем было тяжелым, терпеливым и упорным. Он тоже зарядил ружье и выстрелил в правую руку – он был левшой, – а глаза при этом не закрыл. Напротив, старался взглянуть на происшедшее как бы со стороны, неземным взором, отличавшим его от других взором, отражавшим его глубокое одиночество. Номер 1818 уже давно был одинок и в одиночку вел свою собственную войну.

Осторожно, не оборви провод.

Номер 1818 из солдат этой пятерки был самым смелым и самым опасным. За тридцать месяцев службы в армии он ни разу не дал повода для пересудов. И никогда не говорил о себе. Его взяли августовским утром на собственной ферме, впихнули в поезд, и отныне ему следовало заботиться о своей жизни, коли охота вернуться домой – это все, что он понял. Однажды он задушил ротного офицера. Это случилось во время наступления на Вёвре. Но никто не узнал об этом. Задушил собственными руками, придавив грудь коленом, а потом взял ружье и затрусил дальше, пригибаясь под оружейными залпами, вот и все.

У него была жена, тоже подкидыш, ее мягкую кожу он вспоминал с тех пор, как их разлучили. И это обычно мешало ему спать. Еще он вспоминал капельки пота на ее коже во время работы и ее бедные руки. Руки у жены были в ссадинах и жесткие, как у мужчин. На ферму они обычно нанимали трех поденщиков, трудившихся изо всех сил. Но, как и повсюду, мужчин взяли на войну, и жена, двадцати одного года от роду, на девять месяцев моложе, осталась единственной работницей.

Был у него и малыш, которого он заделал во время первой побывки и по случаю рождения которого он получил вторую. Первенец уже ходил от стула к стулу, обещая стать таким же крепышом, как и отец. Мать наградила его нежной кожей. Крепыша назвали Батистеном. За тридцать месяцев войны он имел две побывки, да еще одну попробовал устроить себе сам, но дальше Восточного вокзала в Париже уйти ему не дали. Не повезло ему, зато его жена, находясь за тысячу километров от него, едва умевшая писать и читать, поняла, что надо делать, и он впервые в жизни разревелся. Он вообще не помнил, чтобы когда-нибудь плакал. Вот только однажды в детстве, при этом ему запомнился платан, его кора и запах. Если бы ему повезло, он больше никогда бы в жизни не плакал.

Этот третий был единственным из пятерых, кто еще верил в удачу, верил, что его не убьют. Для этого, говорил он себе, незачем было их перевозить на другой фронт, а затем тащить на передовую. Суд над ними свершили на Сомме. Сначала их было пятнадцать человек, не имеющих смягчающих обстоятельств, потом стало десять. На каждом привале они теряли кого-нибудь одного, чья судьба так и оставалась неизвестной. Всю ночь они ехали сначала в одном поезде, затем день – в другом, потом их пересаживали с грузовика на грузовик. Сначала они ехали на юг, потом на запад и наконец на север. Оставшись впятером, они перли теперь пехом под эскортом раздосадованных поручением драгун. В какой-то разрушенной деревне им дали сухарей и воды и перевязали раны. Он уже не соображал, где они находятся.

Небо над ними стало блеклым и пустынным, артиллерия смолкла. Было очень холодно. И за разбитой войной дорогой, пересекавшей деревню, все было покрыто снегом, как в Вогезах. Но таких гор, как в Вогезах, не было видно. Ни оврагов, ни холмов, под которыми хоронили убитых, как в Аргонне. Да и земля, которую он размял своими крестьянскими руками, не была землей Шампани или Мёза. До поры до времени здравый смысл мешал ему признать очевидное. Чтобы поверить, понадобилась старая армейская пуговица с английского мундира, которую пнул ему под ноги в одной из траншей идущий сзади: они вернулись туда, откуда уехали, туда, где погибли ньюфаундлендцы, в окрестности Артуа и Пикардии. Только за те трое суток, которые ушли на дорогу, выпал густой снег, такой же терпеливый, как и он сам, укрывший своим покрывалом раны полей, сожженную ферму, стволы засохших яблонь и ящики с боеприпасами.

Осторожно, не оборви провод.

Тот, что следовал четвертым, без каски, знаков отличия, наград, без указания номера полка, с сорванными карманами на мундире и шинели, без семейных фотографий, без христианского креста, знака Давида или исламского полумесяца, то есть без всего, что заставило бы загореться огнем и биться сильнее его сердце, имел бирку с номером 7328, выданную ему на призывном пункте в Буш-дю-Рон. Он родился в Марселе, в семье итальянских эмигрантов из Бель де Мэ, и его звали Анж. Однако, по мнению всех, кто так или иначе узнал его за двадцать шесть прожитых им на земле лет, мало кому такое имя – Ангел – подходило меньше, чем ему.

Тем не менее он был красив, как ангел, и нравился даже вполне достойным женщинам. У него была тонкая талия, сильные мускулы, темнее ночи черные загадочные глаза, две ямочки на щеках и одна на подбородке и тонкий неаполитанский нос. В роте его прозвали Пиф-паф. Темноволосый, с пышными усами и нежным, как музыка, акцентом, он всем своим обликом доказывал, что любить его просто обязаны. Но всякий, кто, попавшись на его медовый взгляд, испытал на себе его твердокаменный эгоизм, мог сказать, что это скрытный человек, обманщик, любитель вечно препираться, что он жуликоват, страдает хандрой, способен соврать, поклявшись памятью покойной матери, не задумываясь, выстрелить в спину, спекулировать табаком и посылками, что он хвастлив, что у него не выпросишь щепотки соли, что он может хныкать, когда снаряды падают поблизости, издеваться над солдатами соседней роты, поднятыми в атаку, что он ни на что не годен и ничего толком не умеет. В общем, по его собственным словам, он являл собой образец Самого Убогого Из Всех Фронтовых Мудаков. Но доказать это так и не сумел, ибо других не встретил и, стало быть, не был до конца в этом уверен.

В общем и целом, номер 7328 пробыл на фронте три месяца, последние три в прошедшем году. До этого побывал в учебном лагере в Жуаньи. Там его, по крайней мере, научили по этикетке распознавать добрые бургундские вина, а по соседу – дурное настроение начальства. До войны он успел отсидеть в марсельской тюрьме Сен-Пьер, где находился с 31 июля 1914 года, по совершенно пустяковому делу, квалифицированному им самим как "любовное" или "дело чести", в зависимости от того, кому рассказывал – женщине или мужчине, а на самом деле то была разборка между двумя сутенерами.

На третье лето своей отсидки, когда стали забирать "старичков" и уголовников, ему представилась возможность выбора. По совету одного безмозглого спорщика, утверждавшего, что войне скоро конец: что либо французов, либо англичан всенепременно скоро где-нибудь разобьют, и к Рождеству все будут дома, – он выбрал фронт. После двух недель в Эне, где пришлось прятаться в каждой яме, чтобы спастись от

15

осколков, он прожил пятьдесят дней, во сто раз худших, чем каторга во Флери, в Шоффурском лесу, на берегу реки Пуавр, нескончаемые пятьдесят дней, полные ужаса и отчаяния, чтобы в конце концов оказаться в западне, – пропахшей мочой, дерьмом и смертью тех, кто тут прятался до него с обеих сторон, не в силах покончить с собой, – под названием Дуомон, что под Верденом.

Да будет благословенна Матерь Божья, покровительствующая даже всяким негодяям: он не попал туда в числе первых с риском быть выпотрошенным прежними жильцами. И выбрался оттуда с утешительной верой, что хуже уже никогда не будет – ни в этом мире, ни в загробном. Как же низко он пал, если вообразил, будто человеческая злоба имеет предел – люди-то, оказывается, могут и не такое.

В декабре, после так называемого шестидневного отдыха, когда, рискуя набить себе шишки, подскакивая до потолка при каждом обстреле, он всячески пытался укрепить свой моральный дух, участвуя в казарменных дрязгах. А затем со всем своим скарбом и со своей ротой, поредевшей так, что впору было вербовать младенцев, он был препровожден к берегам Соммы, на участок, где неподалеку шли ожесточенные бои. Тут пока все было тихо, только велись разговоры, что придется умереть во время неизбежного наступления. Об этом людишкам сообщил пройдоха-кашевар, приезжавший со своей походной кухней, который, в свою очередь, узнал это от обычно держащего рот на замке ординарца офицера-адъютанта, не привыкшего бросать слова на ветер и слышавшего все это от самого полковника, званного на бал к генералу и генеральше по случаю их серебряной свадьбы.

Однако этот Анж, бедолага из Марселя, подкидыш с улицы Лубон, даже будучи последним из придурков, понимал, что слово "наступление" всегда рифмуется со словом "контрнаступление". А это ему было вовсе ни к чему. Как и другие, он только тут осознал, что война никогда не кончится по той простой причине, что ни одна из сторон не в силах победить другую. Разве что, побросав ружья и пушки при первом появлении сборщиков металлолома, уладить дело врукопашную, а потом договориться, поковыривая зубочистками, а еще лучше – разыграть в "орлянку". Один из несчастной пятерки, капрал по прозвищу Си-Су*, потому что звали его Франсис, здорово выступил на их заведомо проигранном суде о пользе наступления и контрнаступления и неразумном увеличении числа кладбищ. Он даже бросил в лицо судьям в погонах страшные слова: если бы на те два года, что армии по обе стороны фронта сидели зарывшись в землю, их вернули к мирной жизни, освободив траншеи, ничего бы не изменилось – "слышите, ничего!" – все бы осталось на своих местах, в полном соответствии с диспозициями на штабных картах. Возможно, он был не так умен, как казался, этот капрал Си-Су, коли его приговорили к расстрелу, но им нечем было ему возразить. Ему, Анжу, тоже.

После слезного письма командиру батальона с просьбой отправить его назад в тюрьму Сен-Пьер и второго, с еще большим числом орфографических ошибок, своему депутату от Буш-дю-Рон, написанного химическим карандашом, который он макал в грязную воду, чтобы не оставлять синих следов на губах, Анж прекратил нытье и стал придумывать всяческие

---

* Шесть су (фр.). (Здесь и далее примеч. переводчика.)

хитроумные способы, дабы предстать бледным, агонизирующим, почти покойником, годным лишь для отправки в госпиталь.

За те десять дней до Рождества, с которым он связывал свое освобождение, после обильных возлияний и отсрочек, при свете фонаря он убедил еще большего мудака – бывшего клерка, нотариуса в Анже, мечтавшего вернуться домой только для того, чтобы изобличить жену в разврате, – прострелить руку, да к тому же правую, чтобы глупость показалась более правдоподобной. Уединившись в конюшне, где метались в предчувствии бойни лошади, вдали от фронта, на котором ничего не происходило, они действовали с неловкостью людей, не уверенных в том, что поступают правильно, клянясь друг другу в дружбе – ну чисто малые дети, которые храбрятся, оказавшись в темноте, и пугаются собственного крика. И тут он, Анж, номер 7328, закрыв глаза, внезапно отвел руку от ствола, потому что все его существо восставало против данного им слова. Но все-таки выстрелил. Теперь у него отсутствовали две фаланги безымянного пальца и часть среднего. Другой же, бедолага, навсегда лишился возможности считать траншейных блох. Заряд картечи попал ему в лицо, превратив его в кашу.

И вот он шагает по грязи четвертым, такое у него место, вместе с другими осужденными, доставленными в этот лабиринт ходов в снегу, чтобы взглянуть в лицо своей жалкой судьбе. Но он слишком долго шел, слишком устал, чтобы продолжать защищаться. Теперь он мечтает лишь о том, чтобы уснуть, и убежден, что едва его приставят к столбу и завяжут глаза, как он уснет и так и не узнает, что произошло в конце его жизни: Анже, огонь, печной дым... утиный нос... не будет хуже, чем утке в луже... как мне все обрыдло... моя палатка ровна, как скатка... траншейная грязь, по которой он с трудом тащится вперед, навстречу вечерним сполохам. Господи, как ему все обрыдло!

Осторожно, не оборви провод.

Пятый, последний из них, имел прозвище Василек, так называли призыв 17-го года, и ему не хватало пяти месяцев до двадцати лет. На фронте он пробыл дольше и пережил больше, чем спотыкающийся жалкий шут, шедший перед ним. А поскольку воображение влияет на чувства людей, то он больше страдал от страха.

Он боялся войны и смерти, как все, но еще и ветра, предвестника газовой атаки, боялся сигнальных ракет, боялся самого себя, столь импульсивного в своем страхе, что никак не удавалось успокоиться; боялся, когда били свои пушки, боялся своего ружья, боялся мины, способной поглотить жизнь целого отделения, боялся затопленных водой траншей, в которых можно утонуть, земли, в которой тебя похоронят, очумевшего дрозда, тень которого мелькает перед глазами; боялся снов, заканчивавшихся тем, что ему вспарывали живот штыком, боялся сержанта, жаждущего его смерти, ибо он устал кричать на него, боялся крыс, обнюхивающих его во время сна, боялся блох и вшей, боялся воспоминаний, которые высасывают кровь, – словом, боялся всего.

До войны он был иным, совсем не похожим на сегодняшнего. Любил лазать по деревьям, взбираться на церковную колокольню, не боялся выходить в океан на судне своего отца, всегда был среди добровольцев при тушении лесных пожаров, собирал в океане разбросанные штормом лодки. Он был таким бесстрашным, таким благородным в своей молодости, что всей родне казался способным обмануть смерть.

Он и на фронте поначалу проявлял смелость. Но однажды летом перед Бюскуром какой-то шальной снаряд упал в нескольких метрах от той самой траншеи, по которой он пробирался теперь. Взрывом его не задело, только подбросило вверх. Очнувшись весь в крови товарища, изуродованного до такой степени, что его невозможно было узнать, он в ужасе кричал, выхаркивая этот ужас вместе с набившейся в рот землей, смешанной с чужой кровью и плотью. Да, на поле боя перед Бюскуром в Пикардии он вопил, рвал на себе одежду и плакал. Его привели в окоп совсем голым. На другой день он успокоился. Только иногда беспричинно вздрагивал, и все.

Его имя было Жан, но мать и все родные звали его Манешем. Здесь на войне он стал Васильком. Его бирка с номером 9692, выданная на призывном пункте в Ландах, висела на запястье здоровой руки.

Хотя он родился в Кап-Бретоне, откуда виден Биарриц, все считали, что он из Бретани, ибо в республиканской армии мало кто был силен в географии. Василек никого и не разубеждал. Человек он был ненавязчивый, старался никому не досаждать, дабы не ввязываться в бесполезные споры, и в конце концов чувствовал себя неплохо: когда он запутывался в своих пожитках или не мог разобрать ружье, всегда находился кто-нибудь, кто был готов прийти ему на помощь. В окопах, кроме невзлюбившего его сержанта, все советовали ему беречь себя и не забывать про телефонный провод.

Но остался страх, проникший в душу, предчувствие, что он никогда не вернется домой, не получит давно обещанного увольнения. А еще у него была Матильда.

В сентябре, чтобы повидать Матильду, он послушался совета парня на год старше его, из призыва

16-го года, – эти ребята носили кличку "Мари-Луиза", – и проглотил мясной мякиш, пропитанный пикриновой кислотой. Его выворачивало наизнанку, но даже недоучке-медику была видна фальшивая желтизна мокроты. Его поволокли в трибунал батальона, но проявили снисхождение, учитывая возраст, и дали два месяца условно. Однако с надеждой на отпуск было покончено. Искупить вину он мог лишь самолично взяв в плен кайзера Вильгельма.

Потом, в ноябре, он оказался перед Перонном: десять дней без смены, оскорбительные выкрики окаянного сержанта и дождь, дождь, дождь. Не в силах больше терпеть, он послушался очередного умника из призыва "Мари-Луиза".

Однажды ночью, находясь в карауле и прислушиваясь к грохоту далекой канонады и шуму дождя, он, никогда не куривший, зажег английскую сигарету потому, что английская не так быстро сгорает, и высунулся из-за бруствера, воздев вверх руку и моля Бога, если он еще есть, чтобы его ранило, но дождь погасил маленький огонек. Он повторял свой трюк еще дважды, пока какой-то чудак напротив не понял смысл его маневра. Тот оказался хорошим стрелком, а может, позвал кого-то на помощь – в таких случаях существовало полное взаимопонимание между французами и немцами, – и одной пули оказалось достаточно, чтобы ему оторвало полруки. Хирург отрезал остальное.

В довершение несчастья, на этот выстрел, не побеспокоивший спящих, прибежал один сержант. Он не спал никогда. Утром вся братва – солдаты, сержанты и капралы, даже санитары, прибежавшие зазря, ибо раненый был на ногах, в один голос умоляли сержанта забыть об этой истории. Тот ничего не хотел слушать и со своим привычным аверонским акцентом, со слезами ярости упрямо твердил: "Молчите! Черт вас побери, молчите! Как я могу спустить такой поступок? А если всем захочется подражать этому маленькому негодяю, кто станет сражаться? Кто будет защищать родину?"

На сей раз трибунал состоялся на уровне армии. Дезертира защищали как могли. Говорили, что ему еще повезло: отменили действие военно-полевых судов, иначе бы его тотчас расстреляли. Для него и еще троих однолеток был выделен защитник, адвокат из Лавал-луа, капитан артиллерии, хороший человек, потерявший сына в Эпарже, громогласно утверждавший, что с него хватит. Но если в отношении троих его защитительной речи вняли, то четвертого, как рецидивиста, решили для примера расстрелять, дабы в дивизии не нашлось последователей из числа молодых рекрутов. Никто из судей не подписал прошения о помиловании.

Бурно развивающиеся душевные страдания быстро сводят людей в могилу или в отрешенность от земного. После удара, нанесенного ему приговором, загнанный вместе с еще четырнадцатью такими же горемыками, как и он, в товарняк, двигавшийся неизвестно куда, Василек почувствовал, как в нем что-то надломилось, будто лопнул какой-то чудовищный нарыв. Не считая редких взрывов отчаяния, теперь он уже не сознавал, что его жизнь идет к концу, что вокруг война, что у него нет руки, не замечал молчания грязных людей, стоявших вдоль траншей, когда они проходили мимо, взглядов этих людей, избегавших его собственного взгляда, который был покорным, доверчивым, невыносимым, и лишь улыбка безумного ребенка блуждала на его губах.

Он шел последним в шеренге солдат, которых хотели проучить, шел какой-то странной походкой, чему-то улыбаясь. На грязном, почти безбородом лице выделялись голубые глаза, а волосы у него были темные. Будучи моложе других, он реже спотыкался и испытывал какое-то животное удовольствие, погружая ноги в жижу и ощущая на лице прохладу. Ему слышались смех и голоса своей прошлой жизни. Вот он выходит из школы, идет домой через дюны, между озером и океаном, вокруг какая-то странная снежная зима, и он знает, что пес Кики прибежит к нему навстречу. Идет, освещаемый лучами заката, голодный, ему так хочется пожевать медовый пряник и выпить большую чашку какао.

Кто-то там просит не оборвать провод.

Матильда не узнает никогда, слышал ли Манеш ее голос в шуме голосов своего детства, в грохоте прибоя, когда она в свои двенадцать, а потом пятнадцатилетняя, плавала, прижимаясь к нему. Ей было шестнадцать, когда они впервые занимались любовью в один апрельский полдень и поклялись пожениться, как только он вернется с войны. Ей было семнадцать, когда она узнала, что он погиб, потерян навсегда. Она долго плакала, ведь отчаяние – это удел женщин, но не дольше положенного, ибо им в равной мере присуще и здоровое упрямство.

Ей оставался лишь наспех соединенный в местах обрыва провод, извивавшийся вдоль всех этих зим, вдоль всех ходов сообщения, вверх, вниз, вдоль линии фронта и заканчивавшийся в темном закутке некоего капитана, донеся до него преступные приказы. Матильда ухватилась за этот провод. Она держит его по-прежнему. Он ведет ее по лабиринту, из которого Манеш так и не сумел выбраться. Если он оборвется, она его свяжет. Она не потеряет надежды. Чем больше времени проходит, тем крепче ее уверенность и упорство.

К тому же Матильда – счастливая натура. Она говорит себе, что если эта нить не приведет ее к возлюбленному, тем хуже, но в конце концов, она всегда успеет на ней же и повеситься.

УГРЮМЫЙ БИНГО

Август 1919 года.

Однажды Матильда получает письмо от монахини. Ее желает видеть человек, находящийся при смерти в госпитале близ Дакса. Его зовут Даниель Эсперанца, он сержант-пехотинец. Повстречал Манеша в январе 1917 года, когда фронт проходил по реке Сомме.

Как и до войны, Матильда живет большую часть года на летней вилле родителей в Кап-Бретоне. За ней ухаживают сорокалетние супруги Сильвен и Бенедикта, знавшие ее еще ребенком и говорящие ей "вы", только когда она обращает на это их внимание.

После обеда Сильвен отвозит Матильду в госпиталь. Она сидит рядом с ним, а то, что она называет "своим самокатом", – лежит на заднем сиденье. Сильвен не любит бывать в госпиталях, Матильда – тем более. Но этот выглядит очень внушительно – прекрасный белорозовый дом под соснами.

Даниель Эсперанца дожидается на скамейке в глубине сада. Ему сорок три года, но выглядит на все шестьдесят. Халат он скинул и весь взмок в своей полосатой бежево-серой пижаме. Он в полном рассудке, но ни на что не обращает внимания. Ширинка у него расстегнулась, выставляя напоказ седые волосы. Несколько раз Матильда жестом призывает его застегнуться, а он неизменно отвечает не допускающим возражений тоном: "Оставьте, это не имеет значения".

На "гражданке" он торговал вином в Бордо. Ему были хорошо знакомы набережные Гаронны, дубовые бочки, надутые паруса судов. Теперь ему не хватает всего этого, как и пары портовых девок. Он так и не узнает, что они останутся в его молодости единственными, кого он любил в своей жизни. Мобилизация в августе 14-го не лишила его ни отца, ни матери, которые давно умерли, ни брата, ни сестры – их у него никогда не было. Женщины же в прифронтовых районах, он был уверен, всегда найдутся.

Он рассказывает об этом каким-то тусклым голосом, сиплым от той болезни, которая грозит теперь свести его в могилу. Не совсем, конечно, в тех выражениях. Ведь Матильда – девушка. Но ей нетрудно перевести его слова на французский: он всегда был неудачником.

Он бросает на Матильду заносчивый взгляд, как бы говоря, что его не следует недооценивать. До болезни он был высоким, на зависть сильным мужчиной. Он покажет ей свою фотографию, где отлично выглядит.

Две слезинки стекают по его щекам.

Не утирая их, он говорит: "Прошу прощения, до последнего дня я не знал о вашем положении. Василек мне никогда об этом не рассказывал, хотя одному Богу известно, сколько времени мы говорили о вас".

Матильде хотелось бы прервать эти бессмысленные соболезнования. Мельком улыбнувшись, она слегка вздыхает.

Тогда он добавляет: "Вы лучше, чем другие, должны понимать, что такое беда".

Она не может потрепать его по рукаву, ибо сидит в метре от него и еле сдерживается, чтобы не закричать, но боится, что от удивления он так и не перейдет к главному. Склонившись к нему, она участливо спрашивает: "Скажите, где вы с ним виделись? Расскажите, что с ним случилось?"

Тот помалкивает, плаксиво морщится, ну, ни кожи ни рожи. Сейчас он сидит в лучах проникающего сквозь ветви солнца, которое Матильда никогда уже не забудет. Наконец он проводит рукой по изможденному лицу и приступает к рассказу:

"В субботу 6 января 1917 года, когда его рота находилась близ Беллуа-ан-Сантерр, мостя дорогу, полевая жандармерия поручила ему сопровождать пятерых пехотинцев, приговоренных к смерти, до траншей первой линии на участке Бушавен.

Приказ ему вручил майор. Этот обычно суховатый хладнокровный человек казался на сей раз необычайно взволнованным. До такой степени, что, отпуская его, доверительно произнес: "Делайте то, что приказано, но не больше, Эсперанца. А коль хотите знать мое мнение, то расстрелять надлежало бы половину Верховного командования".

Матильда молчит, а возможно, лишилась голоса.

"Как ему было приказано, он отобрал десять человек из своей роты, самых выносливых. Прихватив ружья и патронташи, а также кое-что из еды, они нацепили на рукава голубые повязки с буквой "П". Эсперанца пояснил, что это означает "Полиция". На что капрал, уважавший своего сержанта, с которым любил выпить, поспешил сказать: "Да нет, это значит "пехтура". Всем уже было известно, что они будут сопровождать смертников".

"Чтобы их расстрелять?" – хочет знать Матильда. А вдруг и ее Манеш находился среди этих пятерых? Теперь ей кажется, что она кричит, но ей это только кажется.

Даниель Эсперанца качает головой, качает старой головой, покрытой волосами цвета тумана, и молит ее: "Помолчите, помолчите, их не расстреляли. Я только хочу сказать, что видел вашего жениха живым, и последнее письмо, полученное вами, он сам мне продиктовал, и я собственноручно его отправил".

Он прав. Последнее письмо Манеша от 6 января 1917 года было написано чужой рукой. Оно начиналось словами: "Сегодня я не могу писать сам. Один земляк делает это вместо меня".

Матильда старается не плакать.

Только спрашивает: "Вы здешний?"

"Из Сустона", – отвечает тот.

Еле слышным голосом она спрашивает: "Значит, Манеш был в числе этих пятерых?"

Эсперанца опускает голову.

"Но почему? Что он сделал?"

Тот отвечает: "Как и другие, был приговорен за умышленное увечье".

И поднимает дубленую, коричневую, испещренную крупными венами руку.

На Матильду нападает икота. Глядя на эту руку, она не в силах вымолвить ни слова.

Она не хочет плакать.

"Пробиваясь сквозь ветви сосен, солнце осветило подъехавший грузовик, – продолжает Даниель Эсперанца. – Он высадил нас в двадцати километрах севернее, в какой-то разрушенной деревне под названием Данкур или Нанкур, не припомню. Это было тридцать месяцев назад. За это время столько всякого случилось, по мне, лет тридцать миновало. Всего и не упомню. Именно тут нам предстояло взять под стражу пятерых несчастных солдат.

Было четыре часа пополудни. Вся местность была прикрыта снегом. Стало холодно, небо совсем побледнело. Горизонт еле виден вдали. На всем пространстве ни выстрела, ни разрыва снаряда, ни клубов дыма в воздухе. Вообще никаких признаков войны. Только опустошенная, без единой целой стены, деревня, название которой я забыл.

Мы стали ждать. Мимо нас прошествовал отправленный на отдых батальон сенегальцев, закутанных в козлиные шкуры и шарфы. Затем прибыла санитарная машина с лейтенантом медслужбы и фельдшером. Они стали ждать вместе с нами.

Первым их увидел на дороге, где только что прошли сенегальцы, капрал Боффи по прозвищу Болтун, о котором я еще расскажу. Тот снова не утерпел, чтобы не брякнуть: "Вот черт! Эти парни не спешат помереть!" На что фельдшер ему заметил, что такие слова не принесут ему удачи. И оказался прав. Боффи, которого я любил и с которым играл в картишки, умер спустя пять месяцев, но не в Эне, где была настоящая мясорубка, а на тыловой стройке, по вине мстительной стрелы крана, сбившей его в тот момент, когда он листал старый номер журнала "Вермонт". Что как раз и доказывает необходимость воздерживаться от выражений и в еще большей степени выбирать чтение. В таком смысле высказался и наш капитан, узнав об этой истории.

Вас это, наверное, шокирует, мадемуазель, –

Матильду уже давно не шокирует все то, что связано с войной, –

что я могу шутить, рассказывая об этом страшном дне, –

ей уже понятно, что война нагромождает одну подлость на другую, одно честолюбие на другое, одно дерьмо на другое, –

но мы столько всего видели, так настрадались, что утратили всякое ощущение жалости, –

так что на опустошенных войной полях сражений растет лишь пырей лицемерия или жалкие цветки насмешки, –

если бы у нас не было сил смеяться над своими несчастьями, мы бы не выжили, –

потому что смех, в конечном счете, является последним вызовом, брошенным несчастью, –

прошу прощения, вы должны меня понять, –

она понимает.

Пятеро осужденных со связанными за спиной руками шли пешком, – продолжает прокашлявшись бывший сержант. Голос его напоминает шуршанье бритвы по коже. – Их сопровождали конные драгуны в синих, как и у нас, мундирах. Командовавший этим отрядом небольшого роста фельдфебель явно спешил. Повстречавшимся ему сенегальцам пришлось сойти на обочину, чтобы пропустить их. Как и его люди, он испытал неловкость, проходя через строй враждебно глядевших солдат. "Эти тамтамщики приняли нас за жандармов, и хорошо еще, что не стали цепляться", – сказал фельдфебель.

Мы сравнили списки осужденных. Он настоял, чтобы я уточнил личность каждого, чтобы все было по правилам. Попросил проставить точное время, дату и расписаться внизу, словно на квитанции. Война научила меня всего остерегаться и не подписывать какие-либо бумажки – не известно ведь, на чей стол они лягут. Но он был старше меня по званию. Лейтенант медслужбы сказал, что его обязанности ограничиваются перевязкой ран. Я подчинился. Довольный фельдфебель влез на своего коня, пожелал нам удачи, и драгуны скрылись, окутанные густым паром лошадиного дыхания.

Я приказал развязать осужденных. Они расселись кто где – на старой балке, на остатке стены. Им дали воды и сухарей. Они были угрюмы, неразговорчивы, не мыты много дней, им было холодно.

Отпечатанный список, переданный мне майором, все еще при мне, лежит в кармане халата вместе с другими вещами, которые я вам потом отдам. Там написаны их фамилии и имена, но у меня появилась окопная привычка называть их военными прозвищами – так легче.

Старший, лет тридцати семи, был парижским столяром из района Бастилии. Его звали Бастильцем или чаще Эскимосом, потому что в молодости он шуровал далеко на Севере. Я мало с ним разговаривал в этой разрушенной деревне. На ногах у него были немецкие сапоги, и я еще удивлялся, что ему их оставили. Он сказал: "Меня взяли в них. Я попросил бахилы, но мне отказали". И еще я удивился, что его не оставили работать в тылу. Он ответил, что, находясь в Америке, явился на военную службу с трехлетним опозданием. Им надо было кем-то заполнить поредевшие батальоны, так они не брезговали и "старичками". Я спросил его: "Чего ты там натворил?" В ответ он сказал, что не виноват, что окаянная пуля случайно его задела и его осудили напрасно. Он смотрел мне прямо в глаза.

Второму был тридцать один год, разжалованный капрал со странным прозвищем Си-Су, громогласно заявлявший, что нарочно выстрелил и что, если бы представился новый случай, он бы это повторил. Не выказывал мне никакого уважения, называя прислужником убийц. Он был сварщиком из парижского пригорода и ярым профсоюзником. Уже много дней его била лихорадка, боль мешала ему спать. Я посмотрел, как врач вычищает раны и перебинтовывает их. Рана Си-Су была серьезнее, чем у других. Лейтенант медслужбы сказал мне: "От холода ему легче. Случись такое летом, его бы давно съела гангрена".

Третьим был марселец двадцати шести лет, уже отсидевший за уголовные дела в тюрьме. Выглядел бледным и измученным. А поскольку в списке не была указана его профессия, я спросил об этом, и он ответил: "Нет у меня профессии. Я сын бедного эмигранта, это четко записано в моей книжке. А раз я не француз, почему меня хотят убить?" Взяв у меня сигарету, он сказал: "Вы, видно, неплохой малый. Зачем спешить к месту расстрела? Президент Пуанкаре наверняка уже подписал мне помилование". Но по его черным влажным глазам я понял, что он и сам не шибко в это верит. Я сказал, что не уполномочен кого-либо расстреливать и что ему нечего меня опасаться, пока он будет находиться с моими людьми. Похоже, это его успокоило.

Уголовник инстинктивно держался поближе к здоровяку из Дордони, крестьянину лет тридцати, мрачноватому, но очень внимательному ко всему. У него не было настоящего прозвища. Потом, на привале и при смене караула, я узнал от Эскимоса и Си-Су, что у него репутация нелюдимого человека, и хотя он охотно делился со всеми посылками, но страхи и надежды оставлял при себе. Не раз показал себя смелым в бою, однако все его поступки были продиктованы лишь одним желанием – выжить. Указывая на него, говорили: "Этот Парень", – иначе никто его и не называл.

Я попытался поговорить с Этим Парнем. Он молча меня выслушал. Я сказал, что Дордонь находится неподалеку от моих мест, предложил ему сигарету. Я был ему неинтересен, сигарета тоже. Уходя, я заметил, что Уголовник подкинул товарищам какой-то предмет ногой. Этот Парень поднял предмет здоровой левой рукой, посмотрел и бросил. Перед тем как уйти из деревни, я вернулся на это место и нашел то, что их заинтересовало: это была английская пуговица с канадским знаком и буквами по окружности: "Ньюфаундленд. Новая земля". Может, это и глупо, но я был доволен, что угадал по движению руки, что он был левша. Но я не понял его задумчивого и слегка удивленного взгляда, когда он разглядывал старую грязную пуговицу. Быть может, он и сам, без моей помощи, догадался, но спрашивать не позволяла подозрительность и гордость.

Ваш жених Василек держался в стороне и предпочитал расхаживать взад и вперед, громко разговаривая сам с собой. В какой-то момент скатал здоровой рукой снежок и бросил в мою сторону. Бывший капрал Си-Су сказал: "Не обращайте внимания, сержант, иногда на него находит".

Мы усадили Василька, и, пока его обрабатывали, он отворачивался, чтобы не видеть рану, но продолжал улыбаться. При этом говорил: "Я рад, что иду домой".

Тут Матильда спрашивает, что же это такое, на что ее Манеш не хотел смотреть. Она хочет знать про рану Манеша.

Тогда Даниель Эсперанца рассказывает, что Манешу ампутировали руку, но это произошло много недель назад, и что он больше не страдал".

Матильда закрывает глаза и крепко сжимает веки. Вцепившись в ручки своего кресла и покачивая головой, она старается отогнать представшую перед ее глазами картину, сказать "нет" судьбе. Потом она долго молчит, склонив голову и не отрывая глаз от земли, где сквозь гравий пробился маленький желтый цветок, каких полно между плитами террасы на вилле в Кап-Бретоне.

"Как только они закончили свое дело, – продолжает Эсперанца, убедившись по знаку Матильды, что ей лучше, что она слушает, – доктор и фельдшер уехали. Когда доктор садился в машину, я его спросил, не думает ли он, что Василек симулирует. Он ответил: "Не знаю". И еще сказал: "Чтобы выиграть – что? Что бы мы могли сделать?" По кругам у него под глазами я понял, что ему опротивело заниматься своим делом на войне и тем более лечить людей, которых потом расстреляют. Ему не было тридцати. Это был корсиканец по фамилии Сантини. Я узнал, что два дня спустя он погиб во время артобстрела в Комбле.

Я велел снова связать руки осужденным, как мне было приказано. Хотя и не видел в этом смысла. Они были слишком измотаны, а нас было достаточно, чтобы у них не возникло желания бежать. Но в общем так было спокойнее, это избавляло нас от необходимости стрелять в случае какой-нибудь глупости.

Мы шли в направлении Бушавена – осужденные цепочкой, солдаты по бокам. Траншея, куда мы должны были их доставить, имела номер, но как и люди на войне лучше запоминаются по прозвищам, так вот, эта траншея называлась – только не спрашивайте почему – Угрюмый Бинго. Проделав два километра пешком и не встретив ни дома, ни дерева, только подтаявший снег, мы увидели при входе в траншею дожидавшегося нас солдата, перебрасывающегося шутками с артиллеристами.

Дорога показалась нам бесконечной, мы шли по колено в грязи, и нашим осужденным было не до шуток. На каждом шагу приходилось поддерживать их за плечи. Капрал Си-Су упал в лужу. Мы подняли его. Он не жаловался. Как и командиру драгун, мне было тягостно вести этих жалких ребят на глазах у солдат, ждавших приказа о наступлении, которые прижимались к брустверу, чтобы пропустить нас. В зимнем небе висел красный солнечный шар, освещая своими холодными лучами расположенные за пределами наших линий обороны и заснеженного пространства черные и молчаливые немецкие окопы. Стояла непривычная для войны тишина, только слышался обычный окопный шепот людей, просивших не порвать телефонный провод. То место, куда мы шли, с миром живых людей связывал только этот провод.

В полукилометре от Угрюмого Бинго мы оказались на перекрестке ходов сообщения второй линии, названном площадью Оперы. Там, окруженный занятыми своим делом солдатами, нас ожидал капитан в шерстяном шлеме, закутанный в меховую доху, из которой высовывались только кончик носа, желчный рот и сердитые глаза. Он, как и я, получил приказ от командира батальона, не горевшего желанием оказаться замаранным в такого рода деле. И был на пределе нервного напряжения.

В укрытии, где заканчивался телефонный провод, он набросился на меня, выставив находившегося там капрала проветриться, и выплеснул весь ушат своего раздражения: "Черт вас подери, Эсперанца, вы что, не могли отделаться от этих бедолаг по дороге?" Я не очень хотел его понимать. А он продолжал: "Закрыли бы глаза, дали бы пинка под зад, чтобы они поскорее смылись, ну не знаю, что еще!" Я ответил: "В хорошенький переплет я бы тогда попал. Вы ведь тоже не хотите неприятностей, капитан? Мне приказали доставить пятерых осужденных, а как вы с ними поступите, не мое дело. Тем более что я не имею об этом никакого представления".

Тут он еще более рассвирепел: "Так вам, оказывается, даже ничего не сказали? Только не ждите, что я стану скрывать, вы должны все знать! С наступлением ночи нам приказано выбросить их со связанными руками за колючую проволоку Бинго и оставить подыхать под пулями противника! Такой я получил приказ. Вы когда-нибудь слышали о подобной низости?"

Он с такой силой ударил по столу, где стояли полевой телефон и бутыль вина, оставленная телефонистом, что вино выплеснулось на столешницу и начало медленно стекать на землю. Я смотрел на падавшие капли и не знал что сказать. Я слышал о такого рода наказаниях, но в отношении очень провинившихся солдат, да и то давно, до пятнадцатого года, в Артуа. А вообще на войне иногда услышишь такое, что и поверить трудно.

Капитан замолчал и сел на край кушетки. Он сказал, что его рота во время летнего наступления сильно поредела, что уже несколько недель люди словно коллективно контужены боями и существует молчаливый уговор с бошами не проявлять активности ни с той ни с другой стороны: "Это не братание, мы просто не замечаем друг друга, набираемся сил. Бывают дни, когда не услышишь ни выстрела. Артиллерия тоже не страдает излишней болтливостью. Наши окопы совсем рядом. В октябре она косила и чужих и своих. – Вздохнув, он тоскливо поглядел на меня: – Послезавтра мы ждем смену. Нам только вас недоставало с вашим заданием".

Когда мы вышли, он обратился к каждому осужденному. Не то чтобы хотел познакомиться, просто не желал, чтобы его солдаты их увидели. Потом он сказал: "Все куда хуже, чем я думал. Один из них – сука-провокатор, у другого голова не на месте, третий все время хнычет. Уж коли наши штабные мудрецы, сидя в креслах, решили с ними разделаться для примера остальным, они могли бы выбрать кого-нибудь получше. Моих людей от этого стошнит, а боши так животики надорвут от смеха". Сей капитан по имени Фаврье был неплохим малым. За образную речь его прозвали Язвой. Он сам предложил проводить моих подопечных в свой закуток, чтобы никто их не видел. Их развязали и дали, кому надо, оправиться.

Чуть позднее он вызвал лейтенанта с линии Угрюмого Бинго и тихо ввел его в курс дела. Лейтенант, лет двадцати шести или семи, по фамилии Эстранжен, обрадовался не больше капитана. Особенно его возмутила участь Василька. Он поговорил с ним, а потом только повторял: "Как Бог мог это допустить?" Честно скажу вам, мадемуазель, в тот день я не встретил никого, кто бы поверил, что Бог, коли он есть, потоптал солдатскими сапогами этот участок фронта.

В ожидании ночи мы укрылись в маленьком закутке, где горела печурка – лучшее доказательство тому, что мы не боялись, что противник засечет нас. На той стороне я увидел такие же мирные серые дымки над траншеями. Вдвоем с Боффи мы остались с осужденными, а мои пехотинцы караулили за дверью. Си-Су сидел у печки, подсушивая одежду. Уголовник заснул. В течение получаса Василек рассказывал о вас в восторженных выражениях, часто повторяясь, мысли его разбегались. Но за наплывом слов то там то сям проглядывала, как белая галька, правда. Я живо представлял себе свежесть вашего чувства, ваши светлые глаза и как вы его любили. Он был счастлив, был уверен, что увидит вас снова и что уже готовится свадьба. Он вам написал об этом – неважно, что карандашом водила другая рука. Это письмо написано там при свете свечей и керосиновой лампы.

Разрешение написать последнее письмо, должен признаться, исходило от лейтенанта Эстранжена, который вернулся в сопровождении солдата, принесшего похлебку. А когда Василек отказался взять миску, лейтенант спросил его: разве он не голоден? И тот со спокойной улыбкой ответил ему: "Я мечтаю о медовом прянике и чашке шоколада". У лейтенанта отвисла челюсть, а сопровождавший его солдат из призыва "Мари-Луиза", не старше вашего жениха, сказал: "Не берите в голову, лейтенант. Я расшибусь в лепешку, но отыщу это. Даже если придется убить отца и мать. Но мне не понадобится становиться сиротой, я обойдусь без этого".

Когда парень вышел, лейтенант сказал, как о чем-то очевидном: "Его зовут Селестен Пу, настоящая Гроза армий". Тогда он и спросил осужденных, не хотят ли они написать своим родным.

Мы отыскали карандаши и бумагу. Селестен Пу вскоре вернулся с какао и медовым пряником. Трое осужденных были ранены в правую руку, но я вам уже сказал, что Этот Парень был левшой, так что писать не могли только двое: Уголовник и Василек. Уголовник забился в угол, Гроза армий стал писать под его диктовку. Я же на коленях писал письмо Василька. Остальные трое расселись кто где.

Перед тем как уйти, лейтенант предупредил, что их письма уничтожат, если в них будет хоть намек на то, в каком жутком положении они оказались. За исключением Этого Парня, все они несколько раз спрашивали, можно ли упомянуть ту или иную вещь. Странная выдалась минута – мирная и одновременно печальная. Не знаю, как вам объяснить, но мне они напоминали школьников, которые пишут что-то, слюнявя карандаш, и только вдали слышалось бормотание Уголовника. Откусывая пряник, Василек говорил о своей любви. И мне казалось, что я подглядываю за чужой жизнью, что втянут в нечто далекое от войны, такое далекое, из чего мне никогда не выбраться.

Кроме орфографических ошибок, я не обнаружил в их письмах ничего лишнего. Никто не желал усугубить горе близких. Сложив листки и положив их в карман мундира, я пообещал, вернувшись в часть, вложить их в конверты и отправить по назначению. Си-Су сказал: "Я верю тебе, сержант Надежда*, но как ты можешь ручаться за своих начальников? Они могут приказать тебе сжечь письма. Уж коли они нас таскали три дня, ясное дело, хотят убить втихую".

Теперь мне остается вам рассказать, мадемуазель, самое трудное. Вы слушали меня не перебивая. Может, хотите, чтобы я избавил вас от продолжения? Я могу рассказать вам о том, что потом случилось, в двух словах. Боль будет мгновенной, а потом уже станет все равно".

Матильда упорно рассматривает маленький желтый цветок, пробившийся сквозь гравий. Не повышая голоса, она просит Эсперанцу застегнуть ширинку, а потом – что не тупая, что уже поняла, что с наступлением ночи всех пятерых выбросили на то, что англичане называют "No man's land", а французы переводят как "ничья земля". Ей надо узнать, как все про-

---

* Эсперанца *(исп.)* – надежда.

изошло. Боль, которую это причинит, касается ее одной. Она больше не плачет. Пусть он продолжит рассказ. А так как он молчит, она, не поднимая глаз, подбадривает его коротким движением руки.

"Ночь, – продолжает глухим голосом Эсперанца, – давно наступила. Слышался гром канонады, но где-то далеко на севере. Я поговорил с Эскимосом. Парень этот не заслужил такого прозвища. Он спросил, как с ними хотят поступить. Он догадывался, что готовится нечто похлеще простого расстрела. Я не имел права ему отвечать. Подумав, он произнес: "Если все будет так, как я думаю, то это порядочная мерзость. Особенно в отношении мальчишки и марсельца. Лучше бы их сразу расстреляли".

Тут как раз явился капитан Язва. Он решил вывести осужденных в Угрюмый Бинго в девять часов. А пока его люди должны прорезать проход в колючей проволоке. Мы вывели несчастных по одному из укрытия, где было слишком тесно, чтобы их связать. Это было проделано на открытом, плохо освещенном месте, почти молча.

Небо набухало. Ночь была не темнее, чем всегда, температура воздуха не отличалась от утренней. В какой-то степени я обрадовался за них. Только тут, при зыбком свете фонарей, отбрасывающих какие-то нереальные тени и делающих всю эту обстановку еще более фантастичной, капитан сказал им, что высокие инстанции решили заменить расстрел. Отреагировали только двое: Си-Су сплюнул в адрес генералов, а Уголовник стал звать на помощь, да так громко, что пришлось его угомонить. Уверен, Василек ничего не понял. Он не изменил свое поведение лунатика, разве что удивился, услышав крики товарища и увидев, как его стараются успокоить.

Что касается Эскимоса и Этого Парня, уверен, что они восприняли все так же, как и я, будь я на их месте: им дали, несмотря на опасность, отсрочку, которой они были бы лишены в случае расстрела.

Назидательным тоном капитан обратился к марсельцу: "Может, хочешь, чтобы тебе заткнули рот кляпом? Разве тебе, ублюдку, не ясно, что ваша единственная надежда прожить до утра как раз заключается в том, чтобы молчать в тряпочку?" И, притянув его к себе за воротник шинели, прошипел: "Только не вздумай взяться снова за свои штучки. Иначе, клянусь жизнью, разнесу тебе башку вдребезги".

Потом он завел меня снова в свой закуток и сказал, что наша миссия окончена и я могу со своими парнями топать назад. Я не хотел придираться, но возразил, что мне приказали доставить осужденных до Угрюмого Бинго.

Капитан ответил, что, когда мы выбросим этих пятерых наверх, боши всполошатся и может начаться заваруха. Моим людям не было места в тесных траншеях. Если начнется кутерьма и им достанется на орехи, я буду всю жизнь жалеть, что их подставил.

Что было на это возразить?

Тогда я сказал ему, что отправлю своих солдат в тыл, а сам провожу этих бедолаг до конца. На том и порешили. Боффи с людьми ушел. Он должен был ждать меня при выходе из траншей. Сытый по горло всей этой мерзостью, он ушел без малейшего сожаления.

Из Угрюмого Бинго прибыли два капрала и шесть солдат, чтобы увести осужденных. Капралам было лет по тридцать. У одного из них, по фамилии Горд, были круги под глазами, придававшие ему сходство с совой. Другой, Шардоло, был из Турени, и мне показалось, что я его уже где-то встречал на войне. Всего нас с Селестеном Пу и капитаном оказалось одиннадцать человек, как и в моем эскорте.

Мы тронулись в зимнюю ночь, освещая себе путь только одной лампой. Шагая по траншеям, капитан сообщил, что дважды связывался по телефону с майором и сказал ему, что это варварство, вести себя так с пятью нашими ребятами, среди которых был повредившийся в уме Василек. Но ничего не добился. Мы скользили по покрытым грязью деревянным настилам. И слышалось чавканье сапог Эскимоса.

Я сказал капитану: "Едва боши обнаружат на нем немецкие сапоги – ему крышка". Он ответил: "А зачем, вы думаете, эти тухлые судьи оставили их? – И добавил: – Найдет кого-нибудь, чтобы поменяться. Во всяком случае, я знаю, что буду писать в своем рапорте: "Ничего, мол, нового, только у нас стащили пару башмаков".

Угрюмый Бинго, как и площадь Оперы, представлял собой повернутую в нашу сторону траншею. Когда ее отбили осенью у немцев, наши постарались как можно быстрее ее переоборудовать. Любой пехтура вам скажет, что немцы строят траншеи лучше нас. Эта траншея состояла из зигзагообразных ходов, прорытых в нашу сторону. Не знаю, сколько людей теперь жили тут – может, сотня, может, две. В двух боковых укрытиях под брезентом находились пулеметы. Впереди, за разбитыми бомбами снежными глыбами в бледных отсветах маячили окопы противника. Они были так близко, что до нас доносились голоса и звуки губной гармоники. Я спросил, сколько до них. Кажется, лейтенант Эстранжен ответил: сто двадцать метров до ближних, сто пятьдесят до дальних.

Я никогда прежде не видел Угрюмый Бинго, но мог его себе представить. Мне случалось бывать и в куда ближе расположенных окопах, когда два ада отделяли какие-то сорок метров. Сто двадцать метров – это слишком далеко, чтобы забросить гранату, и слишком близко для артобстрела. Газ же не щадил никого, и все зависело лишь от направления ветра. Как и мы, боши тщательно скрывали расположение своих пулеметов, их можно было засечь только во время рукопашных. Теперь я понял, почему осужденных привезли именно на этот участок: чтобы встряхнуть людей. Так или иначе, установившееся перемирие не устраивало командование. Я поделился с капитаном своими соображениями, и он ответил: "Для сержанта вы слишком много думаете. Нам навязали это дерьмовое дело потому, что никто не хотел им заниматься. Вот они и таскали их по всему фронту, пока не нашелся такой мудак, как наш командир батальона".

Время близилось к десяти. Вглядываясь в темноту, мы пытались разглядеть "ничью землю". К нам подошел лейтенант Эстранжен и сказал капитану: "Все готово". Из меховой дохи капитана послышалось: "Окаянная жизнь". Он выпрямился, и мы присоединились к находившимся в траншее осужденным. Они сидели рядком на подставке для стрелков. Над ними в колючей проволоке был сделан проход и подготовлена лесенка. Я заметил, что на Эскимосе уже были башмаки с крагами.

Си-Су встал первым. Два солдата поднялись на накат, покрытый мешками с песком, а два других подтолкнули бывшего капрала к лесенке. Перед тем как темнота поглотила его, он обернулся к капитану и поблагодарил за суп. А мне сказал: "Лучше бы тебя при этом не было, сержант Эсперанца. Навлечешь еще на себя неприятности. Ты ведь можешь разболтать".

Следующим шел Эскимос. Перед тем как подняться на лестницу, он сказал капитану: "Разрешите мне взять с собой Василька. Пока смогу, буду его защищать". Они вместе прошли колючку и пропали из виду. Слышен был только скрип снега, и мне почему-то померещилась лесная мышь, ищущая свою нору. К счастью, перед Угрюмым Бинго было полно нор и воронок. Я был уверен, что осужденным не слишком крепко связали руки и что, помогая друг другу, они быстро освободятся.

Мои слезы, мадемуазель, от усталости и болезни. Не обращайте внимания. Они не имеют никакого значения.

Вы хотели бы знать, как выглядел ваш жених, когда его втащили наверх и безжалостно подтолкнули к проходу в колючей проволоке? Но я не знаю, что сказать. Кажется – повторяю, кажется, – он вздрогнул как раз перед тем, как его подхватили за плечи на верху лестницы, пошарил глазами вокруг, словно он пытался понять, где находится, что тут делает. Его удивление длилось секунду-две, не больше. А что было потом, не знаю. Одно скажу: он ушел в темноту с решительным видом, пригнувшись, как ему посоветовали, послушно следуя за Эскимосом.

Уголовник снова огорчил нас, и солдатам пришлось его унимать. Он отбивался, хотел крикнуть, капитан вытащил револьвер. И тут мы снова услышали голос Этого Парня, который решительно произнес: "Не надо так. Позвольте мне". И своим башмаком шарахнул его по голове. Тот утих, и его обмякшее в руках у тех, кто его держал, слабо стонущее тело потащили через колючку.

Капитан спросил Этого Парня, как он-то попал в такой переплет. Но тот не ответил. Капитан сказал: "Ты самый сильный и спокойный из них. Скажи, зачем тебе понадобился самострел?" В полумраке Этот Парень взглянул на него. В его глазах не было ни презрения, ни вызова, он только произнес: "Так уж вышло".

Ему тоже помогли взобраться на накат, проводили до заграждения. Темнота поглотила и его. Перед тем как вернуться, двое солдат поспешно заделали проход проволокой из саморазворачивающейся катушки. Слышалось только их пыхтение. В траншеях напротив было тихо. Не сомневаясь в том, что что-то происходит, боши навострили уши.

Тишина длилась не более минуты. Взвилась ракета, осветив небо над Бинго, и у бошей начался переполох, которого мы так боялись. Доносился топот и даже щелканье затворов. Окопные "форточки" у полуразбуженных солдат щелкали так же отчетливо, как и у нас. Я успел разглядеть марсельца, который с трудом полз по снегу вслед за Си-Су. Они искали воронку. Ни Василька, ни Эскимоса я не увидел, Этого Парня тоже. После второй ракеты пулеметы прочесали "ничью землю", похожую на лунную поверхность. В этой белой пустыне виднелись лишь три разбитых ствола дерева да неизвестно от чего оставшаяся груда кирпичей.

Как только смолкли выстрелы и воцарилась тишина, стоявший рядом лейтенант Эстранжен произнес: "Вот дерьмо! Божьей помощи не дождались". Капитан велел ему заткнуться. Мы прислушались: боши успокоились. Вокруг снова было тихо.

Темнота казалась еще плотней. Люди в наших траншеях молчали, те, что напротив – тоже. Они прислушивались. Мы тоже. Лейтенант снова выругался. Капитан повторил – "заткнись".

Четверть часа спустя, видя, что ничего не происходит, я решил, что мне пора догонять свою пехтуру.

Я попросил лейтенанта расписаться на листе осужденных, как это сделал сам в списке драгунского фельдфебеля. Вмешался капитан, сказав, что офицеры не должны ничего подписывать в этом вонючем деле. Коль на то пошло, ради удовольствия я могу получить автограф у входящих в эскорт капралов, если им угодно будет это сделать. Для чего мне это нужно, он может догадаться, но сие касается одного меня. Сам он подтирается шелковой бумагой. Заметив выражение моего лица, капитан потрепал меня по плечу и сказал: "Ладно, вы славный человек, сержант, я провожу вас до Оперы. Я давно не спал, а скоро понадобятся все мои силы. Надеюсь, вы выпьете со мной на прощание рюмочку доброго коньяку".

Горд и Шардоло подписали список, и мы ушли. Капитан провел меня в свой закуток. Без дохи и шерстяного шлема он показался мне куда более молодым, чем я думал, лет тридцати двух, но лицо было изможденное, с кругами усталости под глазами.

Мы выпили по две-три рюмки. Он рассказал, что на "гражданке" был учителем истории, что ему претит быть офицером, что хотелось поездить по свету, увидеть залитые солнцем острова, что он так и не женился потому, что баба была дурой, но к его чувствам все это не имеет отношения. Заурчал телефон, майор интересовался, как все прошло. Он ответил телефонисту: "Скажи этому господину, что меня не нашел, пусть помается до утра".

Потом он рассказал про свою юность, проведенную, кажется, в Медоне, и про марки. Я так устал, что слушал его вполуха. В этом закутке я опять почувствовал, будто нахожусь вне времени и пространства. Я постарался взять себя в руки. А тот, что сидел по другую сторону стола, с увлажненным взором говорил о том, как ему стыдно – он изменил тому мальчугану, каким был прежде. Как он скучает по долгим часам, проведенным за альбомом с марками, как его завораживало изображение королевы Виктории на блоках Барбадосских островов, Новой Зеландии и Ямайки. Веки его смежились, и он умолк. Потом прошептал: "Виктория Анна Пено. Именно так". И, положив голову на стол, уснул.

Я шел по грязи, в темноте сбиваясь с пути, так что пришлось спрашивать дорогу у находившихся в траншеях солдат. Я нашел Боффи и остальных в условленном месте. Мы разбудили спавших. Всех, естественно, интересовало, что было после их ухода. Я ответил, что им бы лучше вовсе забыть этот день.

Мы еще долго шли через Клери и Флокур до Беллуа-ан-Сантерр. Алкоголь из головы выветрился. Мне было холодно. Я думал о пятерых осужденных, лежащих в снегу. В последнюю минуту им дали какую-то одежонку и тряпье вместо наушников, а тому, у которого не было перчатки на здоровой руке, Селестен Пу, Гроза армий, отдал одну свою.

К пяти утра мы добрались до наших. Я немного поспал и к девяти явился для доклада к майору. Вместе с денщиком он как раз рассовывал по ящикам папки с бумагами. "Все сделали как надо? – спросил он. – Отлично. Увидимся позже". А так как я настойчиво старался вручить ему лист, подписанный Гордом и Шардоло, он тоже посоветовал мне, как им надо воспользоваться. Прежде он никогда не грубил. Сказал, что через пару дней ожидается передислокация, нас сменят англичане, а мы отойдем к югу. И повторил: "Увидимся позже".

В нашей роте тоже начали собирать пожитки. Никто не знал, куда нас перебрасывают, но ходили упорные слухи, что куда-то южнее – на Уазу или Эну – готовится что-то невиданное и что для такого дела сгодятся даже деды.

В семь вечера, только я набил рот едой, меня вызвал к себе майор. В своем уже совсем пустом, освещенном одной лампой кабинете он сказал: "Утром я не мог с вами говорить в присутствии третьего лица. Поэтому я вас оборвал". И указал на стул.

Предложил сигарету – я взял, – дал прикурить. А потом я услышал от него то, что уже сам сказал своим людям: "Забудьте все, Эсперанца. Все – вплоть до Угрюмого Бинго". Взяв со стола бумагу, он сообщил, что меня переводят в другую роту, располагавшуюся тогда в Вогезах, что мне присвоено звание старшего сержанта, что если буду таким же старательным, то смогу рассчитывать на новое повышение еще до того, как по весне расцветут цветы.

Майор встал и подошел к окну. Это был здоровенный мужчина, совсем седой, плечи – косая сажень. Сказал, что его тоже переводят, но без повышения, а также капитана и всех десятерых из моего эскорта. Я узнал, что Боффи поедет на тыловую стройку. Там вскоре стрела подъемного крана отправит его к праотцам. Нас разбросали со знанием дела. Впоследствии в Вогезах я встретился с капитаном.

Я все мялся, не зная, как спросить о том, что тяжестью лежало на сердце. Но майор и сам понял: "Там уже несколько часов как идет бой. Сообщают, что убит лейтенант и еще человек десять. Рассказывают о каком-то сумасшедшем проповеднике, распевающем "Пору цветения вишен"*, о том, что кто-то слепил

---

* Эта песенка шансонье XIX века, активного участника Парижской коммуны – Жан-Батиста Клемана – своеобразная визитная карточка Коммуны.

47

снеговика, о сбитом гранатой аэроплане. Это все, что мне известно. С ума сойти можно!"

Я вышел из дома священника, в котором жил майор, с гадким привкусом во рту. В сердцах даже сплюнул, не заметив, что нахожусь перед самым кладбищем, где под простыми крестами были похоронены той осенью многие наши товарищи. Кресты делали в соседней роте. И подумал: "Они не рассердятся. Ведь я плевал на войну".

К ним подходит писавшая Матильде монахиня. Одета во все серое. Сердито выговаривает Даниелю Эсперанце: "Сейчас же наденьте халат. Иногда мне кажется, что вы притворяетесь больным".

Она помогает ему натянуть бледно-синий халат, застиранный почти до такого же цвета, как платье монахини. Осужденный достает из кармана пакетик и отдает Матильде: "Рассмотрите эти вещи дома. Я не выдержу, если вы сделаете это сейчас".

По лицу его снова текут слезы. Монахиня Мария из Ордена Страстей Господних восклицает: "Да будет вам! Чего вы снова плачете?" И он отвечает, глядя на Матильду: "В тот день я совершил великий грех. Я верю в Бога, когда меня это устраивает. Но знаю – это грех. Мне не следовало тогда выполнять приказ". Сестра Мария пожимает плечами: "Как же вы могли, несчастный, поступить иначе? В вашем рассказе я увидела только один грех – лицемерное поведение властей".

Осужденный уже целый час сидит с Матильдой. Монахиня говорит, что достаточно. Он возражает: "Я еще не закончил, оставьте меня в покое". И она начинает жаловаться, что вечером он опять будет плохо себя чувствовать и всю ночь беспокоить соседей. А потом вздыхает: "Ладно, даю еще десять минут, не более. Через десять минут я вернусь с господином, который привез мадемуазель. Он тоже, наверное, обеспокоен".

И уходит, приподнимая платье, словно кокетка, старающаяся не испачкать подол гравием.

"Мне почти ничего не осталось вам рассказать, но есть и нечто важное, – продолжает старик сорока трех лет свистящим из-за больных легких шепотом, напоминающим скрип мела по школьной доске.

Первое – я узнал, что на другой день на участке Угрюмого Бинго наши взяли траншеи бошей и потеснили их. Это было похоже на маленькую победу. Я утешал себя мыслью, что человеческая гнусность все-таки не всегда напрасна. Не очень-то это красиво, но все именно так.

Я переписал письма, рассовал их по конвертам и отдал первому встречному вахмистру. Раз свое вы от Василька получили, значит, получили и все другие адресаты. Снятые мною копии у вас на коленях.

Через пару недель после Бинго я получил письмо от капитана Фавурье, написанное через несколько часов после того, как я покинул его. Долго же оно меня искало! И нашло лишь летом, когда мы строили железную дорогу вдали от фронтовых ужасов. Вам, как и мне, уверен, оно понравится. Я его отдаю, потому что знаю наизусть.

Есть там еще фотография, сделанная одним моим пехотинцем, пока я стоял к нему спиной. Он повсюду таскал с собой привязанный к поясу аппаратик, с помощью которого фиксировал славные и постыдные стороны нашей жизни. Сколько кадров уходило на то, чтобы запечатлеть захват вражеской пушки или лица измотанного противника. Сколько никчемных фотографий похорон наших товарищей он сделал! Мой пехотинец по прозвищу Пруссак, которое его очень бесило, был убит в апреле 17-го во время битвы при Шмен де Дам. Эту фотографию отдала мне его страдающая и живущая одной мыслью – поскорее присоединиться к нему, вдова, с которой год спустя я встретился в Париже.

Я ничуть не лучше других и, как только оказался в другой роте, в другом взводе в Вогезах, забыл об Угрюмом Бинго. Воспоминания накатывали только после сильной выпивки. Как и все пьянчуги, стараясь заглушить угрызения совести, я начинал буйствовать. Угрюмый Бинго. Откуда взялось это название? У кого я ни спрашивал, никто не мог мне ответить.

В прошлом году, когда мы стали вторично теснить немцев на Марне, в лесу Виллар-Коттере меня ранило в ноги. Врач, насколько ему это удалось, извлек осколки. На вокзале, откуда меня с вещмешком отправили в госпиталь, я встретился с Шардоло, одним из капралов, сопровождавших осужденных от площади Оперы. Он валялся на одних из десятков выставленных вдоль перрона носилок. Я был на костылях. Его рана в живот была куда серьезнее.

От потери крови он был такой бледный, что я его едва узнал. Увидев, как я наклоняюсь к нему, он улыбнулся и прошептал: "Неужто сержант Эсперанца?" Я ответил: "Если бы я знал, что их ждет, дружище, я бы отпустил их по дороге". Услышав, каким тоном я это произнес, он было рассмеялся, но от смеха ему стало хуже.

Я спросил, что произошло в траншее после моего ухода. Он покачал головой и ответил в точности как майор полтора года назад: "С ума сойти можно". Потом, с трудом приподнявшись, сказал: "Всех пятерых убили, а при взятии траншеи напротив – еще лейтенанта, моих товарищей и капитана. – Он попросил меня наклониться, что в моем случае означало присесть на костылях, согнув ноги в коленях. – Нам всем заморочили головы. Мы взяли первую и вторую линии обороны противника без потерь, а когда подошли к третьей, тут они дали жару".

Некоторое время он лежал с закрытыми глазами, жадно глотая воздух, пропитанный паровозным дымом. У кого еще были силы, с боем брали вагоны – французы, англичане, американцы. Я спросил: "Так ты утверждаешь, что все пятеро были мертвы?" Он как-то лукаво и презрительно посмотрел на меня: "Значит, ты их не забываешь, начальник? За кого ты особенно переживал?" – "За всех, – ответил я. – И не называй меня начальником".

Он снова закрыл глаза. Похоже, такой длинный разговор совсем его вымотал. Я скажу вам всю правду, мадемуазель, хоть она может вас и покоробить. Было бы жестоко внушать вам надежду. Последние слова Шардоло произнес, посмотрев на меня с какой-то странной улыбкой, а я уже слышал, как выкликают мое имя для посадки в поезд, да и санитары стали ворчать, чтобы я оставил раненого в покое. "Готов поставить две монеты на Василька, если бы они у меня были. Одной рукой он слепил снеговика. Но девки выкрали мои деньги", – сказал он.

Поезд уходил все дальше от поля боя, а я, пробираясь на костылях по вагонам и не раз падая, тщетно искал Шардоло. Но так и не нашел. Может, он попал в другой состав, а может, умер до посадки. Смерть – она такая. Меня демобилизовали в октябре, за месяц до перемирия. Я избежал смерти и мог бы воспользоваться своим везением, преспокойно жить на пенсию, да вот подыхаю не от военных ран. В Анже, в госпитале, где находился на излечении, я подхватил проклятую "испанку". Мне сказали, что я здоров, что последствия будут пустяковыми. А теперь не знаю, доживу ли до завтра".

СОЛОМЕННАЯ ВДОВА

По дороге в Кап-Бретон Матильда чувствует, что Сильвен переживает за нее и не прочь услышать ее рассказ. Но ей разговаривать неохота, неохота хныкать, больше всего ей хочется поскорей оказаться в своей комнате. К счастью, шум мотора не настраивает на разговор.

Оказавшись в своей комнате наедине с фотографиями жениха, она разворачивает пакетик Даниеля Эсперанцы.

Первым делом Матильда опять рассматривает фотографию, размером с открытку, цвета сепии, сделанную в траншее и похожую на десятки других, виденных ею в газетах "Мируар" или "Иллюстрасьон". В кадре семь человек: пятеро сидят с непокрытыми головами, заложив руки за спину, один стоит с видом человека, очень гордого собой, а еще один, на переднем плане, снят в профиль с трубкой в зубах.

Чуть сбоку она тотчас узнает Манеша, который рассеянно смотрит вперед и улыбается, но какой-то незнакомой ей улыбкой. Черты его лица, осанку, несмотря на то что он похудел, она узнает сразу. Он весь в грязи. Они все грязные, одежда измята и испачкана в земле, но больше всего удивляет блеск их глаз.

Над каждым чернилами поставлена цифра, соответствующая фамилии на обороте. Только мужчина с трубкой награжден старательно выведенным вопросительным знаком. Тот, что позирует с повязкой на руке, в стороне от осужденных, – капрал Боффи.

Затем Матильда разворачивает листок, стертый на сгибах. Это тот самый машинописный список Даниеля Эсперанцы, полученный им от майора:

Клебер Буке, столяр, Париж, 1900 года призыва.
Франсис Гэньяр, сварщик, департамент Сены, 1905.
Бенуа Нотр-Дам, крестьянин из Дордони, 1906.
Анж Бассиньяно, Буш-дю-Рон, 1910.
Жан Этчевери, рыбак. Ланды, 1917.

Внизу этого листка, после пробела, выведено крупными буквами:

1917 год, 6 января, суббота, 22–30, Юрбен Шардоло, капрал.

А ниже неумелым почерком следует еще одна подпись:

Бенжамен Горд, капрал.

Матильда снова берет фотографию и без труда узнает Эскимоса, Си-Су, Этого Парня и Уголовника. Они именно такие, какими она их себе представляла со слов Эсперанцы. Правда, у них у всех усы. И еще от усталости они выглядят старше своих лет. Рядом с ними Манеш выглядит мальчишкой.

Затем Матильда приступает к чтению писем, скопированных Даниелем Эсперанцой. Выцветшие чернила кажутся серыми. Читает в том же порядке, в каком они лежали, не пытаясь взять письмо Манеша первым. Ведь за время его пребывания на фронте она получила от него шестьдесят три письма и открытки. И столько раз перечитывала их, что знала наизусть.

В окно ее большой комнаты смотрит красный шар садящегося в океан за соснами солнца.

Клебер Буке – Луи Тейссье.
Париж, улица Амело, 27, бар "У Малыша Луи".
С фронта, 6 января 1917 года.

Мой славный Носатик!

Коли встретишь Веро, поздравь ее с Новым годом, скажи, что я думаю о ней и сожалею, что она не хочет со мной разговаривать. Скажи ей, что, если я не вернусь, в последнюю минуту я буду вспоминать те счастливые минуты, которые мы прожили вместе. Отдай ей оставленные тебе деньги. Их не бог весть сколько, мне бы так хотелось, чтобы ей жилось полегче.

О тебе, дружище, я тоже часто вспоминаю, о теплых пирожках, которые ты оставлял на стойке, о наших забавах, когда мы пускали в ход сифоны и начиналась славная потасовка.

Меня переводят в другую часть, так что, если некоторое время обо мне не будет известий, не тревожься, я здоров.

Передавай привет всем друзьям, желаю тебе долгой жизни.

Клебер

P. S. Я, вероятно, тебя обрадую, если скажу, что повстречал Бисквита и мы помирились. Ну и дураки же мы были!

Франсис Гэньяр – Терезе Гэньяр.
Департамент Сены, Баньё, Дорога в Шатийон, 108.
6 января 1917 года, суббота.

Дорогая жена!

Знаю, тебе станет легче, когда ты получишь это письмо. Я не мог писать тебе целый месяц из-за того, что меня переводили в другую часть и из-за кутерьмы, с этим связанной. Наконец-то могу поздравить тебя с Новым годом, в котором, надеюсь, кончатся все наши беды. Уверен, ты сделала хорошие подарки малышкам – моей дорогой Женевьеве и любимой Софи. Думаю, тебе предоставили на заводе положенные два дня отдыха, хотя сами праздники вряд ли были для тебя веселыми.

Не расстраивайся из-за того, что я тебе скажу. Самочувствие у меня отменное, но все равно мне будет спокойнее, если я тебе скажу. В случае, если со мной что-нибудь случится, – ведь война же (вспомни моего несчастного брата Эжена), – поступай так, как обещала, думай о малышках, мне ведь уже ничего не будет нужно. От всего сердца желаю тебе найти хорошего парня и выйти замуж, чтобы жить всем вместе. В конце месяца мне стукнет тридцать один год, а тебе двадцать девять, мы женаты уже восемь лет, а мне все кажется, будто у меня украли полжизни.

По случаю Нового года крепко поцелуй от меня своих родителей. Ты знаешь, я не сержусь на них, но лучше бы они не болтали о некоторых вещах. Я и мои товарищи попали сюда как раз из-за слепоты таких людей, как они.

Кончаю. Меня ждут в строю. Горячо целую тебя. Позаботься о наших малышках.

Спасибо за то, что ты стала моей женой.

Твой Си-Су

Бенуа Нотр-Дам – Мариетте Нотр-Дам.
Дордонь, Кабиньяк, Ле Рюиссо.
6 января 1917 года.

Дорогая супруга!

Я пишу, чтобы предупредить, что не смогу некоторое время писать. Скажи папаше Берней, что я хотел бы все уладить в марте месяце. Иначе пусть пеняет на себя. По мне, лучше продай все удобрения. Уверен, он согласится на все. Крепко поцелуй малыша, скажи ему, что лучше его матери нет никого. Но ему об этом лучше помалкивать. Пусть знает, что Бог одарил его, как никого еще, и что не слушать ее – большой грех. Я люблю тебя.

Бенуа

Анж Бассиньяно – Тине Ломбарди.
Через госпожу Конте.
Марсель, Дорога Жертв войны, 5.
6 января, суббота.

Моя Вертихвостка!

Не знаю, где ты. Где я, не могу сообщить: военная тайна. Я уж думал, что отдам концы, но теперь мне лучше, надеюсь выбраться из этой передряги с помощью Божьей Матери, которая благоволит даже таким чудикам, как я. Просто мне не везло в жизни.

Помнишь, когда мы были маленькими, мы любили смотреть на свои рожи в косопузых, здоровенных, как бочки, зеркалах во время праздника Сен-Морон? Похоже, моя жизнь получилась такой же кривой. Без тебя я постоянно делал глупости, начиная с драки с сыном Жоссо. Лучше бы я уехал с тобой в Америку, как Флоримон Росси, красавчик из "Бара беспокойных людей".

Он вовремя смылся от неприятностей. Но назад, моя Вертихвостка, дороги нет, – так ты часто мне говорила.

Не знаю, где ты сейчас шастаешь в поисках меня. И это меня беспокоит. Никогда еще ты не была мне так нужна, как сегодня вечером. Что бы ни случилось, не бросай меня. Даже когда я сидел в тюрьме, ты приходила на свидания, ты была моим солнцем.

От всей души надеюсь, что когда-нибудь выпутаюсь и сумею вымолить у тебя прощение за все зло, которое тебе причинил. Я буду таким добрым, что ты и не поверишь. Целую твои синяки.

Чао, мой лунный свет, моя яркая ракета, мое пылкое сердце. Я диктую это письмо хорошему парню, ибо не умею грамотно писать, да еще болит рука. Но любовь моя всегда с тобой.

Целую, как в первый раз под платанами на улице Лубон, когда мы были маленькими. Неужто это когда-то было, моя Вертихвостка?

Твой Анж из Ада

Дальше лежало письмо от Манеша. Такое же, как посланное в начале 1917 года Даниелем Эсперанцой. Только цвет бумаги был другой, да почерк несколько изменился и строчки казались выведенными иначе. Несколько минут она не может привыкнуть к мысли, что Манеш отдалился от нее еще больше.

Жан Этчевери – Матильде Донней.
Ланды, Кап-Бретон, Вилла "Поэма".
6 января 1917 года.

Любовь моя!
Сегодня я не могу писать сам, один наш земляк делает это вместо меня. Я вижу, как светится твое

лицо. Я счастлив, я возвращаюсь. Мне хочется кричать от радости, я возвращаюсь. Так хочется поцеловать тебя, как ты любишь, я возвращаюсь. Придется прибавить шагу. Завтра уже воскресенье, а нас поженят в понедельник. Охота кричать от радости, шагая по дороге в дюнах. Я слышу, как несется ко мне через лес мой пес Кики. И за ним ты, красивая и вся в белом, я так счастлив, что мы поженимся. О да, моя Матти, я иду к тебе, ты вся светишься, а мне хочется смеяться и кричать, мое сердце полно небом. Надо еще подготовить лодку с гирляндами, я увезу тебя на другую сторону озера, ты знаешь куда. Слышен шум прибоя, а ветер доносит до меня твои слова любви: "Манеш! Манеш!" Свечи на носу и на корме зажжены, а мы лежим на дне лодки. Я бегу изо всех сил, жди меня. Любовь моя, моя Матти, мы поженимся в понедельник. Наша клятва вырезана перочинным ножом на коре тополя у озера, уж мы такие, все так ясно.

Нежно целую, как ты любишь, твои прекрасные глаза, я вижу их, и твои губы, ты улыбаешься мне.

Манеш

На баскском диалекте Жан произносится "Манеш", однако пишется Манекс. Манеш нарочно делал ошибку, и Матильда за ним следом. Эсперанца не поправил его, возможно по невежеству, в чем Матильда сомневается, ведь он из Сустона. Она его спросит. Ей непременно нужно повидаться с ним снова.

Открытием становится письмо капитана Фавурье. Конверт и бумага у него голубого цвета, а внутренняя сторона конверта – синяя. По почерку не скажешь, что он учитель, может быть, он преподавал Историческую ложь? Почерк резкий, крупный, с неразборчивыми сокращениями.

И тем не менее.

7 января, воскресенье.

Дружище!

Еще не рассвело. Меня сморило до того, как я закончил свой анекдот. Мне это очень неприятно.

Под воздействием коньяка и ностальгии я как раз говорил вам о марке "Виктория Анна Пено". Полагать, что в пятнадцать лет я не был влюблен в изображение великой королевы, было бы просто смешно. Но я был в ярости, что не родился англичанином, австралийцем или гибралтарцем. Мы были тогда очень бедны, куда больше, чем сейчас, и я мог позволить себе иметь только второсортные марки с королевой Викторией. Зато мне повезло, и я приобрел великолепную синюю марку Восточной Африки, по наивности полагая, что Анна, тогдашняя индийская монета, была вторым именем моей любимой. А с Пено связана еще более замечательная история. Речь идет о марке, которую я имел возможность увидеть у торговца, пока он разговаривал с клиентами, желавшими ее приобрести. Она уже тогда стоила дорого. И знаете почему? Это была двухпенсовая марка. Даю вам возможность отыскать ее происхождение и ошибку или типографский брак, которые в слове "пенс" превратили букву "с" в "о". Правда, недурно? Вы хоть понимаете меня? Как много бы я дал, чтобы вы увидели меня тогда.

Поспав, я вернулся в траншею. Можете радоваться: они довольно быстро развязались и стали, как кроты, рыть себе норы. Вероятно, по чьему-то приказу боши дважды забрасывали их гранатами, на что мы отвечали минометным огнем. Потом все стихло. Мы их окликнули. Не подал голос только крестьянин, хотя это ничего не значит, может, он просто был дурно воспитан. Думаю, они все еще живы.

Пишу письмо, чтобы вы знали о моем намерении сделать все, чтобы они остались в живых, даже если придется прибегнуть к рукопашной, что здесь не очень любят. Надеюсь, как и вы, что день пройдет быстро, а к ночи я получу приказ вытащить их оттуда.

Прощайте, сержант. Я бы так хотел посидеть с вами где-нибудь подальше отсюда и в другие времена.

Этьен Фавурье

Довольно долго Матильда неподвижно сидит, поставив локти на стол и подперев ладонями подбородок. В комнату проникают сумерки. Она думает о прочитанных письмах, захваченная картиной, которая перед ней открылась. Придется перечитать их еще раз.

А пока она зажигает лампу, вынимает мелованную бумагу и записывает черными чернилами рассказ Даниеля Эсперанцы. У нее хорошая память, и она вспоминает фразы, которые он произносил. В ее ушах звучит голос больного, и картина вырисовывается так ясно, словно она все пережила сама. Теперь его рассказ запечатлен в ее памяти, словно на кинопленке. Надолго ли, неизвестно. Поэтому она и записывает.

Позже Бенедикта стучится в дверь. Матильда говорит, что не голодна и чтобы ее оставили в покое.

Еще позднее, закончив писать, Матильда выпивает два-три глотка минеральной воды прямо из горлышка бутылки и самостоятельно ложится в постель.

В комнату влетает ночная бабочка и упорно бьется о лампу ночника.

Матильда гасит свет. Вытянувшись под одеялом, она думает о королеве Виктории. Ей бы хотелось выяснить происхождение этой марки, на которой "пенс" превратился в "пено". До этого вечера она не любила Викторию из-за войны с бурами. Но она также не любит и капитанов.

А потом плачет.

Матильде девятнадцать лет семь месяцев и восемь дней. Она родилась в солнечный день начала века, первого января 1900 года, в пять утра. Высчитать ее возраст всегда нетрудно.

В три года пять месяцев и десять дней, ускользнув от внимания матери, любившей посудачить с соседкой по лестничной площадке о коте, который описал ее половик, Матильда взобралась на пятую ступеньку стремянки и упала. Потом она объясняла свой подвиг – так ей рассказывали, сама она ничего не запомнила – желанием полетать, как во сне.

В больнице ее обследовали, но за исключением трещины в ключице, которая срослась через несколько дней, ничего серьезного не обнаружили, не было ни синяков, ни царапин. Рассказывают, что она смеялась в постели, наблюдая, как все хлопочут вокруг.

А теперь сдержите-ка слезы: Матильда никогда больше не смогла ходить.

Сначала подозревали психологический шок, испытанный страх – почему бы и нет? – огорчение при мысли, что она, очутившись в воздухе, оказалась меньше воробья. Новые обследования тоже не установили причину ее непонятного увечья. И стали полагать, что все объясняется гордыней перед перспективой наказания. Подобные глупости говорили до тех пор, пока какой-то бородатый худой болван не высказал совершенно бредовую мысль, будто, бродя по коридорам семейного дома, Матильда застала папу и маму, занятых нехорошим делом.

Этот тридцатипятилетний папа, ростом в сто восемьдесят шесть сантиметров и весом в сто килограмм, во времена, когда все это случилось, всем внушал страх. Получив оплеуху, бедняга-бородач и до сих пор, вероятно, бродит между Монмартрским кладбищем и улицей Гэте. Видя, как он, пошатываясь, идет по тротуару, люди подают ему милостыню.

Но отец Матильды не ограничился тем, что накостылял так называемому психологу, обзывая врачей неучами, умеющими лишь прописывать аспирин. Он забросил работу в строительной фирме, возил Матильду в Цюрих, Лондон, Вену, Стокгольм. Между четырьмя и восемью годами она много поездила, но видела страны лишь из больничных окон. Потом им пришлось смириться. Матильде объяснили – хотя кому же было лучше это понимать? – что ее мозг не отдает приказы ногам. Где-то в ее спинном мозгу разрушены нервные клетки.

Потом настал период, когда они поверили в спиритизм, магию, в булавки, которыми колют кукол, купленных на базаре, в настойку трилистника, грязевые ванны и даже в гипноз. Десятилетняя Матильда внезапно встала. Мать утверждала, что она сделала один шаг, отец – полшага, а брат Поль ничего не говорил, он не знал, что думать. Матильда упала на руки отца, и понадобилось вмешательство врачей, чтобы привести ее в чувство.

Уже тогда она была гордячкой и сумела наилучшим образом организовать свою жизнь. Отказывалась принимать чью-либо помощь, за исключением тех случаев, когда хотела купаться вдали от людей. Конечно, ей много раз случалось попадать в затруднительное положение, больно обо что-то ударяться, но с годами Матильда научилась очень ловко пользоваться руками, было бы за что уцепиться.

Да и какое это имело значение, ведь у Матильды появилось много прекрасных развлечений! Скажем, она рисует большие полотна, которые однажды выставит, и все узнают о ней. Пишет цветы, только цветы. Любит белый, черный, темно-красный, синий как небо, нежно-бежевый цвета. У нее проблема с желтым, но с этим сталкивался до нее Винсент, который восхищался Милле. Цветы Милле всегда будут казаться ей нежными и жестокими, полными жизни в ночи времени.

Лежа в постели, где все возможно, Матильда часто воображает себя правнучкой Милле. Будто бы сей проказник сделал ее прабабушке незаконнорожденного ребенка. Пожив в шкуре шлюхи из Уайтчейпела, излечившись от туберкулеза, эта незаконнорожденная дылда, с большим узлом волос, в шестнадцать лет влюбилась в деда Матильды и сумела прибрать его к рукам. Тому, кто в этом сомневается, пусть будет хуже.

Другая часть ее жизни – кошки. У Матильды их шесть, у Бенедикты один кот и у Сильвена одна кошка – всего, стало быть, восемь. Котят они раздают тем, кто этого заслуживает. Кошек Матильды зовут Уно, Дуэ, Терца, Беллиссима, Вор и Мэтр-Жак. Все очень разные, к Матильде относятся терпеливо и никогда не огорчают ее. Кот Бенедикты – Камамбер – самый умный, но и самый прожорливый, надо бы посадить его на голодную диету, чтобы похудел. Кошка Сильвена – Дюрандаль – дуреха, она даже не общается с Беллиссимой, своей дочерью, которая от этого страдает и не отходит от ее хвоста. Вечно опасающейся будущего Матильде хотелось бы, чтобы кошки жили подольше.

На вилле "Поэма" живет и собака Пуа-Шиш, слабость Поля и Матильды – сильная пиренейская овчарка, совершенно глухая, которая, чтобы позлить белок, все утро гоняется за ними, которая лает, когда люди уходят, а все остальное время спит, портя воздух. Всякий раз при этом Бенедикта приговаривает: "Пернул пес – счастье принес".

Во время войны жизнь ее была отчасти связана с детьми из Соортса, соседнего городишки, где не было учителя. У Матильды сначала занималось двенадцать, потом пятнадцать детей в возрасте от шести до десяти лет. Один из залов на вилле она превратила в класс и учила их письму, счету, истории, географии и рисунку. В июле 1918 года, уже с год вдовея по своему жениху, она поставила с ними отрывок из Мольера и показала спектакль папам, мамам, мэру и кюре. Малышка Сандрина, игравшая тетку, с которой дурно обращается муж, в момент вмешательства соседа – господина Робера, никак не могла произнести: "Мне нравится, когда меня бьют". Вместо этого она говорила: "Не твое дело, может, я хочу, чтобы он меня бил!" И, не задумываясь, награждала оплеухой Эктора, одного из сыновей Массеты, игравшего роль господина Робера. Спохватившись и зажав рот рукой, она восклицала: "Нет, нет... Я не хочу, чтобы ты вмешивался в мои дела!" И опять давала ему пощечину. "Нет, не так... А если мне нравится, когда мой супруг бьет меня?", и бац – следовала третья пощечина. Малыш Массеты сначала заревел, а потом и сам полез драться. Вмешались матери, и пьеса закончилась, как "Эрнани"*, в суматохе.

С тех пор как Матильда "болеет", то есть пятнадцать лет, не было дня, чтобы она не занималась гимнастикой. Ногами ведают отец, мать и Сильвен. Трижды в неделю ровно в девять приезжал костоправ из Сеньосса, мсье Планшо, заставлял ее делать упражнения на спине и животе, массируя плечи, позвоночник и шею. Но он вышел на пенсию, и после перемирия его заменил тренер по плаванию из Кап-Бретона. Он не отличается пунктуальностью, зато у него сильные мускулы. Зовут его Жорж Корню. Это здоровенный усач, участник чемпионата по плаванию в Аквитании, войну он провел на флоте в качестве инструктора. Он не очень разговорчив. Сначала Матильда смущалась, когда он начинал мять ее тело, но потом привыкла, как и ко всему остальному. Ведь это куда приятнее процедур в больнице. Она закрывает глаза и позволяет себя дубасить, мысленно представляя, как при виде ее тела Жорж Корню заходится от желания. Однажды он ей сказал: "Вы чертовски хорошо сложены, мадемуазель. А я многое повидал". После этого Матильда не знала, должна ли она называть его "мой дорогой Жорж", "мой драгоценный Жорж" или просто "Жожо".

Матильда действительно далеко не уродлива. В общем, она так считает. У нее большие глаза, зеленые или серые, в зависимости от погоды. Прямой носик, длинные светло-каштановые волосы. Ростом ее наградил отец, и когда она вытягивается, получается сто семьдесят восемь сантиметров. Похоже, она стала такой в результате долгого лежания в постели.

---

* "Эрнани" – драма Виктора Гюго.

У нее прекрасные округлые, тяжелые и гладкие, как шелк, груди. Она ими очень гордится. Когда же ей случается гладить соски, возникает желание, чтобы ее любили. Но любви она предается в одиночестве.

Как и придуманная ею прабабушка, Матильда порядочная проказница. Перед тем как уснуть, она рисует в воображении волнующие, одна другой невероятнее, картины, неизменно с одним и тем же сюжетом: она становится добычей незнакомца – лица его она никогда не видит, – который застает ее в одной рубашке и не может справиться со своим желанием. Он ласкает ее, угрожает, раздевает, пока она не уступает. Плоть ведь сильна. Матильде, впрочем, редко приходится заходить далеко в своих фантазиях, чтобы получить острое, пронзительное наслаждение, которое достигает даже ее ног. Она гордится тем, что научилась таким образом получать удовольствие, которое, пусть на короткий момент, делает ее такой же, как все.

Ни разу с тех пор, как стало известно, что Манеш пропал, она не смогла вызвать его образ для удовлетворения своего желания. Бывают периоды, когда ей стыдно, она ненавидит себя, дает клятву, что дверь для незнакомцев будет закрыта. Но прежде, даже до того, как они стали заниматься любовью, и все время, пока он был на фронте, она видела себя только с Манешем, когда получала удовольствие. Все именно так.

У нее бывают хорошие и ужасные сны. Они руководят поступками Матильды. Проснувшись, она вспоминает некоторые из них. Будто, скажем, бежит сломя голову по улицам Парижа, или через поле, или по оссегорскому лесу. Или сходит с поезда на незнакомом вокзале, быть может, в поисках Манеша, а поезд неожиданно трогается, увозя ее багаж, и никто не знает куда, вот такая история. Или еще: она летает по большому салону на улице Лафонтена в Отейле, где теперь живут ее родители. Летает под самым потолком, между хрустальными люстрами, спускается, взмывает вверх, и так до тех пор, пока, вся в поту, не просыпается.

Ну да полно. Матильда нам представилась. Она может продолжать в том же духе часами, и все выглядело бы не менее интересно, но она тут не для того, чтобы рассказывать о своей жизни.

Аристиду Поммье двадцать семь лет, у него курчавые волосы и очень близорукие глаза. Он живет в Сен-Венсан-де-Тироссе. Служил поваром на кухне в той же части, что и Манеш в 1916-м. После осенних боев, во время увольнения, он наведался к Матильде с добрыми вестями от жениха и фотографией, на которой тот улыбается во весь рот и неизвестно почему, с тампонами в ушах. По словам Аристида, все идет как нельзя лучше на этой лучшей из войн. Но под градом ее неожиданных вопросов он, покраснев до ушей, сменил пластинку и рассказал о том утре, когда Манеш, весь в чужой крови, срывал с себя одежду, о том, что он был отправлен в тыл, о военном трибунале за спровоцированную желтуху, об относительной снисходительности судей и о его беспричинной дрожи.

Спустя несколько месяцев, в апреле 1917 года, когда семья Этчевери уже получила известие о смерти сына, Аристид Поммье приехал на побывку, чтобы жениться на дочери своего хозяина-лесника из Сеньосса. Матильда успела переброситься с ним лишь несколькими словами при выходе из церкви. Он очень переживал за Манеша, такой был хороший парень. Сам он видел только огонь плиты. Ему ничего не известно о том, что случилось.

А потом он долго стоял под дождем – это, говорят, хорошо для долгого брака – в своей выцветшей мешковатой форме, с которой, вероятно, не расстанется даже в брачную ночь. Матильда, конечно, обозвала его дерьмоедом, а он стоял, опустив мокрую голову, и не сводил глаз с чего-то в пяти сантиметрах от своих башмаков, терпеливо снося грубости этой баламутки, пока Сильвен не увез ее домой, подальше от всех.

В этом году Аристид Поммье демобилизовался и вернулся к прежнему занятию. Но став зятем хозяина, он перестал с ним ладить. Они подрались. Тесть порезал лоб об очки Аристида. Бенедикта, которая служит для Матильды местной газетой, говорит, что Аристид собирается эмигрировать вместе с брюхатой женой и двумя детьми. И добавляет: "Все это плохо кончится", в точности повторяя слова солдат, попавших под артобстрел.

Когда Матильду отвозят в порт или на озеро, она иногда встречает его, но он лишь кивнет, отвернется и нажимает на педали велосипеда. После того что ей рассказал Эсперанца, она стала снисходительнее. Понимает, что и в день свадьбы, и потом он молчал, чтобы люди не судачили о Манеше. Ей надо повидать его. Она скажет, что все знает, и, как истинно воспитанная девушка, попросит у него прощения – не всегда же она называет людей дерьмоедами. Ему больше не нужно ничего скрывать, он все ей расскажет.

Продолжая разминать ее тело своими большими руками пловца, Жорж Корню говорит: "Аристид? Сегодня его нет дома. Он в лесу. Вот завтра вы его отыщете на канале во время состязаний. Мы с ним в одной команде".

В воскресенье Сильвен отвозит ее на берег Будиго, раскладывает коляску и помещает под зонтом. Кругом все расцвечено яркими плакатами и очень шумно. Приехавшие издалека люди расселись кто где, даже на деревянном мостике через канал, откуда их пытаются согнать жандармы. Взрослые болтают, дети бегают наперегонки, младенцы сопят в своих колясках, палит почти африканское солнце.

Идет состязание лодок. После того как Аристида Поммье, в трусах и белой майке, порядочно искупали в воде, чтобы вывести из игры, Сильвен приводит его, всего вымокшего, разве что стекла очков не запотели, к Матильде. Он расстроен тем, как с ним с помощью шеста разделался противник, но говорит: "В такую жару даже приятно оказаться побежденным". Матильда просит откатить ее куда-нибудь в тихое место, и они устраиваются под соснами. Прежде чем начать свой рассказ, он усаживается на корточки.

В последний раз я повстречал Манеша в середине ноября 1916 года, – рассказывает Аристид, подсыхая в тени. – Это было в Клери, на Сомме. Я находился на другом участке фронта, но дурные вести разносятся быстрее, чем хорошие. То, что он под стражей, меня не удивило. Рука его была перевязана. Я слышал, что он подставил ее противнику.

Его поместили в уцелевший сарай. Ждали, когда придут жандармы. Охраняли его трое. Часа в два пополудни я сказал сержанту: "Этот парень из моих мест, он бегал со школьным ранцем, когда я уже работал. Позволь мне с ним поговорить". Сержант сказал "ладно", и я сменил одного из караульных.

Это была типичная для севера кирпичная пристройка. Большая пристройка. Манеш казался в ней совсем маленьким. Освещаемый пучком света, падавшего через разбитую крышу, он сидел, прислонившись к стене и прижимая раненую руку к животу. Наложенная кое-как повязка была вся в крови и порядком испачкана. Я спросил караульных: "Почему его держат в таком состоянии?" Они не знали.

Я старался как мог подбодрить Манеша. Сказал, что все не так серьезно, что сейчас его отведут в санчасть, где подлечат, и всякое такое. Военно-полевые суды были уже давно упразднены, ему не грозило серьезное наказание, дадут адвоката, учтут возраст. В конце концов он улыбнулся: "Знаешь, Поммье, я и не знал, что ты такой мастак говорить. Ты был бы для меня хорошим адвокатом".

Кто стал в конце концов его адвокатом, я не знаю. Солдат, пришедший от Сюзанны, сказал, что всем самострельщикам выделили защитника из капитанов артиллерии, сильного по юридической части, но имени не назвал.

Мы о многом говорили с Манешем: о вас, о наших местах, о траншее, о том, что он натворил по вине окаянного сержанта, который вечно вязался к нему. О чем еще? Да обо всем понемногу.

Того проклятого сержанта из Аверона по прозвищу Гаренн, как называют диких кроликов, я знал. Порядочная гадина, на уме только мысли о повышении. Скверный человек, а вот на фронт пошел добровольцем. Если не сдох, наверняка вернулся с двумя звездочками на погонах.

Наконец за Манешем пришли пешие альпийские стрелки, чтобы отвести в санчасть на операцию. Позднее я узнал, что ему отрезали руку. Конечно, жаль, но куда хуже был приговор, который ему вынесли. Его потом зачитывали во всех частях. Скажу по правде, мадемуазель Матильда, я такого не ожидал, никто не ожидал, все были уверены, что папаша Пуанкаре помилует его.

Просто понять не могу, что случилось. На суде их было двадцать восемь человек, нанесших себе одинаковое увечье. Пятнадцать приговорили к смерти, – скорее для примера, чтобы другим неповадно было. Бедняга Манеш попал как кур в ощип.

Да и то, как сказать? Через четыре месяца три четверти нашего батальона полегло в Краоне. К счастью, меня уже там не было, даже на кухне. Меня перевели из-за глаз. До конца войны я сбивал гробы.

Не держите на меня зла, мадемуазель Матильда. Я никому, даже жене, ничего не рассказывал, я исполнил приказ. Когда Манеш уходил с пешими стрелками и я расцеловал его, клянусь, у меня было тяжело на сердце. А он прошептал мне на ухо: "Ничего не рассказывай у нас". Он не просил, хотя и похоже было на то. К чему мне было огорчать его бедных родителей и вас? Люди ведь так глупы, даже здесь. Как им понять, что случилось. Стали бы злословить. А Манеш того не заслуживал. В его смерти виновата эта война, как и всякая другая. Разве не так?

Когда Матильда снова приехала в госпиталь в Даксе, Даниель Эсперанца лежал в выкрашенной в розовый цвет палате. Его лицо было серым, под стать рубахе. Со вторника, когда они разговаривали в парке, прошло четыре дня. Сестра Мария из Ордена Страстей Господних была недовольна, что Матильда снова приехала так скоро. Он плохо себя чувствует. Часто кашляет. Матильда пообещала, что долго не задержится.

В прошлый раз, уезжая, она спросила, что ему привезти. И тот грустно ответил: "Ничего, спасибо, я больше не курю". Она привезла ему шоколад. "Вы так добры, – говорит он, – но я не смогу его съесть, у меня зубы выпадут". Вот коробку он находит красивой.

Пусть шоколад раздадут другим больным, а коробку вернут. Перед тем как выйти из палаты, сестра Мария ссыпала шоколад себе в карман передника и, попробовав одну шоколадку, сказала: "Вкусный, очень вкусный. Я его оставлю себе".

Матильда заготовила список вопросов. Даниель Эсперанца подозрительно поглядывает на нее, пока она разворачивает свой листок. Голова его покоится на двух подушках. На тумбочке, скрывая циферблат часов, стоит коробка из-под шоколада с изображением осеннего леска. Слышно только тиканье будильника.

Первое: почему он так долго не решался рассказать все, что знал?

Весной этого года, еще на ногах и надеясь на излечение от окаянной "испанки", он приехал на двуколке в Кап-Бретон поговорить с родителями Манеша. Но пока долго искал их дом, раздумал. Зачем ему с ними встречаться? Какую поддержку мог он им оказать? Он доехал до виллы "Поэма" и остановился перед белыми воротами. Матильда, окруженная кошками, сидела в глубине сада в своей коляске и рисовала. Она показалась ему такой юной. И он уехал.

Потом он совсем расхворался. И рассказал о том, что с ним случилось на войне, сестре Марии. Она из Лабенна, что рядом с Кап-Бретоном. Матильде кажется, что она уже встречала ее прежде, когда была девочкой и принимала вместе с другими детьми лечебные ванны в санатории. Она-то и рассказала ему о желании Матильды, подобно многим гражданским женам солдат, узаконить свой брак с погибшим. И посоветовала Эсперанце поговорить с ней. Никто лучше его не мог бы подтвердить факт последнего письма Манеша и его желания жениться на ней.

Матильда благодарит. К чему говорить, что она получила десятки писем Манеша, в которых говорилось то же самое. Для осуществления ее плана есть другие преграды. Прежде всего возраст. Получалось так, что, для того чтобы быть убитым, Манеш был достаточно взрослым, а чтобы самому решить вопрос о женитьбе – нет. С тех пор как Матильда открылась любившим ее прежде Этчевери, они стали ее сторониться. Отец Манеша, продавший свой рыбачий катер, но сохранивший устричное хозяйство на озере Оссегор, считает ее интриганкой. А мать, у которой стали сдавать нервы, упала на пол с криком, что у нее хотят второй раз отнять единственного сына.

Родители Матильды не лучше. Отец сказал – "никогда в жизни", а мать разбила вазу. Убедившись по справке, выданной ей врачом с улицы Помп, что непоправимое случилось, они три часа в объятиях друг друга оплакивали утраченные иллюзии. Отец проклинал негодяя, который воспользовался ребенком-калекой для удовлетворения своей похоти. А мать говорила: "Не верю! Не верю! Матти сама не знает, о чем говорит!" Что касается ее старшего женатого брата, отца двух придурковатых сосунков, умеющих лишь мучить кошек, то все эти странные вещи были выше его понимания.

Отныне Матильда никому не рассказывает о своем решении. А уж Эсперанца – и подавно. Через год и четыре месяца, первого января 1921 года, она станет совершеннолетней. Посмотрим тогда, кто уступит первым.

Прошлым вечером, записывая встречу с ним, она обратила внимание на то, что бывший сержант назвал имена лишь тех офицеров, которые погибли после событий в Угрюмом Бинго. Как звали, скажем, майора, который вручил ему приказ в Беллуа-ан-Сантерр?

Эсперанца опускает голову. Ему нечего добавить к уже сказанному. Манеша он жалеет, находит прекрасным – "даже волнующим", – что такая девушка, как она, в ее-то возрасте, в доказательство своей верности желает обвенчаться с ним посмертно. Но имена тех, кого теперь могут наказать за подлость, которую их заставили совершить, она никогда не узнает. Майор тоже был солдатом, хорошим товарищем, уважал начальство.

Не знает ли он, жив ли Селестен Пу?

Нет.

А его пехотинцы? А капрал Бенжамен Горд? А фельдшер из разрушенной деревни?

Он поглядывает на Матильду не без враждебности. И отвечает: "Какое значение имеют показания рядовых и капралов? Вы ничего не докажете. Если вы хотите обвинить армию, на меня не рассчитывайте".

Матильда понимает, что после их первого свидания он все хорошо обдумал. Задавать другие вопросы бесполезно. Но продолжает.

Кто был защитником Манеша на суде?

Он не знает.

Название деревни, где проходил суд?

Ему не сказали.

Что стало с десятью другими, приговоренными к смерти?

Он пожимает плечами.

Кто был старшим над капитаном Фаурье?

Его лицо бесстрастно.

Не думает ли он, что Манеш симулировал свое состояние?

Нет, вот это – нет.

Манеш сам просил, чтобы он именно так написал его имя в письме?

Да. В противном случае он бы написал Манекс.

Не почувствовал ли он, когда потом прочел и переписал письмо Этого Парня, что в нем есть что-то неуместное?

Ему непонятно, что она имеет в виду.

Ведь это письмо жене от приговоренного к смерти. Оно короче других писем, всего несколько строк, зато много места уделено цене на удобрения и сделке, которая его уже могла бы не интересовать.

"Понятное дело, вы не знали Этого Парня, – отвечает Эсперанца. – Это был грубый, себе на уме, но все равно грубый человек, ростом под два метра, мрачный и подобно другим, на него похожим, не умевший видеть дальше своего носа". Лично он, Эсперанца, искал в его письме лишь то, что могло бы оказаться опасным с точки зрения интересов армии. Обнаружив пацифистские идеи у Си-Су, он засомневался, но потом, подумав о его жене и детях, отдал письмо сварщика вахмистру для отправки.

Знает ли он, кто такой Бисквит?

Нет.

Когда Эсперанца произносит "нет", Матильде становится ясно, что он лжет. Его уклончивый и растерянный взгляд старается не встречаться с ее глазами. Она ощущает всю нерешительность этого "нет", скрываемую приступом кашля. А так как она молча разглядывает его, он добавляет: "Я прочел имя Бисквит, как и вы, в постскриптуме у Эскимоса".

Матильда не настаивает.

После того как они прибыли на перекресток траншей, именуемый площадью Оперы, сколько времени провел он в закутке капитана Фавурье, где находился телефон?

Он озадачен вопросом и размышляет. "Минут десять. А что?"

Фотография осужденных была сделана именно тогда?

Он действительно считает, что пехотинец по прозвищу Пруссак мог незаметно сделать снимок только в это время.

Какую цель он преследовал, переписывая письма?

Письма могли быть задержаны цензурой или не доставлены по другим причинам. Он решил, что по окончании войны убедится в этом.

Виделся ли он до Матильды с кем-либо из семей осужденных?

Нет. Болезнь и раны помешали ему. В Кап-Бретон он съездил только потому, что это рядом. И еще, ему приятно было снова править двуколкой. Сегодня же неохота ворошить старое.

Получил ли он звание фельдфебеля, как пообещал майор?

Отводя покрасневшие глаза, тот с недовольным видом кивает. Но слышать снова его хныканье Матильда не хочет. Некоторое время она сидит молча.

Тогда он сам возвращается к этому вопросу. Говорит, что закончил войну в звании старшего фельдфебеля. А когда лежал в парижском госпитале, его наградили Военным крестом. Две слезинки появляются в уголках его глаз, но не стекают по щекам. Как-то по-детски он утирает их. И шепчет: "Да, это много значило для меня". Он смотрит на Матильду сквозь слезы с недоумением, губы его вздрагивают. Ей кажется, что он готов ей в чем-то признаться, но потом только качает головой и бормочет: "Больше не могу".

Позднее, когда он приободрился и к нему вернулся голос, Эсперанца говорит, что Матильда не должна презирать его за то, что он скрывает от нее некоторые вещи. Что станет с ним, одиноким, больным и беспомощным, если его лишат пенсии? Да и что она выиграет, если узнает? Нет, это не касается Манеша.

"Я бы могла выиграть время", – говорит Матильда.

Даниель Эсперанца вздыхает и отвечает, что в ее нынешнем состоянии и в ее-то молодые годы ей бы лучше воспользоваться молодостью, а не гоняться за призраками. Конечно, выйти замуж за погибшего на войне жениха – благородный поступок, но пусть она не помнит зла. Угрюмый Бинго – лишь одна из тысячи траншей, 6 января 1917 года – один из тысячи пятисот жутких дней, а Манеш – один из миллионов таких же несчастных солдат.

"Только на другой день он был еще жив, – твердым голосом произносит Матильда, то ли чтобы произвести на Эсперанцу впечатление, то ли в порыве охватившего ее раздражения. – Он лежал перед той траншеей, и я разыскиваю не миллионы солдат, а того единственного, кто мог бы рассказать мне, что с ним стало!"

Оба молчат, и снова в палате слышно тиканье будильника. Лежа на подушках, Эсперанца грустно вздыхает. Она подъезжает в инвалидной коляске к постели, дотрагивается до старой серой руки, лежащей поверх одеяла, и с ласковой улыбкой говорит: "Я снова приеду вас проведать". Матильда часто разглядывает в зеркале свою улыбку, которая может быть у нее милой, злой, сардонической, истерической, глупой, шаловливой, навязчивой, восторженной. Вот только счастливой ее не назовешь. В общем, такая улыбка ей не удается. Это как в школе, нельзя успевать по всем предметам.

Матильда катит по длинному белому коридору. Подталкивая ее, Сильвен говорит: "Будь же благоразумна, Матти. Пока ты разговаривала с этим мсье, я прочитал в газете, что какой-то летчик на своем биплане пролетел под Триумфальной аркой. Зачем? От огорчения, что авиация не участвовала в параде Победы. Что ты на это скажешь?"

Если перевести эти слова на понятный язык, это означает, что Матильда напрасно портит себе кровь. Достаточно взглянуть на людей, как становится ясно, что у кошек, собак и даже у Пуа-Шиша больше ума и сердца.

Перенеся ее на руках в автомобиль, Сильвен продолжает: "С чего он расстроился? Представляешь? Пролетел под аркой! Даже те, кто пешком проходят под ней, могут подхватить плеврит".

Матильда смеется. И думает: будь у нее талант Милле, Ван Гога, или десятка других, которые их не стоят, она написала бы, как живое воплощение человеческого тщеславия, портрет страдающего "испанкой" старшего фельдфебеля, награжденного Военным крестом, сидящим в лучах солнца, пробивающегося сквозь сосны, или в своей выкрашенной розовой краской палате.

В этот вечер она ненавидит Эсперанцу.

СЛАВНЫЕ БЫЛЫЕ ДЕНЬКИ

Октябрь 1919 года.
Терезе Гэньяр, жене человека, которого называли Си-Су, тридцать один год от роду, стройная фигура, светлые волосы польки, лукавые голубые глаза. Работает прачкой в Кашане, около Парижа. У нее лавочка на маленькой площади, где кружат засохшие платановые листья.

Она знает, что муж выстрелил себе в руку и предстал перед военным трибуналом. Об этом рассказал его бывший фронтовой товарищ, приезжавший к ней после перемирия. А большего знать ей не надо. На официальной похоронке, полученной в апреле 1917 года, значится: "Убит врагом". Получает пенсию, у нее две дочери, которых надо поставить на ноги. Она сама шьет им платья и завязывает одинаковыми лентами банты, как поступают с двойняшками. Уже несколько месяцев за ней ухаживает человек, который хочет на ней жениться. Он ласков с детьми.

Она вздыхает: "Жизнь не выбирают. У Си-Су было золотое сердце. Уверена, он одобрил бы мое решение".

И возвращается к утюгу.

О Си-Су рассказывает, что он был ранен в Дравее в 1908 году, когда кавалеристы стреляли по забастовщикам в песчаном карьере и многих поубивали. Яростно ненавидел Клемансо. И не одобрил бы, чтобы этого убийцу рабочих называли теперь Отцом Победы.

Только не думайте, что Си-Су увлекался одной профсоюзной работой. Ему нравилось ходить на танцульки на берегу Марны, да еще гонять на велосипеде. Он любил это не меньше, чем свою ВКТ*. В 1911 году, в то ужасное жаркое лето, ему довелось в качестве механика сопровождать Гарригу, когда тот стал победителем Тур де Франс. В вечер после победы Тереза привезла Си-Су мертвецки пьяным на тачке от Порт д'Орлеан до Баньё, где они жили. На шестом месяце беременности своей первой дочкой. На другой день ему было так стыдно, что не смел глаз на нее поднять и не хотел, чтобы она на него смотрела. Большую часть дня он, подобно осужденным в средние века, провел с мокрым полотенцем на лице.

---

* Всемирная конфедерация труда.

Пьяным она его видела в тот единственный раз. А если он и выпивал стаканчик, то лишь за столом, да и то потому, что, когда они начали встречаться, она вспомнила поговорку своей бабки: "После обеда стакан вина не навредит никогда". Он никогда не транжирил получку на игры или выпивку в кафе. Чтобы позлить, его называли скрягой. Но если приносил Терезе слегка усохшую зарплату, она знала, что помог кому-то из товарищей. Развлекался он только на Зимнем велодроме, где знал всех гонщиков и куда его пускали бесплатно. Оттуда он приходил с горящими глазами и яркими впечатлениями. Тереза говорит, что, если бы у них родился сын, Си-Су сделал бы из него чемпиона по велоспорту.

Когда Сильвен, доставивший Матильду в Париж, приезжает за ней, обе девочки уже вернулись из школы. Восьмилетняя Женевьева умеет, не обжигаясь, гладить утюжком маленькие платки и очень гордится тем, что помогает матери. Шестилетняя Симона принесла с улицы засохшую ветку платана и обрывает листья. Одну из веток она отдает Матильде.

В отцовском автомобиле, большом красно-черном "пежо", с новым, незнакомым ей шофером за рулем, Матильда сидит сзади рядом с Сильвеном. Между большим и указательным пальцами она зажала ветку и задает себе вопрос, смогла бы она, имея двоих детей от Манеша, забыть его? И не может ответить. Говорит себе – "нет", а потом – "конечно, ведь у Терезы Гэньяр нет отца, уже зарабатывавшего много денег до войны, и еще больше – после, восстанавливая разрушенные города".

Они въезжают в Париж. Наступил вечер. На Монпарнасе идет дождь. Она видит, как по стеклам машины стекает ручьями вода.

И думает: "Бедный, бедный Си-Су. Мне бы тоже хотелось узнать тебя в другие времена и в другом месте, как сказал капитан человеку, которого ты называл Надеждой. Ты, я знаю, так бы встряхнул этого Надежду, что он бы выплеснул правду всему свету".

До отъезда Матильда написала в Кап-Бретон письмо жене Этого Парня из Дордони. Оно вернулось с пометкой: "Адресат не проживает". Рожденная в январе, Матильда унаследовала – пусть тут астрологи разбираются – от Тельца упрямство, а от Рака – упорство. Она написала мэру деревни Кабиньяк. Ей ответил кюре.

25 сентября 1919 года.

Дорогое мое дитя!

Мэр Кабиньяка, господин Огюст Булю, умер в этом году. А тот, кто его сменил, Альбер Дюко, поселился у нас после войны, которую не теряя лица провел на медицинской службе. Он радикал, но тем не менее выказывает ко мне братские чувства. Это умный врач, бессребреник, он не берет денег с бедных, а таких немало среди моих прихожан. Я очень уважаю его. Он отдал мне письмо потому, что не был знаком с Бенуа и Мариеттой Нотр-Дам. Я же обвенчал их летом 1912 года. Я знал Мариетту и Бенуа еще детьми. Бенуа ни за что не хотел учить катехизис. Однако, выловив его в поле, где он шел за плугом, я заставлял его учить текст во славу Иисуса и Марии. Они оба подкидыши. Бенуа нашли в нескольких километрах от Кабиньяка на ступенях часовни Нотр-Дам-де-Вертю. Отсюда его фамилия. А так как это случилось в день святого Бенуа, 11 июля, – то ему дали это имя. Такой же кюре, как и я, найдя ребенка, отнес на руках в монастырь, откуда потом его не хотели отдавать. Пришлось вмешаться конным жандармам. Если вы когда-нибудь будете в наших краях, старики расскажут вам эту историю во всех подробностях.

Этим летом на площади перед моей церковью возведен временный памятник погибшим на войне. На нем есть и имя Бенуа Нотр-Дам. Шестнадцать сыновей Кабиньяка отдали свою жизнь за родину. В 1914 году у нас было тридцать мужчин призывного возраста. Сами видите, какой урон нам нанесла война.

Я почувствовал, дитя мое, в вашем письме раздражение и горечь. Никто не знает, как погиб Бенуа Нотр-Дам. Но здесь все убеждены, что в суровом бою: он был таким большим, таким крепким, что сломать его могла только чья-то адская сила. Или – и тут я умолкаю – воля Божья.

Мариетта получила ужасное известие в январе 1917 года. Она тотчас повидалась с нотариусом из Монтиньяка, продала ферму, так как одна бы не управилась с ней. Продала все – даже мебель. И, сев на двуколку папаши Трие, вместе с маленьким Батистеном уехала. У нее было два чемодана и мешки. Взяв под уздцы лошадь, я спросил ее: "Что ты делаешь? Что с тобой будет?" – "Обо мне не беспокойтесь, господин кюре, – ответила она. – У меня есть малыш, друзья близ Парижа, я найду работу". А так как я все еще держал уздечку, папаша Трие крикнул: "Пошел прочь, кюре! А то огрею тебя плеткой!" Этот скряга, потерявший на войне обоих сыновей и зятя, оскорблял всех, кто вернулся, и поносил Господа нашего. Это он откупил ферму у Нотр-Дам. И, несмотря на свою жадность, дал Мариетте, по словам нотариуса, хорошую цену. Наверное, с тех пор как сам пережил столько горя, стал уважать чужое больше, чем деньги. В каждой заблудшей душе всегда найдется кусочек ясного неба. Я вижу в этом длань Божью.

В апреле 1917 года пришло официальное извещение о смерти Бенуа. Я отправил его по временному адресу, оставленному мне Мариеттой, на улицу Гэй-Люссак, 14, в Париже. С тех пор мы ничего о ней здесь не знаем. Может, вы поищете ее, поспрошав у хозяев этого дома. Буду весьма признателен, если сообщите, нашли ли ее. Я бы так хотел знать, что сталось с ней и ребенком.

Именем Господа нашего Ансельм Буалеру,
кюре кабиньякский

Матильда написала также подруге Уголовника, Тине Ломбарди, поручив письмо заботам госпожи Конте, проживавшей на Дороге Жертв войны, 5, в Марселе. Эта дама написала ей ответ фиолетовыми чернилами на страничках, вырванных из школьной тетради. С трудом разобрав письмо с помощью лупы и итальянского словаря, она прочитала следующее:

Четверг, 2 октября 1919 года.

Дорогая мадемуазель!
Я не видела Валентину Эмилию Марию, мою названую крестницу, с четверга, 5 декабря прошлого года. Она провела у меня полдня, как и прежде до войны, принесла горшок хризантем на могилы моих отца, сестры и покойного мужа, пирог с кремом, печеные яблоки и горошек. А еще пятьдесят франков сунула в коробку из-под сахара, да так, чтобы я не заметила.

Вид у нее был обычный – ни довольный, ни недовольный, скорее благополучный. Одета была в синее в белый горох платье, очень красивое, но такое короткое, что открывало икры, ну, сами знаете как. Сказала, что такая теперь мода. Убеждена, что вы порядочная и образованная девушка и не наденете такое платье, разве что изображая уличную девицу на карнавале в канун поста. Да и то не шибко тому верю. Я показала ваше письмо соседкам – мадам Сциолле, а также мадам Изоле, которая вместе с мужем держит бар "У Цезаря" на улице Лубон. Эта женщина всегда может дать полезный совет, ее все уважают, уверяю вас. Так вот, обе они сказали: "Сразу видно, что эта девушка из хорошей семьи", что я должна вам написать вместо Валентины, хотя понятия не имею, где она уже много месяцев. Что и делаю.

Только, дорогая мадемуазель, простите мне мой почерк, я не ходила в школу. Я ведь из бедной семьи, приехала из Италии в Марсель с моим вдовым отцом и сестрой Сесилией Розой в январе 1882 года, четырнадцати лет. Моя бедняжка сестра умерла в 1884 году, а отец – в 89-м. Он был каменщиком, его все уважали, так что мне пришлось много работать. 3 марта 1900 года я вышла замуж за Паоло Конте, мне было тридцать два года, а ему пятьдесят три, и он двадцать лет проработал на шахтах в Алесе. 10 февраля 1904 года он умер от болезни бронхов в два часа ночи, а это значит, что мы не прожили и четырех лет в браке. И это был сущий ужас, уверяю вас. Этот славный человек приехал из Казерта, где я сама родилась и моя сестра Сесилия Роза тоже. Детей мы не успели завести, да, просто ужасно. А потом у меня начало шалить сердце, и вот в пятьдесят один год, даже не в пятьдесят два, я превратилась в старуху, не способную самостоятельно выходить на улицу. Я стала задыхаться, даже когда перехожу от постели в кухню –

представляете, каково это. К счастью, у меня хорошие соседи – мадам Сциолла и мадам Изола. Благодаря хлопотам мадам Изолы, меня взяла на свое попечение мэрия. Я ни в чем не нуждаюсь. Не подумайте только, что я вам жалуюсь, моя бедная девочка, потерявшая на войне своего любимого жениха. Я тоже пережила горе и поэтому вместе с мадам Сциоллой и мадам Изолой выражаю вам свое искреннее соболезнование.

Я всегда любила Валентину Эмилию Марию, с самого дня ее рождения, 2 апреля 1891 года. Ее мать умерла от родов, у меня тогда уже не было ни отца, ни сестры, и пока еще мужа. Я бы все вам лучше рассказала не в письме, но вы сможете себе представить мою радость, когда двадцати трех лет я могла держать на руках ребенка, тем более что ее отец, Лоренцо Ломбарди, пил горькую и задирался, его все соседи терпеть не могли. Чтобы вволю поспать, она часто пряталась у меня. Так что разве удивительно, что она пошла по дурной дорожке? В тринадцать или четырнадцать лет она познакомилась с этим Анжем Бассиньяно, жизнь которого была не лучше, чем у нее. Но ведь любовь побеждает все.

Я возвращаюсь к письму 3 октября. Вчера не могла продолжать, кровь так и приливала к голове. Я бы только не хотела, чтобы вы подумали, будто Валентина Эмилия Мария, моя названая крестница, дурная девчонка. Как раз напротив, у нее доброе сердце, до войны не было дня, чтобы она не посещала меня, не приносила подарки, не оставляла незаметно, чтобы не обидеть, в сахарнице пятьдесят или больше франков. Но ей не повезло. Она отдалась этому окаянному неаполитанцу, а затем последовала за ним в его падении, ведя разгульную жизнь до тех пор, пока он не сцепился насмерть с другим негодяем из нашего района в баре Аранка и не всадил в него нож. Меня всю передернуло, когда я об этом узнала.

Потом она каждую субботу ходила к нему в тюрьму Сен-Пьер, и у него ни в чем не было недостатка, уверяю вас. Он к этому привык с тех пор, как шестнадцати лет вообразил себя принцем, и жил за ее счет. Потом, когда в 1916 году его отправили на войну, она последовала за ним, переезжая с одного фронта на другой, они пользовались каким-то шифром, так что она всегда знала, где его найти. Представляете, кем сделала ее эта любовь: солдатской девкой. Он даже сумел в своем полку найти с десяток болванов, которым она стала "фронтовой крестной", и в увольнении обчищала их до нитки. Он заставлял ее делать вещи и похуже, и все ради денег. Разве сегодня, когда он подох, как собака, вернее всего, от рук французских солдат, ему нужны деньги? Натерпелись бы стыда его родители, будь они живы. К счастью, они знали его очаровательным мальчуганом, настоящим красавцем. Они умерли, когда ему было четыре года, и он воспитывался не бог весть у каких людей, выходцев из Пьемонта, которые оставляли его на улице. Я, уверяю вас, совсем не злая женщина, но, когда жандармы принесли подтверждение о его смерти и вручили уведомление, я испытала чувство облегчения. Я поплакала, но не из-за него, пропащий был малый, а из-за крестницы, для которой он стал сущим демоном.

А теперь я отвечу на вопрос, который вы задали Тине, как вы ее называете. Я распечатала ваше письмо, так я поступаю по ее указанию, чтобы пересылать туда, где она находится, и чтобы отвечать на письма властей и полиции. Я первой узнала от жандармов в субботу 27 января 1917 года в одиннадцатом часу о том, что Анж Бассиньяно пропал на войне. Незадолго до этого, во вторник 16 января, я получила последнее письмо Ангела из Ада, как он сам себя называл, посланное Валентине. Я была очень удивлена, получив это письмо, ведь с тех пор как он вышел из тюрьмы, я перестала служить ему почтой, и удивилась еще его нежности, но он заговаривал зубы, за его нежными словами явно скрывался, как я уже сказала, тайный код для моей крестницы.

В то время у меня еще был адрес Валентины Эмилии Марии: п/п 1828.76.50 и больше ничего, но письма доходили. Ее последнее письмо было написано пять недель назад, она нигде долго не засиживалась, но я все-таки переправила ей письмо, и она мне потом говорила, что получила его. Словом, она нашла след своего демона и узнала о том, что с ним приключилось.

Она рассказывала, что это произошло на Сомме и что его надо считать погибшим. Так она и сказала, вернувшись в Марсель, сидя в моей кухне, во вторник 13 марта 1917 года. Выглядела усталой и больной. Я сказала ей – поплачь, да поплачь же, бедняжка, – что это ей поможет, но она ответила, что ей неохота, мечтает только оторвать башку тем, кто погубил ее Нино – так она его называла. Потом я некоторое время опять не видела ее. Наконец пришла открытка из Тулона, она писала, что у нее все в порядке, чтобы я не беспокоилась. Официальную похоронку доставили в пятницу 27 апреля, в конце дня. Вот тогда-то я и произнесла – "тем лучше". На бланке было написано: "Убит врагом 7 января 1917 года", но где похоронен – не сказано. Конечно, я спросила у жандармов. Но те не знали. Только сказали: "Наверное, в одной могиле с другими".

Я написала в Тулон, и при первой возможности моя крестница приехала меня проведать. Располнела, расцвела. Я радовалась, особенно потому, что она не хотела говорить о своем Нино. Потом она еще приезжала, почти каждый месяц до того четверга, 5 декабря 1918 года, о котором я писала, привозила подарки и сладости, мы вместе ужинали в кухне, а однажды, опираясь на ее руку, я даже вышла из дому и мы вместе отправились в бар "У Цезаря", там мадам Изола приготовила нам вкуснейшие отбивные – в Бель де Мэ или Сен-Морон, даже в верхней части Национального бульвара нет лучше кухни.

Сейчас я ничего не знаю о моей крестнице. Ко дню моего рождения в феврале я получила поздравительную открытку из Ла-Сьота. Позже мне сказали, что ее видели в Марселе с девицами на улице Панье, а еще в заведении по дороге в Гардан. Но пока она мне сама все не расскажет, я никому не поверю. Злословить ведь так просто.

Я продолжаю письмо 4 октября, которое прервала накануне, по причине усталости. У меня плохое зрение, и перечитать мне трудно, надеюсь вы разберете мои каракули. Боюсь только, что на почте не примут такое толстое письмо, самое длинное из всех, когда-либо мною написанных. В каком-то смысле оно позволило мне облегчить душу, уж не знаю, как сказать. Когда я увижу крестницу – а я ее непременно увижу, – я узнаю от нее адрес и пошлю его вам, если она позволит. С самыми лучшими чувствами к вам и соболезнованиями также от мадам Сциоллы и мадам Изолы. До свидания, с уважением,

мадам вдова Паоло Конте,
урожденная Ди Бокка

Бар Малыша Луи на улице Амело обшит темным дубом. Пахнет анисом и опилками. Две лампы освещают потолок и облупившиеся стены. Позади оцинкованной стойки над батареей бутылок развешаны фотографии довоенных боксеров в боевой стойке. Они с каким-то завороженным видом смотрят в объектив. Все фотографии в полированных рамках. Малыш Луи говорит: "Рамки изготовил Эскимос. И макет парусника в глубине зала – тоже он. Макет, конечно, постарел, но вы бы видели его в 1911 году – настоящая игрушка, точная копия шхуны "Samara", на которой в дни молодости Эскимос вместе с братом Шарлем плавали от Сан-Франциско до Ванкувера. Честное слово, руки у Эскимоса были золотые".

Малыш Луи опустил жалюзи. На часах полдесятого вечера, в это время бар обычно закрывается. По телефону он сказал Матильде: "Так нам будет спокойнее". Когда она приехала, подталкиваемая в своей коляске Сильвеном, за стойкой находились только два клиента, которым Малыш Луи посоветовал скорее допить рюмки. Теперь он ставит на мраморную плиту столика разогретую похлебку, початую бутылку вина, тарелку. Он, конечно, предложил Матильде разделить его трапезу – рагу из барашка, – но она не смогла бы проглотить и кусочка. Сильвен отправился ужинать в пивную на площади Бастилии.

Малыш Луи вполне соответствует своему прозвищу. Но располнел. Говорит: "Будь я сегодня боксером, перешел бы в средний вес. И со мной разделался бы любой противник. Истинно говорю, если имеешь бистро, трудно сохранить форму". Но его походка – когда он переходит от стойки к столику, приносит две рюмки, полбатона хлеба, камамбер в коробке – отличается удивительной гибкостью. Он ходит словно на пружинах. По перебитому носу, сплющенным ушам и изуродованному рту видно, что ему доставалось от противников. Улыбка открывает ряд золотых зубов.

Усевшись и заложив клетчатую салфетку за ворот рубашки, он наполняет рюмку и сначала предлагает Матильде. Чтобы покончить со светскими условностями, она соглашается. Налив себе и отпив глоток, чтобы промочить горло, он прищелкивает языком и говорит: "Можете убедиться, вино отличное. Мне его присылают из родного Анже. Вот сколочу деньжат и сам вернусь туда. Продам это вонючее заведение и засяду в винном погребе, не вылезая, вместе с двумя-тремя приятелями для компании. Истинно скажу, я многое повидал в жизни, но нет ничего лучше вина и дружбы". И, сокрушенно улыбнувшись, добавляет: "Извините, глупости болтаю. Вы меня смущаете".

Затем накладывает в тарелку еду и ест, макая хлеб в соус. А в перерыве между рюмками рассказывает Матильде о том, что ее интересует. Она пододвинула к столу свою коляску. За окном все тихо, не слышны даже автомобили и голоса буянов, любящих вино и дружбу.

В конце января 1917 года в кафе зашла вдова из Попечительского совета, "дама в трауре", и сообщила Малышу Луи, что его друг умер. Она пришла из дома на улице Давиль, в двух шагах от бара, где до войны у Эскимоса на первом этаже была столярная мастерская, а наверху – комнатенка в мансарде.

Малыш Луи так и рухнул на стул. В тот момент он как раз рассказывал клиентам об одном из своих самых славных боев. Вечером, оставшись один, он напился и плакал, перечитывая полученное раньше последнее письмо Эскимоса. И даже в сердцах разбил в баре столик, проклиная судьбу-злодейку.

А в середине апреля явился господин из мэрии с официальной похоронкой: "Убит врагом 7 января 1917 года". Господин хотел узнать, есть ли у Эскимоса родственники, хотя бы дальние, которых надо было бы известить. Малыш Луи ответил, что не знает. Брат Эскимоса Шарль остался жить в Америке и уже давно не подавал о себе вестей.

В тот вечер, чтобы встряхнуться, Малыш Луи выбрался в город с одной из своих возлюбленных. После кино, которое они недосмотрели, не было настроения, они поужинали в ресторане на площади Клиши. Не было настроения заняться и другими делами, он проводил даму до дома, но не зашел к ней, и пешком, весь в слезах, вернулся к себе, заперся в кафе и опять напился в одиночестве, предаваясь воспоминаниям. Однако столов крушить не стал, потому что они дорого стоят, да и все равно ничего не поправишь.

Нет, он не получал больше никаких известий ни о гибели Клебера Буке, ни о месте, где он похоронен. Никто из фронтовых товарищей к нему не заходил. В начале войны приходили, по случаю увольнения, чтобы сообщить ему новости, отдать фотографии, а потом стали бывать все реже. Армия пополнялась новыми людьми, возможно, все однополчане погибли или попали в плен, а может быть, им надоело пережевывать свои беды.

Веронику Пассаван – Веро, о которой писал Эскимос, Малыш Луи встречал часто, она и теперь заходит, обычно к закрытию, чтобы, сидя возле печки, выпить чашку кофе, поговорить о славных былых деньках и немного поплакать. В 1911 году она приходила с Клебером. В тот год Малыш Луи повесил на гвоздь перчатки по случаю своих тридцати девяти лет. А после пресловутого боя с Луи Понтьё купил бар.

Даже боксируя с сильным противником, он никогда не падал на колени. Но в тот раз здорово испачкал майку. Потом наступили годы, которые они с Веро называют славными деньками. Клебер много раз на дню, весь в стружке, приходил выпить белого винца. Часто по вечерам водил расфранченную Веро в мюзик-холл. Он очень гордился своей спутницей, которую всем представлял как жену. Даже не будучи венчаны, они все равно решили жить вместе до гроба. Разлучила их война.

И вот еще что. В 1916 году Клебер продолжал оплачивать мастерскую и комнату, он хотел, чтобы, приезжая в увольнение, все было как прежде. Он чаще других пользовался отпуском, потому что вызывал у людей симпатию, а может быть потому, что был награжден за то, что привел пленных. В те дни, так сказать, разрядки, он полдня проводил с Веро в постели, а вторую половину – в увеселительных заведениях, даже в тех, куда до войны не осмеливался зайти. Едва приехав, он еще на лестнице скидывал свою солдатскую форму и надевал ее только перед отъездом. Надо было видеть, как он пыжился, идя в твидовом английском пиджаке, в сдвинутом для форсу на затылок котелке и с длинным белым шарфом на шее под руку со своей зазнобой. Его принимали за одного из асов-летчиков.

Следует еще сказать, что Вероника Пассаван – прехорошенькая штучка. Высокая, отлично сложенная, с черными до пояса волосами, большими, как шары, кошачьими глазами и с такой кожей, что ей позавидовали бы многие дамочки – истинно говорю, хорошенькая штучка. Ей двадцать семь лет. В последний раз заходила к Малышу Луи в июле этого года, служит продавщицей в бутике для дам в Менильмонтане. Но ни дома, ни улицы, на которой живет, он не знает. Уверен, что она скоро зайдет, и тогда он свяжет ее с Матильдой.

Причина ссоры и разрыв между любовниками в 1916 году во время очередного увольнения Клебера так и остались для Малыша Луи загадкой. Ни он, ни она ничего ему не сказали. Он решил, что такие раздоры между влюбленными не могут длиться долго. Когда в то окаянное утро Веро, узнав от соседей, что ее любовник погиб, прибежала к нему, Малыш Луи дал ей прочитать последнее письмо Эскимоса и попросил обо всем рассказать. Вся в слезах, убитая горем, она стояла на коленях, подняв лицо без следов косметики, и кричала: "Да какое это имеет значение теперь? Хочешь, чтобы меня замучали угрызения совести? Думаешь, я не решила в его следующий приезд броситься ему на шею? И все было бы забыто! Все!" Так она кричала, не считаясь с присутствием пяти-семи клиентов, которым не хватало такта, чтобы удалиться, поборов любопытство перед лицом чужой беды. Малышу Луи пришлось их вышвырнуть.

Много позже, успокоившись и сев за стол у печки, Веро, с сухими глазами, сказала: "В любом случае Клебер заставил меня поклясться, что я никому ничего не скажу". Малыш Луи не стал настаивать. Коли Матильде угодно знать его мнение, то Клебер, всегда питавший слабость к женскому полу, наверное, сделал левый заход, признался Веро, и она его не простила. Забрала свои вещи и ушла. Если не мучить себя ненужными подробностями, он, Малыш Луи, видит дело именно в таком свете. Но его смущают две вещи: первое – Веро слишком любила Эскимоса, чтобы долго сердиться на него за случайную связь. И второе – раз Клебер отказался довериться ему, хотя отдавал даже деньги, значит, ему было стыдно или, что всего вероятнее, он кого-то выгораживал. Пусть уж Матильда простит ему, но в постельных делах он никому не советчик.

В то время как Малыш Луи заканчивает ужин, Матильда приближает свою коляску к огню. В какой-то момент его рассказа ее вдруг охватил озноб. Или всему виной возникшая в мозгу картина. Тем временем Малыш Луи приносит ящик с приготовленными для нее сувенирами: американские фотографии Эскимоса, а также другие, относящиеся к славным довоенным денькам, военные фото, последнее письмо. Матильда еще не знает, должна ли она сказать Малышу Луи, что у нее есть его копия и в какой страшный вечер оно написано. Впрочем, она почти не разыгрывает удивления, читая письмо словно в первый раз.

Она смотрит на скошенные влево буквы, написанные неумелой рукой простого паренька, делающего орфографические ошибки, в ее воображении возникает связанный, замерзший, жалкий солдат, который обернулся, стоя на верху лесенки, чтобы спросить разрешения помочь другому, еще более жалкому, чем он.

Малыш Луи переставляет рюмки, свою и Матильды, на соседний столик, ближе к ней, садится и закуривает сигарету. Его взгляд под разбитыми бровями устремлен куда-то в прошлое. Матильда спрашивает, кто такой Бисквит, о котором написано в постскриптуме? Покривившись, Малыш Луи говорит: "Истинно говорю, вы прочли мои мысли. Я только что о нем подумал".

С Бисквитом связана целая история.

Бедняга тоже не вернулся с войны, он был самым симпатичным из знакомых ему людей. Длинный и худой, как жердь, шатен со спокойными голубыми глазами и давно нестриженной шевелюрой. А Бисквитом его прозвали из-за мягких бицепсов, которые он, Малыш Луи, мог, хоть он и не горилла, обхватить одной ладонью.

Бисквит дружил с Клебером со времен наводнения 1910 года, во время которого они спасли старуху. Оба торговали по субботам на барахолке, что на перекрестке улиц Фобур Сент-Антуан и Ледрю-Ролен, шкафами, кронштейнами, мелкой мебелью, всем, что могли сделать своими руками. Эскимос был мастак по дереву, достаточно увидеть макет "Samara" в глубине зала, а вот руки Бисквита Матильда вряд ли сможет себе представить: руки искусного краснодеревщика, виртуоза в работе по грушевому дереву – и это-то у перекупщика колониального бензина – руки колдуна. Другие барахольщики даже не ревновали к нему.

По вечерам в субботу – но не каждую, ведь у него была жена и пятеро детей, так что приходилось выкручиваться, когда он являлся к холодному ужину, – Бисквит заходил вместе с Клебером. За стойкой они выпивали, платя по очереди, шутили и делили выручку. В такие минуты он, Малыш Луи, ревновал к Бисквиту, теперь можно признаться. Конечно, беззлобно, Бисквит ведь был хорошим парнем. Он всегда был уравновешен, никогда не пытался перекричать других и оказывал хорошее влияние на Эскимоса. Да, хорошее. По совету Бисквита Клебер стал откладывать деньги – то сто, то двести франков, – и отдавал их Малышу Луи, чтобы не выбросить на ветер. Малыш Луи складывал деньги в железную коробку из-под бисквитов с изображением полевых цветов на крышке, хранившуюся в сейфе банка. Когда он вручил эти деньги Веронике Пассаван, как велел поступить Эскимос, та не хотела их брать, плакала, говорила, что не заслуживает. Тогда тут, в этом самом баре, где сейчас находится Матильда, Малыш Луи выпрямился во весь свой рост – сто шестьдесят восемь сантиметров, – полон решимости выполнить волю друга и, держа в руке горящую зажигалку, поклялся, что, если она тотчас не положит деньги к себе в сумочку, он их сожжет, а пепел съест, чтобы ничего не осталось. В конце концов она их взяла. Там было около восьми тысяч франков – маловато, чтобы заглушить тоску, но вполне достаточно, чтобы не нуждаться некоторое время.

И вот еще что: Боженька умеет вершить добрые дела. На войне Клебер и Бисквит, родившиеся в одном квартале, оказались в одном полку, в одной роте. Они вместе выстрадали бои на Марне, Вёвре, Сомме, под Верденом. А когда один из них приезжал в увольнение, то сообщал кое-что и о приятеле, пытался рассказывать, какова она, жизнь в траншее, но, потягивая вино, смотрел на Малыша Луи печальными глазами, как бы прося – поговорим о чем-нибудь другом, потому что о траншее не расскажешь: пусть там тревожно и все провоняло, но все равно это – жизнь, и ощущается она куда сильнее, чем в каком-нибудь занюханном местечке. Никто этого не поймет, если сам не побывал там и не помесил вместе с товарищами окопной грязи.

Произнеся эти горькие слова, Малыш Луи на добрую минуту умолкает. Но иногда Боженька делает больно. Летом 1916 года – на каком фронте, забыл – их дружба внезапно кончилась. Клебер и Бисквит возненавидели друг друга, цеплялись один к другому из-за всякой мелочи – будь то пачка сигарет или банка консервов, спорили до хрипоты, кто из двоих – Файоль или Петен больше бережет своих людей. Они старались не встречаться, не разговаривать. Едва Бисквиту дали звание капрала, как он сменил роту, а вскоре и полк. И никогда больше не заходил в бар. Он погиб во время бомбежки, когда его, раненого, как раз эвакуировали с какого-то фронта.

Его настоящее имя Малыш Луи услышал в одну из тех суббот 1911 года, когда Эскимос представлял друга, но не может теперь вспомнить; знавшие его клиенты тоже наверняка не помнят. Все звали его Бисквитом. У него была мастерская в нашем районе, по ту сторону Бастилии. Во всяком случае, Малыш Луи был рад узнать, что, слава Боженьке, перед смертью они помирились.

Когда Сильвен постучал с улицы по ставням, уже было более одиннадцати часов. Пока Малыш Луи ходил за рукояткой, чтобы открыть дверь, Матильда еще раз просмотрела фотографии Эскимоса. По ворвавшемуся воздуху ей ясно, что идет дождь. Она не знает, должна ли рассказать Малышу Луи о том, что поведал Даниель Эсперанца, и решает – нет. Ей от этого никакой пользы, а он расстроится и не сможет спокойно уснуть.

На одной из фотографий Эскимос снят вместе с братом Шарлем под гигантским калифорнийским деревом – секвойей. На другой – они сидят в крытом шарабане, вожжи держит Шарль. Потом стоят на фоне далекого города или деревни под снегом. Урожденный Клебер Буке, Эскимос из одиннадцатого округа Парижа, с суровым видом вытянул вперед руки со шкурками белых лисиц. Матильда понимает, что это было восемнадцать лет назад – фото подписано: "Доусон, Клондайк, 16 января 1898 года". Через девятнадцать лет судьба настигла его в снегу на Сомме.

Больше всего Матильде нравится фотография, где Эскимос стирает белье, стоя в солдатской пилотке и в рубахе с засученными рукавами, и очень спокойно смотрит прямо в объектив. У него добрые глаза, сильная шея, широкие, внушающие доверие плечи. Словно обращается к Матильде, говоря – и ей хочется ему верить, – что защищал Манеша до последней минуты, ибо был достаточно крепок, достаточно опытен и достаточно пожил, чтобы не дать тому умереть.

МЕЛОЧЕВКА КОРОЛЕВЫ ВИКТОРИИ

Ноябрь.

У отца Матильды, Матье Доннея, есть юрисконсульт, пятидесятилетний адвокат, симпатичный, услужливый, очень привлекательный, несмотря на лысину. Он известен, скорее, как неутомимый защитник сирот и вдов, чем как их обольститель. Зовут его Пьер-Мари Рувьер. Он знает Матильду с детства. И так набаловал миндальными пирожными из Экса, что навсегда завоевал ее сердце. Именно к нему, в его обшитый штофом кабинет, Матильда и приехала за советом, когда выбралась в ноябре в Париж.

Едва она назвала ему Угрюмый Бинго и площадь Оперы, он воздел к небу руки, завопив, что это нелепица какая-то. Неужто кто-то может поверить, что пятерых связанных солдат привели на передовую и выбросили за колючую проволоку – да еще в снег! Это одна из тех злобных выдумок, которые возникли отнюдь не случайно и разлетались, словно пух одуванчиков, на протяжении всей войны.

Эсперанца? Жалкий выдумщик, доведенный до крайности, желающий вызвать к себе интерес, но сразу давший задний ход, едва почувствовал, что зашел слишком далеко. Фотография солдат? Она ничего не доказывает, ее могли сделать где угодно. Письмо Манеша, идентичное сделанной копии? Он мог его продиктовать и в других обстоятельствах. Письмо Фавурье? Такая же фальшивка, как подделка борде-ро в деле Дрейфуса. Не исключено, что этого капитана Фавурье и вовсе не существовало.

Тем не менее, отдавая дань приговору военного три-бунала, вынесенному в соответствии с презумцией не-виновности, ибо это подтверждается товарищем Манеша по полку, Пьер-Мари Рувьер записал в своей тетради в кожаном черном переплете с вытесненными на нем инициалами ("все это по-дружески, сугубо между нею и мной") название места и имена солдат, которые ему назвала Матильда, пообещав как можно лучше разобраться в этой невероятной истории.

С тех пор он дважды звонил Матильде на улицу Лафонтена. В первый раз, чтобы уточнить имя офицера медслужбы, который делал перевязки пятерым осужденным в разрушенной деревне – его фамилия Сантини. А во второй – чтобы назначить ей на сегодня свидание в шестнадцать часов у нее дома.

За окном дождь. Пьер-Мари курит крепкие турецкие сигареты, вставив их в длинный мундштук из слоновой кости. Он в черном галстуке, который он неизменно носит после перемирия в память об умершей в тот день актрисе: он ее очень любил. Одет во все темное, и лицо у него мрачное. Даже кокетливо обставленная мамой маленькая гостиная кажется помрачневшим.

Во-первых, Матильда должна пообещать, что никому не расскажет о том, что узнает. Эти сведения Пьер-Мари получил благодаря дружбе со штабным офицером. Тому могут грозить большие неприятности, и он сам дал обещание сохранить все в секрете. Зная, что он является лгунишкой, Матильда без раздумья соглашается.

Он садится. Вынимает из внутреннего кармана сложенный листок. За прошедшие пять недель он неоднократно встречался с этим офицером, чье имя сохранит в тайне и будет называть его Другом-Офицером, как будто это его настоящее имя. Сегодня они пообедали вместе и подвели итог. Хотя некоторые слова Эсперанцы и подтверждаются собранными документами и свидетельскими показаниями, оба они убеждены, что все, что поведал Матильде этот старпер, – сплошная ложь, что события в Угрюмом Бинго предстают совсем в ином свете. У солдат в этой траншее 6 и 7 января были несомненно более важные заботы, чем ради экономии патронов выбросить через накат окопа приговоренных к смерти.

В маленькой гостиной становится светлее. Матильда смотрит на огонь в камине из розового мрамора и на отблески пламени на золотом перстне адвоката, когда он разворачивает свой листок. Значит, Угрюмый Бинго существовал в действительности.

Посмотрев на Матильду, адвокат опускает голову, говорит "да", – как Бинго, так и другие детали рассказа Эсперанцы не вызывают сомнения. Водрузив очки, он обращается к своим записям.

"Угрюмым Бинго" называлась немецкая траншея, взятая нашими в октябре 1916 года на Сомме, близ Бушавена, и числившаяся под номером 108. В январе 1917 года ее занимали французские и британские войска. В ночь на седьмое января там завязался отчаянный бой, а восьмого, в соответствии с договоренностью между командованием обеих армий, что исключает какую-либо связь с данным делом, британцы на этом участке фронта сменили наши войска.

Капитан Этьен Фавурье, тридцати пяти лет, учитель истории, действительно командовал полубатальоном, находившимся в траншеях 108 и 208 первой и второй линий в воскресенье 7 января 1917 года.

Лейтенант Жан-Жак Эстранжен, двадцати пяти лет, действительно командовал в Угрюмом Бинго ротой, в которой служили капралы Юрбен Шардоло и Бенжамен Горд, а также солдат Селестен Пу.

В руках Друга-Офицера оказался список потерь 7 января. Среди пятидесяти шести убитых есть имена Фавурье и Эстранжена, а среди семидесяти четырех раненых – Бенжамена Горда".

Адвокат умолкает, снимает очки и долго-долго разглядывает Матильду. Наконец говорит: "И вот что еще, моя бедняжка Матти. В списке потерь, составленном 8 января сержантом разбитой роты, наряду с различными другими чинами, значатся убитыми "приданные батальону 6 января" Клебер Буке, Франсис Гэньяр, Бенуа Нотр-Дам, Анж Бассиньяно и – раз уж ты хочешь все знать – Жан Этчевери".

Матильда подкатывает кресло к камину. Наступает пауза. Не оборачиваясь, она заставляет себя произнести: "Продолжайте, я слушаю".

"Точно известно, что лейтенант медслужбы Жан-Батист Сантини, двадцати семи лет, погиб во время бомбежки в Комбле 8 января 1917 года. Его непосредственный начальник не помнит, давал ли он ему указание сделать перевязки приговоренным к смерти. Другу-Офицеру этот довольно известный сегодня врач сказал следующее: "Послушайте, если бы такое имело место, я бы не забыл". Еще более определенно он высказался относительно фельдшера, якобы сопровождавшего лейтенанта Сантини: "Так там был еще и фельдшер? Два человека, в том числе врач, для перевязки пятерых солдат, вы смеетесь? Никогда бы я не отдал такого приказа!"

Точно известно, что в январе 1917 года на том же участке, что и ферма Танкур, куда якобы привели осужденных, располагался и драгунский полк. Друг-Офицер получил доступ к документам этого полка и утверждает, что в них за 6 января нет никаких следов распоряжения о сопровождении приговоренных. Если только Эсперанца не спутал род войск, что более чем невероятно для бывалого солдата. Таким образом, это его утверждение тоже надо поставить под сомнение.

Пьер-Мари разговаривал с главным врачом госпиталя в Даксе и не смог добиться, чтобы Эсперанцу подозвали к телефону. Старик не покидает постели, совсем не разговаривает, ничего не помнит, за исключением имени школьной учительницы, которую он однажды разыграл в детстве и которую, плача, зовет по ночам.

Командир батальона, в котором Эсперанца служил в январе 1917 года, умер в тот же год. Но не на фронте, а от разрыва сердца во время семейного ужина. Его вдова никогда ничего не слышала ни про Угрюмого Бинго, ни о пятерых приговоренных к смерти, ни вообще о чем-то подобном: она ненавидела его рассказы о войне.

Вот так. Похоже, все сходится, если не считать главного. Об этом Пьер-Мари узнал только сегодня во время обеда, что отметает всякие сомнения и закрывает дело.

Суд действительно состоялся. Действительно, в помещении школы в Дандрешене, близ Сюзанны, на Сомме. Судили двадцать шесть солдат и двух капралов за нанесение себе увечий. Подобные факты, имевшие место в течение короткого промежутка времени, конечно, всполошили командование, ибо могли пагубно отразиться на дисциплине. Их судил военный трибунал 28 и 29 декабря 1916 года. Четырнадцать солдат и один капрал – Франсис Гэньяр – были приговорены к смерти, остальные – к разным срокам каторжных работ – от двадцати до тридцати лет.

Сложив листок, Пьер-Мари резко выпрямляется и подходит к камину, у которого сидит Матильда. Та говорит: "Не вижу оснований для закрытия дела. Все только начинается".

"Подождите, Матти. Я еще не закончил. Каким образом, вы думаете, мы получили все эти сведения?"

Ей представляется, что в армейских архивах сохранились протоколы заседаний военных трибуналов, какие-то следы.

Нет, его Друг-Офицер – пока – их не обнаружил, во всяком случае, протокола заседания трибунала в Дандрешене, ничего такого. Но зато обнаружил нечто большее: имя капитана артиллерии "сильного по юридической части", о котором ей говорил Аристид Помме после лодочных гонок, то есть самого защитника Манеша.

Матильда замирает и с бьющимся в горле сердцем смотрит на Пьера-Мари широко раскрыв глаза и разинув рот, став похожей на рыбу, выброшенную из воды. Тот несколько раз кивает головой, довольный произведенным эффектом. "Да-да, Матти, мой Друг-Офицер отыскал его".

Защитник Манеша, юрисконсульт из Лаваллуа, больше не практикует, он рантье, получает вдобавок пособие по инвалидности и живет в компании кошек и котят в домике при каменоломне. Он потерял сына в бою при Эпарже, ногу в Шампани и жену во время эпидемии. Друг-Офицер виделся с ним вчера днем у него дома и попросил рассказать о суде. И тут узнал очень важную вещь, которую оставил Пьеру-Мари на закуску: оказывается, все пятнадцать осужденных были помилованы президентом Пуанкаре 2 января 1917 года, за четыре дня до истории в Угрюмом Бинго. Смертный приговор был заменен им каторжными работами. Защитник Манеша получил уведомление о помиловании 4 января в своей части, а заинтересованное начальство, по-видимому, еще раньше, по телеграфу. Чего теперь стоят разговоры Эсперанцы?

Слегка придя в себя, Матильда говорит: "Мне не хочется обижать вашего Друга-Офицера, но уверен ли он, что такое уведомление вообще существовало?"

Пьер-Мари наклоняется к ней и говорит с таким металлом в голосе, что она даже откидывает голову: "Я сам его видел!"

Бывший юрисконсульт подтвердил наличие документа Другу-Офицеру, а Пьер-Мари сам мог читать и перечитывать его сегодня. В нем значится имя Жана Этчевери и еще четырнадцати осужденных. Он прочитал постановление о замене наказания, видел дату и подпись Раймона Пуанкаре. Разве можно себе представить, что кто-то осмелился не выполнить этот приказ?

Конечно же, нет, она так не думает. Но вдруг помилование пришло слишком поздно? Когда осужденных уже отправили? Они ведь говорили Эсперанце, что их два дня и две ночи мотали по фронту, пока не привели на разоренную ферму – Танкур, не так ли? – где их взяли под стражу.

Натолкнувшись на столь упорное желание убедить себя в невероятном, Пьер-Мари лишь качает головой. Чтобы помилование пришло слишком поздно!

Тогда как она объясняет, почему их не расстреляли сразу после вынесения приговора, как бывало в те времена, когда действовали военно-полевые суды? После их упразднения закон предусматривал задержку исполнения приговора до решения президента Республики, обладающего правом на помилование. Стало быть, ждали этого решения. Оно могло поступить немного раньше, немного позже, но чтобы никогда – совершенно исключено. И повторяет: "Исключено".

На лице Матильды он читает, что она сомневается в столь очевидных вещах, и снова вздыхает. Потом говорит, что готов стать адвокатом дьявола.

"Допустим, что Эсперанца рассказал чистую правду. Допустим, что ему действительно поручили сопровождать пятерых раненых, измученных осужденных в ту траншею на передовой. Я скажу тебе, о чем бы я подумал, будь я защитником. Командиры частей, где за шестнадцать дней были совершены одинаковые преступления, любой ценой хотят наказать виновных в острастку остальным. Они опасаются волны неповиновений, коллективного выхода из повиновения. Той самой волны, которая, по словам наших депутатов, весной обрушилась на всю армию. Вместо того чтобы дождаться решения президента, осужденных разбивают на три группы по пять человек и отправляют на разные участки фронта. Их перевозят с места на место и в конце концов теряют. Какое значение теперь имеет их помилование? Они умрут раньше. Вот, мол, что грозит за то, что они сделали. Их не имеют права расстреливать? Отлично! Тогда их связывают, выбрасывают на линию огня и предоставляют противнику покончить с ними. Когда же это происходит, их вносят в списки потерь полка. Даже родные ничего не узнают: "Убит врагом". Всех участников этой операции – офицеров, младших офицеров, солдат-пехотинцев, драгун, проводника поезда, лекарей, водителей грузовиков – разбрасывают по разным участкам, и они тонут в океане войны. Одни погибнут: мертвецы ведь молчат. Другие будут молчать, чтобы не иметь неприятностей или сохранить пенсию: подлость тоже нема. Третьи, после перемирия оказавшись на свободе, будут рассказывать своим детям, жене, друзьям совсем о другом, а не о гнусности, совершенной в зимний день на фронте в Пикардии. Почему? Им важно сохранить воспоминание о том, как они храбро дрались, чтобы дети гордились ими, чтобы жена могла рассказывать в магазине, что ее муж привел пятьдесят пленных из самых опасных пригородов Вердена. Среди тысяч людей на участке Бушавена остается только один неподкупный Даниель Эсперанца, который упорствует относительно того, что произошло в действительности 6, 7 и 8 января 1917 года: "То, что я видел, было убийством, покушением на наши законы, выражением презрения военных к гражданским властям".

Торопясь прервать адвоката – что на суде его противникам редко удается, – Матильда вяло аплодирует. "Браво, – говорит она, – но вам незачем меня убеждать, я думаю точно так же. За исключением некоторых деталей, все именно так и произошло".

"Деталей?"

Матильде неохота ставить под сомнение искренность его Друга-Офицера. Скажем, он выбрал те аргументы, которые его больше устраивали. Но если он получил доступ к полковым документам, ему без труда удалось бы найти тех, оставшихся в живых, кто был в Угрюмом Бинго, и расспросить их.

"По какому праву? – возмущается Пьер-Мари. – И под каким предлогом? Чтобы потом кто-нибудь из них пожаловался на него и раззвонил об этом повсюду? До чего мы тогда дойдем?"

Он приносит стул и садится рядом. Потом как-то грустно говорит: "Ты неблагодарная девочка, Матти. Этот человек из дружеских чувств рисковал, чтобы оказать мне услугу. Дальше пойти он не мог. Он расспросил капитана артиллерии, жену одного командира пехоты, врача из медчасти. Но так он поступил потому, что рассчитывал на их молчание, пообещав им свое. Тебе кажется, что он установил то, что его *устраивало*, – кстати сказать, чем? Он ведь не скрыл то, что его тревожит, задевает его честь солдата. Я хорошо и давно с ним знаком. Сомнения он отбросил только сегодня утром, когда получил текст президентского помилования и смог проверить его последствия".

Наклонившись к ней, он говорит: "Я бы предпочел промолчать, Матти, чтобы не добавлять тебе огорчений, но две другие группы осужденных, отправленных на разные участки фронта, были найдены и доставлены в Дандрешен, где им сообщили об изменении меры пресечения. Все десять живы и теперь работают в каменоломнях в Гвиане".

Матильда сидит молча, опустив голову, пока он не кладет ей руку на плечо: "Матти, моя малышка Матти, да будь же благоразумна. Манеш мертв. Неужели он выиграет в твоих воспоминаниях, если даже вопреки очевидному ты права?"

Он треплет ее по щеке, целует, оставляя запах лаванды и табака, и встает. Обернувшись, она видит, что он подбирает свой брошенный на кресло дождевик, и говорит: "Назовите мне имя этого юрисконсульта из Лаваллуа".

Тот отрицательно качает головой, об этом не может быть и речи. Надевает пальто, серый шерстяной шарф, шляпу и берет трость.

"Видишь ли, – говорит он, – на этой войне было израсходовано столько же тонн металла, сколько и бумаги. Понадобятся месяцы, годы, чтобы их доставить, разобрать, просмотреть. Раз ты не во всем уверена, постарайся быть терпеливой. И осторожной. В данный момент прикосновение к некоторым табу опасно для жизни".

После его ухода Матильда просит принести ей в маленькую гостиную бумагу и ручку. И записывает состоявшийся разговор, ничего не опуская, чтобы не забыть. Перечитав, она убеждается, что узнала кое-что новое о двух периодах событий из трех: о том, что произошло в воскресенье 7 января 1917 года и после. Относительно самого воскресенья Пьер-Мари лишь подтвердил то, что она уже знает: что был бой, что были тяжелые потери. В целом она информирована лучше его. Матильда представляет Манеша, скатавшего на ничьей земле снеговика, аэроплан, сбитый гранатой, Си-Су, распевающего песню коммунаров. И думает "о безумствах". Значит, ей придется одной пребывать в состоянии безумия.

В тот же вечер, за ужином, Матильда, погруженная в свои мысли, молча обгладывает куриную ножку. Она сидит с краю большого стола напротив отца, которого любит всем сердцем. Слева от нее любимая мама, справа – брат Поль, который ей не очень интересен, она просто терпит его, и наконец напротив – ни красотки ни сестра – Клеманс, которую она терпеть не может. Двое поганцев, Людовик и Бастьен, восьми и шести лет, уже давно уложенные спать, писают в постельки.

Отец спрашивает: "В чем дело, Матти?"

Она отвечает: "Все в порядке".

Он говорит: "Как только закончится эта окаянная забастовка газетчиков, я опубликую твое объявление. Это будет подарок к Рождеству".

Она отвечает: "Ладно".

Ей хочется напечатать в главных ежедневных газетах, еженедельниках и в журналах участников войны, где всегда кто-то кого-то разыскивает, следующее объявление:

УГРЮМЫЙ БИНГО

(траншея на Сомме, участок Бушавен)

Вознаграждение тому, кто сообщит
о днях 6, 7 и 8 января 1917 года, а также о капралах
Юрбене Шардоло, Бенжамене Горде,
рядовом Селестене Пу
и обо всех участниках боев в этом месте в те дни.
Писать мадемуазель Матильде Донней,
Ланды, Кап-Бретон, вилла "Поэма".

Она не сомневается, что получит сотни писем, и ночью, в постели, представляет, как распечатывает их. Писем столько, что Сильвен и Бенедикта, помогая ей, совсем забросили дела на кухне и в саду. Питаются они бутербродами, запустили крапиву, работают далеко за полночь, при свете ламп. И вот в одно прекрасное утро:

"О чем ты задумалась?" – спрашивает мама.

"Даю сто су, если догадаешься".

"О, я знаю, о ком ты думаешь".

"Ты выиграла сто су".

Матильда просит дать ей вина. За едой его пьет только отец. Бутылка стоит рядом с ним, он встает и сам наливает ей рюмку. Ни красотка-ни сестра считает нужным заметить: "Ты стала выпивать?"

"После обеда стакан вина не навредит никогда", – отвечает Матильда.

"Где ты такого наслушалась?" – спрашивает отец, усаживаясь на место, даже не обратив внимания на нахальство своей ни красотки-ни дочери, которую называет невесткой. Он тоже, считая ту безобразной, старается не смотреть в ее сторону.

Смакуя вино, Матильда отвечает: "Так считает бабка жены механика Гарригу, победителя велотура Франции в 1911 году".

"Скажите на милость, – озадаченно говорит Матье Донней. – А ну-ка повтори".

"С начала или с конца?"

"Все равно".

Матильда потягивает вино и повторяет: "У победителя велотура 1911 года Гарригу был механик, у механика – жена, у жены – бабка из Воклюза, которая утверждала то, что ты слышал. От нее я и узнала".

В растерянности мама говорит: "Она уже пьяная".

Поль замечает: "Матти было одиннадцать лет в 1911 году. Откуда ей знать, кто выиграл велотур Франции?"

Матильда отвечает: "Я много чего знаю". Продолжая пить вино маленькими глотками, она обращается к брату: "Вот скажи, кто из участников боя по боксу – Луи Тейссье или Луи Понтье – выиграл в 1911 году? Даю луидор за правильный ответ".

Поль пожимает плечами, как бы говоря, что не интересуется боксом, не знает.

"А ты, папа?"

"Я не спорю на деньги".

Выпив свою рюмку до дна и щелкнув языком, она говорит: "Это Луи Понтье, чье настоящее имя Луи де

Рэйнье-Понтье, отколошматил славного Луи Тейссье, более известного под именем Малыш Луи с Бастилии".

Она задумчиво смотрит в свою рюмку и говорит: "Я вот думаю, что пора купить анжуйского вина. Мне оно больше других нравится". Потом вздыхает и говорит, что хочет спать. В Париже ее комната на втором этаже. Когда надо туда добраться, начинается цирк. До войны Матье Донней соорудил маленький открытый лифт, который портит вход, работает по настроению. Разъедаемый ржавчиной, он с таким трудом и грохотом поднимается на три метра вверх, что все дрожит. К тому же Матильда не может им пользоваться самостоятельно. Нужно, чтобы кто-то внизу заблокировал колеса ее коляски, а потом наверху их разблокировал, если только не заснет перед этим.

Чаще Матье Донней, как и в этот вечер, предпочитает отнести дочь на руках. Потом снимает с нее обувь и чулки. С остальным она справится сама, когда ляжет. Матильда изрядная притворщица. Если бы ее ножки были легки и проворны, как весла маленькой лодочки, она могла бы зарабатывать на ярмарках.

Продолжая массировать ей ноги, отец говорит: "Я видел недавно Рувьера. Вы, оказывается, встречались. Сделал тебе комплимент".

"И что же он тебе рассказал?" .

"Ничего особенного – что наступили трудные времена; что после второго тура выборов мы получим железный парламент. А ты о чем хотела с ним поговорить?"

"О марках", – отвечает Матильда.

Отец давно знает, что Матильда – скрытная девочка, и не сердится.

"Скажи пожалуйста! С некоторых пор круг твоих интересов удивительно расширился – велоспорт, бокс, анжуйское вино, а теперь еще и марки".

"Я повышаю свое образование, – отвечает Матильда. – Тебе бы тоже не мешало. Уверена, ты не назовешь ни одного судна на линии Сан-Франциско–Ванкувер в 1898 году, не скажешь, что такое "сбрендить" или как дают имя подкидышам".

Тот смеется: "Разыгрываешь? Но какая у всего этого связь с марками?"

"Тут и я, похоже, пасую. Не веришь?"

"Да нет же, я готов тебе поверить".

И продолжает растирать ее маленькие ножки.

"Так вот, на прошлой неделе я просмотрела более половины огромного английского каталога марок, чтобы выяснить, на какой марке у королевы Виктории напечатано одно из ее тайных имен – Пено".

"А какое второе?"

"Анна".

Глаза его подергиваются мечтательной пеленой, ясно, что в дни своей нищей молодости в Латинском квартале он здорово ухаживал за какой-то Анной.

"Папа, когда ты меня не слушаешь, ты выглядишь смешным".

"Значит, я никогда не бываю смешным".

"Это отняло у меня целых четыре дня".

Все чистая правда. На прошлой неделе она четыре дня провела в клинике, проходя обычные обследования, и между двумя процедурами погружалась в филателистические дебри.

"И ты нашла?"

"Пока нет. Я остановилась на букве "Л", "Лауард" – Подветренные острова, британская колония в Карибском море к северу от Мартиники и к востоку от Пуэрто-Рико. Видишь, как полезно изучать марки!"

"И к чему тебе все это?"

Он перестал массировать пальцы ног. И уже жалеет, что задал вопрос. Он знает свою Матти. По крайней мере, ему так кажется. И знает, что, отправившись так далеко – сегодня на Подветренные острова, – она не скоро встанет на якорь. А ежели начнет по обыкновению над всеми насмехаться, все более разжигая себя, ее уже не остановить, и все кончится слезами.

"Такое ведь не придумаешь, – отвечает Матильда. – А вещи, которые нельзя придумать, бывают очень полезны, чтобы отличить настоящее от фальшивого. Если бы в октябре, когда я ездила повидать Пьера-Мари, я все это знала, то могла бы сразу заткнуть ему рот".

Она знаком просит отца приблизиться к ней. Тот садится на край постели. Она говорит "ближе", просит обнять ее. Отец тоже пахнет лавандой и табаком. Но это ей нравится, потому что внушает уверенность.

Подняв глаза к потолку, она говорит: "Один учитель истории отправляет письмо виноторговцу из Бордо. Его письмо содержит загадку: каково происхождение почтовой марки, в которой раскрыто второе тайное имя королевы Виктории? Пьер-Мари с ходу утверждает, что это – фальшивка, что виноторговец послал письмо себе сам".

"Надо сравнить почерки", – говорит папа.

"Я это сделала. Они не похожи. Но я знаю почерк учителя истории только по этому письму. А что, если виноторговец просто исказил свой почерк?"

Прижав щечку дочери к своему плечу, Матье Донней некоторое время раздумывает, а потом отвечает: "Ты права, Матти. Если твой виноторговец не чокнутый по части марок, письмо действительно принадлежит учителю истории, и тогда Пьер-Мари – осел".

При этих словах раздается стук в дверь и входит мама. Обращаясь к мужу, она говорит: "Ты даже не закончил ужин. А мы, как провинциальные болваны, ждем тебя к десерту". Потом Матильде: "О чем вы шушукались за моей спиной?" Эту фразу она повторяет всю жизнь, чтобы прогнать собственную неуверенность, глупейшее чувство вины, которое мучит ее с тех пор, как ее дочь в трехлетнем возрасте упала со стремянки.

Уже засыпая, Матильда слышит голоса внизу. Ей кажется, что это спорят отец и Сильвен. Но это невозможно, они никогда не спорят. Ей это просто снится. Потом голоса стихают. Она ощущает, как угасает огонь в камине. Ей снится большое пшеничное поле, протянувшееся до горизонта. Мужчина, к которому она направляется, смотрит на нее. Под ногами хрустят пшеничные зерна. Но вот уже вокруг нее только цветы, огромные желтые маргаритки, их становится все больше, и она топчет их ногами. Мужчина пропал. Стебли цветов вдруг стали толстыми, за ними ничего не видно. Она осознает свою ошибку, ей не следовало идти этим путем. Это подсолнухи, теперь она это понимает, они очень высокие и окружают ее со всех сторон, она начинает яростно крушить толстые стебли, источающие какую-то белую жидкость. Нет, она не сможет, у нее нет сил, никогда не сможет, ее белое платье стало совсем грязным, она не сможет.

А утром, едва открыв глаза и вспомнив сон, в котором она что-то не смогла сделать, что, впрочем, ничего не меняет в ее привычках, и еще другие глупости, которых уже не помнит, она видит в полумраке предмет, появившийся на столе, за которым она обычно рисует, пишет, а иногда плачет: потрескавшийся макет парусника "Samara", который ходил еще до ее рождения между Сан-Франциско и Ванкувером.

Улыбнувшись, она опускает голову на подушку и просит Господа сделать так, чтобы у ее отца и Малыша Луи ночь прошла спокойно.

После полудня она поручает Сильвену отвезти макет парусника в бар на улицу Амело, поблагодарив запиской бывшего боксера за то, что одолжил его ей на несколько часов, и особенно за то, что позволил ее отцу забрать его еще раз.

Сделав крюк по дороге назад, Сильвен заезжает на улицу Гэй-Люссак и останавливается перед меблирашками, где в феврале 1917 года жила Мариетта с сыном Батистеном.

Хозяева прекрасно помнят ее, хотя она прожила у них три или четыре недели. Снимала комнату на втором этаже. Ей разрешили пользоваться кухней, чтобы готовить еду своему малышу. Много раз приглашали за свой стол, но она неизменно отказывалась.

По их описанию, Мариетта Нотр-Дам была очень молоденькой женщиной, лет двадцати, не более, с большими печальными глазами, свои светлые волосы она собирала в прическу, красивая дама, не желавшая свою красоту выпячивать. У нее погиб муж на войне. Она только однажды об этом упомянула и больше никогда-никогда к этому не возвращалась. Вообще была не болтлива. Только по рукам можно было догадаться, что она из деревенских и всю жизнь много работала. Из дома выходила лишь в ближайшую булочную за хлебом или погулять с ребенком в Люксембургский сад. Своего Батистена она называла Титу, ему было только одиннадцать месяцев, но он уже начал ходить. Пару раз Мариетта с сыном на целый день уезжала к друзьям. Тогда хозяева дома видели ее перед отъездом в другом платье, а не в обычном серо-черном, затрапезе.

Она съехала в начале марта, сказав, что друзья нашли ей работу и приютят у себя, пока она не подыщет себе кров. Уезжая, настояла на том, чтобы уплатить "за пользование кухней". Чтобы доехать до Восточного вокзала, вызвала такси. Куда едет, не сказала, не оставила адреса, куда можно было бы пересылать ее почту, мол, "не знаю, где буду жить". Во всяком случае, письма к ней не приходили. Шофер такси взвалил один узел на крышу, пристроил, где смог, чемоданы и сумки, она уехала и больше не возвращалась.

Через два месяца, 18 мая, на ее имя пришло письмо из Дордони. Хозяева долго хранили его, более года, думая, что Мариетта может к ним заглянуть, если окажется в этом районе. А потом решили вскрыть. В нем было официальное уведомление о смерти ее мужа, тридцати лет, убитого врагом. Они еще подумали, как же это печально, очень печально, но Мариетта об этом давно знала, и письмо отправилось в кухонную плиту.

В поезде, в котором они с Сильвеном возвращаются в Кап-Бретон, в английском каталоге марок Матильда добирается до буквы "М". Откинув голову на спинку скамьи, она чувствует озноб, пополам с сильным сердцебиением, как когда пошла карта, однако сейчас это ощущение еще приятнее. Она благодарна себе и гордится собой. И с окрепшей надеждой смотрит, как за окном поезда к ней приближается солнце Ланд.

Сильвен был в разлуке с Бенедиктой шесть недель. Он соскучился по ней и по их стычкам. При встрече оба явно испытывают смущение. Бенедикта говорит: "Я уж и забыла, что ты такой красивый мужчина". А наш весельчак не знает, куда деть руки, разглаживает рыжеватые усы, расстегивает жесткий воротничок и срывает галстук.

Матильда опять оказывается в компании своих кошек, которые, не испытывая никакого смущения, следуют за колесами ее коляски. Она вдыхает соленый ветер, любуясь видом дюн за окнами виллы, где прижималась к Манешу и он целовал ее, желанный желанную, и Богом не обиженную.

В ночь после возвращения, сидя за столом в своей комнате, окруженная своими фотографиями и кошками, она пишет на бумаге для рисования:

Разновидность номера четыре с острова Маврикий, один синий двухпенсовик, напечатанный в 1848 году в серии из двенадцати марок. Орфографическая ошибка по вине рассеянного гравера содержится в седьмой марке этой серии, в результате чего ПЕНС превратился в ПЕНО. Новые или гашеные, эти двухпенсовики стоят теперь целое состояние.

А внизу листка добавляет:

Сведения о потерях могут быть подделаны. Придерживаться отныне письма капитана Фавурье. В воскресенье на заре они все еще живы.

ШКАТУЛКА ИЗ КРАСНОГО ДЕРЕВА

Вероника Пассаван.
Париж, улица Амадье, 16.
12 января 1920 года.

Мадемуазель!
Позавчера я зашла к Малышу Луи, чтобы пожелать ему счастливого Нового года. Он рассказал мне о вашем с ним разговоре осенью прошлого года, стараясь в точности воспроизвести свои слова.

Я бы не хотела, чтобы по поводу нашего разрыва с Клебером Буке, которого все называли Эскимосом, возникли кривотолки. Я просто любила Клебера, всего без остатка, и очень страдала из-за своего упрямства. Однако я совершенно уверена, что при первой же встрече мы бы помирились. Я же не знала, что он погибнет на войне. Чтобы меня успокоить, он всегда говорил о своих связях, что его не посылают на опасные задания. Мне казалось просто невероятным, что он может погибнуть. Иногда, по ночам, я все еще отказываюсь верить и готова объяснить почему.

Я об этом не говорила Малышу Луи – к чему еще больше расстраивать человека? Так вот, в марте 1917 года ко мне на работу зашла женщина и сообщила то, о чем вы, вероятно, давно догадались и о чем вы также не пожелали рассказать Малышу Луи – о самостреле и приговоре трибунала.

Эта женщина побывала в армейской зоне, где ее парень наряду с другими был приговорен к смерти, и мне кажется, что ваш жених был среди них. Женщина рассказала, что свои их не расстреляли, а выбросили между траншеями, чтобы это сделали немцы. Возможно, ей было известно еще что-то, но она об этом умолчала. Зато очень допытывалась, имею ли я какие-нибудь сведения о Клебере, видела ли я его живым после января, не прячется ли он где-нибудь. Я заверила ее, что ничего не знаю. Конечно, она не поверила, и была права, хоть и наполовину. Если бы я что-то знала про Клебера, то уж, конечно, придержала бы язык.

По тому, как она задавала вопросы, было ясно, что она знает больше того, что говорит. Я считаю, что она, как и мы с вами, надеется на то, что ее парень жив. Правильно ли я все поняла? Наверняка – раз уж вы сами приезжали к Малышу Луи с расспросами и спустя некоторое время ваш отец разбудил его среди ночи и тоже расспрашивал с таким пристрастием, словно ничего не знал, ну настоящий лицемер, разве что вы сами не шибко откровенны с вашим отцом.

Выходит, мы обе влипли в эту историю. Нам бы лучше объясниться друг с другом. О чем и пишу. Малыш Луи сказал, что у вас парализованы ноги после несчастного случая в детстве. Мне понятно, что вам не просто выбираться из дома, но вы, по крайности, можете ответить на это письмо. Наверняка вам сделать это проще, чем мне. Как вы уже догадались, я не очень образованная женщина. Но я не глупа, и хочу, чтобы мы открыли свои карты.

Иногда я чувствую, что мой Клебер жив. А на самом деле у меня нет никаких, ну ни малейших сомнений, что он погиб в январе 1917 года. Вот только эта женщина сбила меня с панталыку. Я считаю, что она толком ничего не знает, но что-то разнюхала, о чем не хочет говорить. Это доказывает, что один из приговоренных сумел избежать смерти. Насколько я поняла, их было пятеро. В доказательство своей откровенности сообщаю вам одну деталь из ее рассказа, внушившую мне надежду, что Клебер остался жив. Там, куда их отправили помирать, был снег, так я думаю, что у него было больше шансов выжить. В своей жизни Эскимос знавал холода и почище. Это мелочь, но вам не мешает ее знать, ведь цепляешься за что угодно.

Возможно, эта женщина, говорящая с южным акцентом, приходила и к вам. Прошу вас, скажите и, коли знаете больше моего, будьте со мной откровенны. Жду ответа, не мучайте меня. Малыш Луи сказал, что вы приличная особа. Не мучайте меня.

Вероника Пассаван

119

Матильда отвечает ей, что не знает, о чем идет речь, что весной или летом она приедет в Париж и тогда они увидятся.

Вслед за тем она пишет славной мадам Паоло Конте в Марсель, торопя ее связаться с "названой крестницей" Тиной Ломбарди, которая ездила искать своего Нино в прифронтовую зону.

Еще она пишет Пьеру-Мари Рувьеру, торопя его узнать, какой части в январе 1917 года соответствовал номер полевой почты 1828.76.50. Но, проверив по письму мадам Конте номер и подумав, решает не отправлять послание.

На дворе подходит к концу очень холодное утро.

Стекла окон в большой зале запотели, мешая видеть море. Кошки и котята наблюдают, как Матильда бросает в огонь обрывки письма. Она говорит им: "Надо попридержать язычок. Совет вполне разумный. Не кажется ли вам, что у меня есть основания остерегаться советов?"

Уно наплевать. Дуэ заинтересована. Терца и Беллиссима отправляются спать возле каменного изваяния Святой Девы Марии, привезенной папой и мамой из поездки в Толедо в 1899 году, когда, опьяненные красотой ночи, в порыве внезапной нежности они зачали Матильду.

Лишь Вор и Мэтр-Жак следуют за ней, когда она на колесах подкатывает к обеденному столу и, к неудовольствию Бенедикты, раскладывает на нем листки для рисования и письма, которые не помогают ей ни рисовать, ни быть счастливой, а лишь заполняют большую шкатулку из красного дерева с золотыми краями всем, что имеет отношение к Угрюмому Бинго. По правде говоря, она сует туда только свои записи да письма в порядке их поступления.

Шкатулку ей подарил Манеш к ее пятнадцатилетию на Новый 1915 год, под краски. Она не красива, не безобразна, имеет в высоту сорок сантиметров, в ширину – пятьдесят. Это тяжелая шкатулка из полированного красного дерева с золотыми краями – точь-в-точь как отделывают кают-компанию на судне. Почему он купил ее, она не знает. Как и папа-мама не знают, зачем купили каменное изваяние Марии. Люди ведь бывают такими странными.

Бросив письмо Вероники Пассаван в шкатулку, Матильда осторожно прикрывает крышку, боясь пробудить спящий в ней страх, и говорит Вору и Мэтр-Жаку: "Если вы тотчас слезете со стола, я вам доверю тайну". Кошки не двигаются с места, и тогда она сухо добавляет: "Это очень большая тайна". Те смотрят на нее удивительно бесстрастными, удивительно пристальными, удивительно безразличными – поклясться можно – кошачьими глазами, потом, не торопясь, вместе подходят на своих мягких лапах к одному краю стола и спрыгивают на пол.

Чтобы привлечь их внимание, она склоняется к ним, держась одной рукой за ручку кресла, а другой поглаживая шкатулку Манеша, и тихо говорит: "В этой шкатулке лежит часть моей жизни. Как видите, я рассказываю здесь о себе в третьем лице, словно о чужой. И знаете почему? Мне просто стыдно, что я – это только я и что я вряд ли сумею достичь своей цели".

"Какой цели?" – думает она под их невозмутимыми взглядами. И не знает. Но кошки не требуют объяснений и спокойно отправляются в угол мечтать о быстротекущей жизни, им наверняка и так все известно.

Мадемуазель!

Пользуюсь воскресным днем, чтобы ответить на ваше объявление в "Ле Боном". Спешу сообщить, что деньги мне не нужны. Я не из числа подлецов, готовых нажиться на несчастье людей, разыскивающих пропавших на войне родных. За исключением 1918 года, я всю войну провел в пехоте, был ранен шрапнелью в ногу и госпитализирован. После выздоровления меня отправили в полевую артиллерию – но это не лучше, потому что артиллеристы страдают не меньше пехтуры, и я потерял пятьдесят процентов слуха. Но это другая история.

Хочу сказать, что помню названную вами траншею, только в другие дни. Я был там в ноябре 1916 года, когда колониальные войска взяли ее у бошей. Не обижайтесь, коли я поправлю вас, но траншея называлась не Бинго, а Бинг в Угрюмый день. Хорошо помню надпись на деревянной табличке, которую парни до нас прикрепили к балке, служившей ей опорой. Я и сейчас ее вижу. Она была написана в октябре другими бедолагами, когда они под обстрелом, видно, рыли окопы.

Лично мне запомнился солдат по имени Селестен Пу. Он служил в моем полку. Не думаю, впрочем, что на той войне могли оказаться двое таких, как он. Иначе об этом стало бы известно, и мы бы выиграли или проиграли войну раньше. Такого пройдохи, как он, свет не видывал. Его прозвали Грозой армий. Он крал сено у лошадей, чтобы обменять на вино для своего взвода, придумывал липовые взводы, воскрешал мертвых, чтобы получше обчистить полевую кухню. Конечно, товарищи уважали его. Это был такой хитрован, что схватить его за руку было совершенно немыслимо. Говорили, что под Верденом он достал брошенное штабистами тушеное мясо, белый хлеб, вино и ликеры. Но на все, как невинный ребенок, отвечал: "Клевета".

В 1918 году, служа в артиллерии, я узнал, что он хватанул в Сен-Мишеле предназначенные американцам три ящика табаку, коньяк и сигареты, а взамен отправил мешки с опилками. Разумеется, я помню Селестена Пу. Он уроженец острова Олерон, голубоглазый блондин, способный своей улыбкой обворожить девушек-сержантов. А уж коли спрашивал время, ему лучше было не отвечать, ни тем более вынимать часы – считай, что тогда ты с ними распрощался.

Но раз о нем рассказывали в 1918 году в Сен-Мишеле, значит, он сумел избежать многих неприятностей. Этого пройдоху вам следует искать где-нибудь в районе Шаранты, и сами увидите, он жив-здоров. Что же касается траншеи, то в указанные вами дни я там не был. Помнится, нас сменили "Овсянники", и, возможно, в общем кавардаке Селестен сумел и их пощипать.

Желаю вам, мадемуазель, найти тех, кого вы любите. А если окажетесь в Батиньоле, не задумываясь приходите повидаться.

С уважением, Адольф Лепренс

Мадам Паоло Конте.
Марсель, Дорога Жертв войны, 5.
Суббота, 31 января 1920 года.

Дорогая мадемуазель!
Я слишком плоха, чтобы ответить на ваше письмо, я совсем не сплю по ночам, разрываюсь между вами

и моей крестницей Валентиной, которая и слышать не хочет, чтобы вам написать. Она даже не дала своего адреса, опасаясь, что я вам его сообщу. Надо теперь ждать, когда она снова приедет меня проведать, не знаю, когда это будет. Она очень разозлилась на меня за то, что я настаивала, ничего не могу поделать, только виню себя.

Отвечаю вам потому, что показала ваше письмо мадам Изоле, подруге, о которой уже писала и которую все уважают, она дает хорошие советы, и она сказала: несчастная, ты сгоришь на медленном огне, если не напишешь все как есть, что ложь ничего не дает, только сон теряешь и здоровье.

Так вот, я виделась с Валентиной в воскресенье, девятого этого месяца, после годовой разлуки. Был полдень, на ней было синее бархатное пальто с бобровым воротником и премиленькая шляпка с отделкой, которая стоит сумасшедших денег. Наверняка это подарок к Рождеству. Она была вся расфранченная, красивая и довольная, с красными от холода щеками. Ее красивые глазки так и блестели. Я была очень рада снова ее увидеть и расцеловать. Пришлось даже присесть. Мне она тоже привезла подарки – льняное пиренейское покрывало, домашние туфли, испанские апельсины и маленький золотой крестик, который отныне ношу на шее даже ночью. Да, я была рада, даже не могу сказать как. Затем я все испортила, дав ей прочитать ваше письмо и особенно – сказав, что ответила вам. Тут ее понесло. "Что ты вмешиваешься? – кричала она. – Что ты ей наговорила? Неужели не видишь, что этой девушке пальца в рот не клади, своими красивыми словами она лишь хочет нас одурачить". И еще говорила такое, что повторять стыдно. Я уверена, что в вашем письме чистая правда, что ваш бедный жених повстречал на войне ее Анжа Бассиньяно, что вы просто хотите с ней поговорить.

Короче, она пробыла у меня меньше часа, щеки у нее снова покраснели, но не от холода, а от гнева, она мерила шагами кухню, стуча каблуками, а я сидела на стуле, еле сдерживая слезы, и в конце концов расплакалась. Тогда, направив мне в нос свой указательный палец, она сказала: "Слезами делу не поможешь, крестная Бьянка. Разве я плачу? Я тебе однажды сказала, что оторву башку тем, кто погубил Нино. А ты когда-нибудь видела, чтобы я пускала слова на ветер?"

Она меня так напугала, что я узнать ее не могла, моюто крестницу. Только сказала ей: "Что ты несешь, несчастная? Что плохого сделала эта девушка твоему неаполитанцу?" И тогда она заорала: "Мне плевать на нее, я с ней не разговаривала! И мне нечего ей сказать. Я не хочу, чтобы ты ей писала. Это мое дело, а не твое! Если она еще напишет, поступай, как я". Тут она сняла конфорку с печки и бросила туда ваше письмо, смяв его в комок с такой злобой, которую, заверяю вас, я никогда прежде за ней не знала, даже в ее пятнадцать лет, когда она взбрыкивала, если ей делали замечание.

Потом сказала, что у нее дела в другом конце города, поцеловала на пороге, но как-то холодно. Я слышала, как стучали ее каблучки по лестнице, подошла к кухонному окну, чтобы увидеть, как она идет к тупичку. Я плакала потому, что она казалась мне сверху такой маленькой в своем бобровом воротнике, шапочке и муфте. Я так боюсь, что больше ее не увижу, так боюсь.

Возобновляю письмо в воскресенье утром, у меня глаза уже не те, чтобы много писать, должно быть, вы уже привыкли к этому. Вчера вечером я долго думала о Валентине и устроенной ею сцене. Но сегодня ярко светит солнце, и я уверена, что по весне она снова приедет, мне стало лучше, я облегчила душу, сказав вам правду. Вы спрашиваете, почему в октябре я написала по поводу Анжа Бассиньяно, что он "подох, как собака, вернее всего, от рук французских солдат"? Так уж у меня вырвалось, я и представить себе не могу, что он умер по-другому, чем жил, знаю – грешно так говорить, особенно повесив на шею крестик, но это сильнее меня, я никогда бы не поверила, что он умер во время штыковой атаки, как показывают на плакатах, он был слишком большим трусом, наверняка сделал какую-нибудь гадость или глупость, и его просто расстреляли, но об этом не пожелали сообщить, ведь такое не поднимает моральный дух другим и пачкает наше знамя.

Вы просите объяснить слова Валентины, сказанные мне о том, что она обнаружила следы Нино на участке фронта на Сомме и что его следует "считать мертвым". Не уверена, что она сказала именно так, но наверняка имела в виду, что с этим покончено, что не надо об этом говорить. Мы так и поступали прежде, мы о нем никогда не говорили.

Когда моя крестница снова пожалует ко мне, уверяю вас, дорогая мадемуазель, я ей опять скажу правду о том, что написала вам, пусть шумит себе и сердится. Я ведь знаю, что у нее доброе сердце, я сумею побороть ее подозрительность. А когда вы с ней, надеюсь, встретитесь, то убедитесь, что она заслуживала лучшей участи, чем ей выпало на роду, со всеми горестями, которые эта жизнь ей принесла. Но такова уж судьба всех людей, к сожалению.

Примите мои самые лучшие пожелания на Новый год, а также от мадам Сциоллы и мадам Изолы.

С уважением к вам,
Мадам вдова Паоло Конте, урожденная Ди Бокка

Пьер-Мари Рувьер.
Париж, улица Курсель, 75, Париж.
Сего 3 февраля.

Моя маленькая Матти!

Твое решение дать объявление в газетах я не одобряю. Так же, как, хотя и понятную, но зряшную снисходительность твоего отца. Я позволил себе сказать ему об этом и хочу, чтобы ты знала.

Я много размышлял после нашей последней встречи. И если всякие задержки и трудности с передачей сообщений, иначе говоря, наличие злой воли в том или другом эшелоне власти, позволили свершиться той подлости, в которую ты продолжаешь верить, я все же не вижу выгоды, которую ты получишь от разглашения этого дела. Ты действуешь словно вопреки очевидному и чисто умозрительно отказываешься верить, что твой Манеш мертв. Я уважаю силу твоей любви, и не мне, твоему другу, разубеждать тебя. Но я хочу сказать одну простую, а может быть, и грубую вещь: не забывай, что взамен расстрела Жан Этчевери получил бы пожизненную каторгу. Если ты каким-то чудом или по Божьему промыслу встретишь его, то пожалеешь, что раззвонила всему свету об этой истории, ведь тебе не останется ничего другого, как прятать его, дабы спасти от исполнения приговора.

Прошу тебя, умоляю, мою дорогую, такую импульсивную, но не теряющую здравого смысла, отказаться от мысли напечатать снова это объявление и соблюдать отныне величайшую осторожность. В своих поисках правды обращайся только ко мне. Пойми, что, если хоть один из пятерых выбрался после той заварухи, ты станешь для этого везунчика опасной, это касается и Манеша, а те, кто имел хоть какое-то отношение к той несправедливости, стараясь ее скрыть, не могут не стать твоими врагами.

Надеюсь, ты меня поняла. Я целую тебя так же нежно, как тогда, когда ты была маленькой.

Пьер-Мари

На это письмо Матильда ответила, что она уже не ребенок, и точка.

Оливье Бержеттон,
Собиратель механических игрушек.
Париж, авеню Порт д'Орлеан, 150.
Понедельник, 15 марта 1920 года.

Мадемуазель!
Я знавал одного капрала Горда. Если это тот, которого вы разыскиваете, то мы были с ним на Сомме, между Комблем и лесом в Сен-Пьер-Вааст. Я был вахмистром и, хотя осенью 1916 года служил в другом полку, всегда забирал его письма и письма его солдат. Мне было противно, что его корреспонденция по причинам, о которых я не стану говорить, за исключением того, что во всем был виновен один глупый чин, не могла быть вовремя отправлена. Помнится, Горд был довольно высоким, лысоватым и скорее унылым человеком. Я имею в виду, куда более унылым, чем мы, остальные. Однако, как капрала, все его уважали.

Не хотел бы вас огорчать – тем более что не нуждаюсь в вознаграждении, таким образом я никогда не зарабатывал на хлеб – в общем, мне кажется, что он был убит в указанные вами дни, потому что один из наших солдат как-то сказал мне в январе 1917 года:

128

"Помнишь высокого капрала, приносившего тебе письма? Он попал под бомбежку". Но так как я никогда не знал имени этого Горда, то, может быть, это и не он.

А вот Селестен Пу наверняка тот, кем вы интересуетесь, другого такого на свете не сыщешь. Какими только кличками его не награждали. Но все вши той войны не высосали столько крови, сколько он, занимаясь снабжением. Мы познакомились на том же участке фронта осенью или зимой 1916 года. Рассказывали, будто он поспорил с поварами на целый бак супа, что если, мол, они не обернутся прежде, чем досчитают до десяти, то никогда не догадаются, что он проделал с этим баком. И бак с горячим, он сам и двое его помощников исчезли до того, как повара обернулись. Потом те объясняли: "Не думайте, мы так поступили нарочно, у нас свои счеты". Но ни я, ни другие, слышавшие эту историю, им не верили, так как для Селестена Пу не было ничего важнее, чем дать пожрать людям из своего взвода. Мы все мечтали иметь такого спеца по доставанию супа.

К сожалению, это все, что я могу вам сообщить. Я не знал места, которое вы называете в объявлении, появившемся в газете "Ла Бифф", и не слышал, чтобы его так называли. Но знаю наверняка одно: если это тот самый мой Селестен Пу, то, коли он еще не вернулся домой, все равно однажды вернется. А если немцы взяли его в плен, то, значит, стали подыхать с голоду, потому как он их объел, и запросили перемирия. Но если бедняга помер, повесьте, однако, замок на ваши шкафы.

Приветствую вас на гражданский манер, мадемуазель. Я непременно напишу вам, если что-то еще узнаю.

Оливье Бержеттон

Жермен Пир,
"Хитрее мангусты", частный сыск.
Париж, улица Лилль, 52.
Вторник, 23 марта 1920 года.

Мадемуазель!

Прочитав ваше объявление в "Фигаро", я не спешу предложить свои услуги, хотя все мои клиенты оставались мной очень довольны.

Однако хочу вам сообщить, что среди этих клиентов в прошлом году была некая мадам Горд, чей муж, капрал пехоты, пропал на фронте Соммы в январе 1917 года.

Профессиональная тайна мешает мне раскрыть результаты моих поисков, но я могу вам дать адрес той, единственной, кто может это сделать, – улица Менгалле, 43, в Париже.

Я, конечно, мог бы быть вам полезен в вашем деле и готов сообщить мои расценки.

Искренне ваш,
Жермен Пир

Мадам Шардоло
Тур, улица Ардоз, 25.
28 марта 1920 года.

Мадемуазель Донней!

Я мать Юрбена Шардоло, капрала в 1916 году, произведенного в сержанты в июне 1917 года, раненного в Шампани 23 июня 1918 года и погибшего во время транспортировки.

Юрбен был нашим единственным сыном. Муж умер от горя пятидесяти трех лет в начале прошлого года.

Он не пережил смерть того, которого обожал, и оставил меня одну.

Я думаю, вы тоже страдаете, потеряв близкого, этим я объясняю появление вашего объявления в "Иллюстрасьон". Я не читаю его, потому что не выношу больше газет, опасаясь увидеть в них или прочитать вещи, внушающие мне ужас. Я не хочу больше думать о войне. Родственница показала мне ваше объявление. Я отвечаю потому, что там упомянут мой сын, а также место и даты, о которых он кратко рассказал во время увольнения в конце января 1917 года.

Юрбен находился в траншее под названием Бинго на Сомме, а двумя неделями раньше – 6 января 1917 года – туда привезли из тыла пятерых французских солдат, приговоренных к смерти за самострел. Их выбросили со связанными руками между этой траншеей и траншеей противника. Мой муж, фармацевт, вполне здравомыслящий человек, гордившийся нашей армией, не хотел верить в эту историю, а я так и слышать не желала. Помнится, Юрбен воскликнул: "Вам забили мозги, да поймите же, что из-за этой гадкой истории мы потеряли половину взвода". Позднее, успокоившись, он добавил: "Вы правы, мне все приснилось, но верно и то, что я видел всех пятерых мертвыми на снегу, и один из них, если не двое, были совсем не те, кого я ожидал обнаружить".

Знаю, мадемуазель, что пишу ужасные вещи, но таковы были подлинные слова сына. Ничего другого при мне он не рассказывал. Возможно, с отцом он был более откровенным как во время этого увольнения, так и последнего – в марте 1918 года. Но я ничего не знаю.

Вероятно, вы подруга, сестра, невеста одного из тех осужденных. Эта мысль, поверьте, мучила меня, прежде чем я решилась написать. Но я повторяю то, что слышала своими ушами из уст сына. И готова повторить это в чьем-либо присутствии, если потребуется.

Позвольте расцеловать вас, как сестру по трауру.

Розина Шардоло

Матильда решает ответить на это письмо как можно скорее. Но не сразу. Надежда слишком велика, слишком сильна, ей надо успокоиться.

Вечером, пока недовольная Бенедикта ожидает, устроившись на постели, чтобы помочь ей улечься, Матильда садится записывать:

Тина Ломбарди в марте 1917 года разговаривала лишь с Вероникой Пассаван, любовницей Эскимоса.

Если бы она повстречала жену Си-Су, та бы рассказала.

Если бы она встретилась или, по крайней мере, попыталась встретиться с Мариеттой Нотр-Дам, об этом бы вспомнили кюре из Кабиньяка и хозяева меблирашек на улице Гэй-Люссак.

Естественно, она не видела и девушку, которой "пальца в рот не клади", чье письмо с такой яростью сожгла на марсельской кухне.

Что же такого она могла узнать в расположении армии, от чего у нее возникла надежда на то, что Эскимос жив?

Юрбен Шардоло сказал: "Один, если не двое".

Один – и у Тины Ломбарди есть основания верить – это Эскимос. Ей хочется надеяться, что второй – это ее Нино.

Наутро, едва закончив свой туалет и выпив кофе, она записывает на листке:

Чем мог так отличаться Эскимос от четырех остальных в Угрюмом Бинго?

Раненой рукой? У троих она правая, у двоих – Эскимоса и Си-Су – левая.

Цветом глаз? У Манеша и Си-Су они голубые, у остальных – темные.

Возрастом? Эскимосу – тридцать семь, Си-Су – тридцать один, Этому Парню – тридцать, Нино – двадцать шесть. На фотографии Эсперанцы все они выглядят людьми одного возраста, отмеченными своим несчастьем и усталостью.

И еще ниже:

Согласна: сапогами, снятыми с немца. Тина Ломбарди ошиблась. Их на Эскимосе уже не было.

Мадам Элоди Горд.
Париж, улица Монгалле, 43.
Воскресенье, 11 апреля 1920 года.

Дорогая мадемуазель!

Я не могла ответить раньше из-за отсутствия времени. Целую неделю я занята в швейной мастерской, а дома все время отнимают дети.

Как вам написал господин Пир, я действительно воспользовалась его услугами в феврале минувшего года, чтобы узаконить свое положение и получить пенсию как вдова погибшего на войне. Мой муж, Бенжамен Горд, числился пропавшим без вести 8 января 1917 года на фронте Соммы. И это все, что я знала, пока за дело не взялся господин Пир. Я уже сказала, что у меня не хватает на все времени, ложусь поздно из-за хлопот по дому. Я не могла все сделать сама и пожертвовала частью сэкономленных денег. К счастью, господин Пир меня не обманул, он взялся за дело и довел его до конца. Сегодня мой муж официально числится погибшим. Он был ранен в голову во время атаки, потом, находясь в санитарной части Комбля, был убит при бомбежке 8 января 1918 года. Это подтверждено документами санчасти и показаниями неизвестных очевидцев – солдат и санитаров.

Последний раз мой муж приезжал в увольнение в 1916 году. Фамилий Пу, Шардоло или Сантини я от него не слышала. В том нет ничего удивительного, потому что в августе его перевели в другой полк и он мог с ними познакомиться только позднее. В своих письмах муж интересовался только детьми. Никогда не рассказывал о товарищах по войне. Перечитав письма за осень и зиму 1916 года еще раз, я не обнаружила ни одной фамилии.

Вот и все, что могу вам сообщить, мадемуазель. Да еще выразить свои соболезнования по поводу того, что ваш жених познал ту же участь, что и мой муж.

Примите выражение моего сочувствия.
Элоди Горд

Эмиль Буассо.
Париж, Набережная Рапе, 12.
15 июня 1920 года.

Мадемуазель!
Дожидаясь своей очереди у парикмахера, я обнаружил старый номер "Ла ви паризьенн", в котором про-

читал ваше объявление. Не знаю, чего стоит моя информация, но готов сообщить вам следующее. Я был знаком с Бенжаменом Гордом, я служил с ним в одном отделении в 1915 и 1916 годах, до того как он был произведен в капралы и перевелся в другой полк. После войны я узнал, что он остался на поле боя, так что можно сказать – одним больше. Не могу утверждать, что мы были дружны, но всякий раз, пересекаясь, обменивались дружескими приветствиями. Во время боев дальше своего отделения ничего ведь не видишь, а он служил в другом взводе. Да еще был довольно замкнутым. И дружил лишь с одним парнем, с которым был знаком на "гражданке". Тот тоже был столяром, как и он, но уж точно не любил портить себе кровь. Они как бы жили отдельной жизнью. Бенжамен Горд был высоким, в свои тридцать лет уже изрядно облысевшим человеком, длинноногим и длинноруким. Прозвище у него было Бисквит. Фамилии другого, постарше, хотя он и не казался таким, я не запомнил, все звали его Бастильцем, сначала по крайней мере, но так как ребят из этого района было немало, то он получил прозвище Эскимос, потому как был золотодобытчиком на Аляске. Короче, они были неразлучны и в деле, и на отдыхе, как настоящие друзья. Но потом, не знаю почему, дружба их пошла прахом. Можно сказать, что на войне и не такое бывает. В июне 1916 года я приехал в Париж в отпуск вместе с Эскимосом и другими парнями. Именно после возвращения на фронт я узнал, что у них что-то случилось. А вскоре их отношения совсем испортились. Как-то на отдыхе они даже сцепились. Меня рядом не было, врать не стану. Но более крепкий из них, Эскимос, сумел повалить Бисквита и крикнул: "Уймись, Бенжамен, иначе я за себя не ручаюсь. Кто из нас виновнее, черт побери? В чем ты меня упрекаешь?"

Они стали избегать друг друга, старались даже не встречаться глазами. Их грызла черная злоба. Но мы так и не узнали, почему они поссорились. Строили предположения, даже спрашивали Эскимоса, но тот только посылал подальше. В конце лета Бенжамен Горд был произведен в капралы, поговорил с командиром батальона, и его перевели на другой участок фронта. Мне сказали, что он погиб в 1917 году, судьба его бывшего дружка оказалась не лучше, даже много хуже. Он поранил свою левую руку из ружья товарища, как утверждал – совершенно случайно, и те, кто его знал, верили ему. Он был не из тех, кто способен сделать такое намеренно. Однако его все же забрали и на заседании военного трибунала приговорили к расстрелу.

Какая печальная история, скажете вы, но в ней все правда, слово мужчины. Больше я ничего не знаю о Бенжамене Горде. Имена других, которые вы называете для вознаграждения, мне не известны. Как и это окаянное Бинго. Траншеи, которые я видел на Сомме и в любом уголке Пикардии, назывались проспектом Погибших, улицей Невернувшихся, Выходными воротами или Свиданием при Кормежке. Очень крепкие, но отнюдь не веселые названия. Но все так.

Если мои сведения могут вам помочь, рассчитываю на вас. Я работаю помаленьку, продаю рыбу на набережной, где живу, разгружаю баржи, но никакой радости это не приносит, так что я буду доволен, если вы мне что-нибудь пришлете. Да! Мне доставило удовольствие вспомнить те ужасные времена. Мне ведь больше некому о них рассказывать.

Счастливо, мадемуазель, и заранее благодарю.

Эмиль Буассо

Матильда отправляет ему двести франков с благодарностью. И заносит на бумагу для рисования слегка дрожащей рукой, так велико ее волнение:

Еще одна частичка головоломки встала на место.

Вероника Пассаван порвала с Эскимосом во время увольнения в июне 1916 года.

Бенжамен Горд, по прозвищу Бисквит, подрался с ним после его возвращения из увольнения и перевелся в другой полк, чтобы с ним не сталкиваться.

В каком состоянии духа встречаются они, приговоренные к смерти в Угрюмом Бинго? Эскимос утверждает, что они помирились. А что, если это примирение было для Бенжамена Горда лишь выражением сочувствия или лицемерия? А что, если он воспользовался обстоятельствами, чтобы потешить свою злобу?

Кем бы он ни был – союзником или врагом, но Бенжамен Горд наверняка повлиял в то снежное воскресенье на судьбу Эскимоса и, соответственно, четырех остальных.

Причину же ссоры нетрудно угадать, но, как говорит Малыш Луи, "в постельных делах я тебе не советчик".

ЖЕНА ВЗАЙМЫ

Июль.

Гроза разразилась над Парижем в тот самый момент, когда Элоди Горд в ситцевом светло-синем платье вышла из своего дома на улице Монгалле и бегом направилась к машине, где сидела Матильда. Открыв ей дверцу и впустив внутрь, Сильвен со всех ног бросился в ближайшее бистро.

Элоди Горд не более тридцати лет, довольно красивое лицо, светлые глаза и волосы. Зная, что она живет на пятом этаже, Матильда извиняется за то, что попросила ее спуститься вниз. "Да нет же, нет, – отвечает та, – господин сказал мне про вашу беду".

Сидя очень прямо на заднем сиденье, она рассматривает свои колени и с видом жертвы покусывает губы. Чтобы ее немного задобрить, Матильда спрашивает, сколько у нее детей. Оказывается, пятеро, из них четыре достались ей вместе с Бенжаменом Гордом, от его первого брака. И добавляет: "Я не делаю между ними различий".

И снова замыкается в неловком молчании. Матильда отыскивает в сумочке фотографию осужденных, которую получила от Эсперанцы, и показывает ей. С расширенными глазами и открытым ртом, слегка покачивая головой, Элоди долго рассматривает ее. Кровь отлила от ее щек. Она оборачивается к Матильде с испуганным видом и говорит: "Я его не узнаю".

"Неужели? Кого вы не узнаете? – спрашивает Матильда. И пальцем указывает на Эскимоса. – Этого?"

Элоди еще пуще начинает мотать головой, устремив взгляд вперед, и внезапно отворяет дверцу машины, чтобы выйти. Матильда пытается ее удержать и, увидев полные слез глаза, говорит: "Значит, ваш муж и его друг Клебер поссорились из-за вас?"

"Пустите меня!"

Матильду это не устраивает. "Разве вам непонятно, – говорит она, – как мне важно узнать, что там произошло. В той злосчастной траншее они все были вместе, и мой жених тоже. Что случилось? – Теперь слезы душат уже ее, и она заходится в крике: – Что там случилось?"

Но Элоди только мотает головой. Промокла почти насквозь, но не произносит ни слова.

Матильда отпускает ее.

Элоди Горд поспешно перебегает улицу, останавливается под навесом своего дома и оборачивается. Несколько минут она смотрит в сторону Матильды, которая пересела ближе к дверце, и медленно возвращается, безразличная к грозе, в промокшем платье, с налипшими на лицо волосами. Усталым, бесцветным голосом она произносит: "Это совсем не то, что вы думаете. Я обо всем напишу. Так лучше. Пусть мсье заедет за письмом в воскресенье вечером". Потом дотрагивается мокрыми пальцами до лица Матильды и уходит.

В тот же год, в своей другой жизни, Матильда впервые решает выставить картины в парижской галерее. Разумеется, никто ее не знает, но у папы большие связи. Среди них очень занятой банкир, любящий цветы. Он покупает на вернисаже подсолнухи, камелии, розы, лилии и целое поле маков, чтобы украсить ими стены своего кабинета. Делает Матильде комплимент – "у нее, мол, уверенная рука", заверяет, что та далеко пойдет – "у него есть нюх", сожалеет, что забежал только на минуту – в тот же вечер он уезжает на Ривьеру, вещи еще не собраны, а поезд ждать не будет. Старая дама более искренна и благодарит за пирожные – с довоенных времен ей не приходилось пробовать таких вкусных "в местах, где их дают бесплатно". Короче, успех выставки не вызывает сомнений.

Однажды днем, дабы не нарваться на неприятность, она просит отвезти ее в галерею на набережную Вольтера и час-полтора со страхом разглядывает посетителей. Одинокие – смотрят на все мрачно и презрительно, компании – разговаривают насмешливо. У нее появляется желание сорвать все картины, вернуться домой и больше не мечтать ни о чем, кроме посмертной славы. И тем не менее, уходя, все расписываются в Книге отзывов. Она видит, как, морща лоб, они собираются с мыслями, чтобы изложить их на бумаге: "Истинный талант цветочного архитектора", "Юношеский романтизм в неумелом использовании синего цвета" или еще: "Чувствую себя разбитым, словно после любовных утех в деревне". Иные отваживаются на замечания: "Бедные цветочки, они никому не причинили зла" или "Одно удовольствие". Хозяин галереи, некий господин Альфонс Доде, не тот, который написал "Письма с моей мельницы", а другой, который использовал это название для вывески, – стирает все замечания, сделанные фиолетовыми чернилами, утверждая, что "это все козни завистников-коллег".

В такой вот спокойной и приглушенной атмосфере она читает письмо, принесенное ей Сильвеном с улицы Лафонтена. Оно написано рукой сестры Марии Ордена Страстей Господних в Даксе. Даниель Эсперанца умер и похоронен на больничном кладбище. У него не оказалось ни родных, ни друзей. Единственной, кто пришел на похороны вместе со священником и сестрой Марией, была вдова Жюля Боффи, его бывшего командира в чине капрала. Ей-то и передали кое-что из имущества и памятных вещей покойного. За несколько дней до смерти он оставил Матильде свою фотокарточку, где изображен молодым, причесанным, с усами а-ля Макс Линдер, чтобы она запомнила, каким он был бравым мужчиной.

Сильвен ждет ее. Заложив руки в карманы и вытягивая шею, он рассматривает картины, каждый сантиметр которых ему известен лучше, чем кому бы то ни было. Она говорит, что ей не хочется ужинать дома и приглашает его в ресторан на Монмартре, а затем выпить с горя рюмочку белого рома, дабы поднять настроение, Сильвен отвечает – охотно, ему это тоже по душе, потому что его тоска берет, видя, как она, словно торговка на рынке, продает свои картины, тяжело становится на сердце, когда картины уходят, особенно маковое поле, и так далее.

К черту сожаления и ностальгию. У них появился отличный сюжет для спора об искусстве на весь вечер.

Элоди Горд
Париж, улица Монгалле, 43.
Среда, 7 июля.

Мадемуазель!

Я решила, что мне будет легче написать вам, но вот уже третий лист я отправляю в мусорную корзину. Просто не знаю, какая вам польза от того, что я все расскажу. И какая тут связь с гибелью вашего жениха? Вы говорите, что это жизненно важно, и я видела вас такой несчастной в тот день, что мне просто стыдно молчать и заставлять вас страдать еще больше. Прошу только сохранить мои откровения для себя, как и я поступала до сих пор.

Я была потрясена, увидев на фотографии вместе с солдатами Клебера Буке со связанными руками. Но солгала вам лишь наполовину, сказав, что не узнала его. До войны, в течение почти трех лет муж не раз рассказывал мне о нем – по субботам они делили выручку, – но я никогда его не видела. Даже настоящей его фамилии не знала, муж называл его Эскимосом.

Чтобы вы лучше меня поняли, я должна рассказать вам о вещах, о которых прошу никогда никому не рассказывать, потому что речь идет о счастье детей.

После прохождения военной службы в возрасте двадцати двух лет Бенжамен Горд нашел работу у краснодеревщика в квартале Сент-Антуан, где делопроизводителем работала бабенка чуть старше его, по имени Мари Верне. Она ему нравилась, но надежд не внушала, так как уже четыре года жила с женатым агентом по обмену, который не мог или не хотел развестись с женой. Он сделал ей троих детей, разумеется, и не подумав их признать. Это было весной 1907 года. Когда несколько месяцев спустя она снова забеременела, краснодеревщик уволил ее, как это делали ее предыдущие хозяева.

В октябре 1908 года Бенжамен снял небольшую мастерскую на улице Алигр и стал там жить. Спал на голом матрасе посреди нетронутой новой мебели. Сюда-то в поисках работы и пришла Мари Верне в январе или феврале 1909 года. Она была свободна, потому что ее возлюбленного убили при выходе из дома – так и не узнали, кто это сделал, вероятнее всего, кто-то из разоренных им людей. В апреле Бенжамен женился на ней и признал всех ее детей. Мари Верне, о которой он всегда очень тепло отзывался, была невезучей. Она вышла замуж в субботу, а уже в среду ее увезли в больницу с приступом острого аппендицита. Она умерла в ту же ночь, в точности, как моя мать, когда мне было шестнадцать лет.

Пока мои и его пути-дорожки не пересеклись, я тоже не могла бы похвастаться особым везением. У матери оставались родные – дядя и его брат, с которыми она много лет была в прохладных отношениях. Я обратилась к дяде за помощью. Бросив коллеж за два года до сдачи экзаменов на бакалавра, я начала работать в галантерейной лавке, которую они с женой держали на улице Сент-Антуан-дез-Ар. Ютилась я в комнатенке, в глубине двора, а лавка выходила на улицу. В течение многих месяцев, если только я не выходила за хлебом в соседнюю булочную, этот двор составлял весь мой мир. Но чтобы повстречать свою судьбу, далеко ходить не надо. Весной 1909 года, в то самое время, когда Бенжамен остался вдовцом с четырьмя детьми на руках, я познакомилась с рабочим-каменщиком, приглашенным подновить в доме лестницу. Мне было семнадцать лет, ему двадцать. Он был смелым, разговорчивым, тогда как я всегда оставалась застенчива, отчего часто страдала. Был нежен, и мне впервые в жизни было с кем-то хорошо. Я не долго сопротивлялась.

Он приходил ко мне украдкой и исчезал до рассвета. Дважды мы гуляли ночью по берегу Сены. Однажды в воскресенье он показал совершенно неизвестный мне Париж – Елисейские поля, Трокадеро, мы даже забрались на Эйфелеву башню. А в другое воскресенье он заехал за мной на площадь Сен-Мишель и повез через весь город в Пуасси. Мы пообедали в таверне Жюзье, взяли лодку и отправились на маленький зеленый остров посреди реки. Это случилось уже в самом конце нашей связи. Она продолжалась два месяца. Когда на том островке я ему сказала, что беременна, он отвез меня в Париж, и был таков.

Дядя и тетка относились ко мне ни хорошо, ни плохо. Они приняли меня потому, что были единственной родней, так уж случилось. Но почувствовали облегчение, когда после рождения моей маленькой Элен я сказала, что намерена от них съехать. С помощью врача, принимавшего роды в больнице Сент-Антуан, я получила кров и пропитание. Работа моя заключалась в том, чтобы ухаживать за детьми Бенжамена Горда. До этого он отдавал их сестре Одиль, старше его на шесть лет, проживавшей в Жуэнвиль-ле-Пон Эта убежденная старая дева терпеть их не могла. Его квартира находилась на улице Монгалле, где я живу до сих пор. Бенжамен снял ее для совместной жизни с Мари Верне. Квартира состоит из столовой, кухни, двух комнат и туалета. Я спала в большой, служившей одновременно и детской, а Бенжамен Горд – в другой.

Все, кто его знал, подтвердят, что мой муж был деликатным и добрым, немного замкнутым человеком, жизнь не очень-то его баловала. Он не получил образования, но зато обладал талантом в работе с деревом. Могу без преувеличения сказать – он был настоящим художником. Когда я поступила к нему на службу, ему было двадцать пять лет, но выглядел старше из-за степенного и строгого вида, всегда думал только о детях. Такая любовь к детям, я считаю, возникла у него из-за предчувствия, что своих не будет. Что в дальнейшем и подтвердилось.

Четверо малышей Мари Верне – Фредерик, Мартина, Жорж и Ноэми, от шести до двух лет, обожали отца. У них был настоящий праздник, когда он возвращался из мастерской на улице Алигр, а если задерживался в субботу или какой другой день, проводя время со своим другом Эскимосом, и я приказывала им идти спать, почти рыдали. Бенжамен любил мою маленькую Элен, как свою дочь. Ее первое слово, сказанное в люльке, конечно же, было "папа". В течение шести месяцев, пока он не сделал мне предложение, мы жили одной семьей, хотя и в разных комнатах. Свое недельное жалованье он отдавал мне, мне же рассказывал о своих неприятностях, со мной и детьми ходил гулять по воскресеньям. Я стирала его белье, готовила завтрак и похлебку на полдник. Мы поженились 10 сентября 1910 года, и Бенжамен признал Элен своей дочерью. Так как он немного стыдился своего короткого вдовства, а для меня было сущей пыткой принимать гостей, мы пригласили в мэрию присутствовать на церемонии бракосочетания только его сестру и моих дядю и тетку. Но никто из них не пришел. Мы взяли в свидетели первых встречных и заплатили им.

Четыре последующих года моей жизни – я уверена – были самыми счастливыми. Не могу сказать, что я испытывала к мужу ту страсть, которая бросила меня в объятия моего рабочего-каменщика, но любила я его куда сильнее, мы жили в согласии, у нас были прекрасные дети, достаточно средств, чтобы планировать отдых у моря, на котором ни я, ни он еще ни разу не были. В восемнадцать или девятнадцать лет большинство девушек мечтает о другом, но ко мне это не относилось, ничто так меня не успокаивало, как привычка и даже монотонность жизни.

Я пишу, а дети давно спят. Сегодня пятница, вот уже два дня я провожу вечера за письмом. Приближаясь к тому, о чем вы хотели узнать любой ценой в тот грозовой день, я испытываю страх.

Наверное, я нарочно оттягивала начало этого рассказа, но есть еще одна вещь, которую вам надо понять. Не будь войны, не было бы и этой глупости. Война все разрушила, она сломала даже Бенжамена Горда и в конце концов Эскимоса, и простой здравый смысл, и наконец меня.

В августе 1914 года со страхом думая о том, что мой муж может и не вернуться, я обрадовалась, узнав, что он повстречал в полку своего верного друга, с которым прежде зарабатывал деньги. Он всегда говорил об Эскимосе с теплотой. Такого отношения он больше ни к кому не проявлял. Восхищался его солидностью, добродушием, даже некоторым авантюризмом, а тот наверняка восхищался его талантом краснодеревщика. При мобилизации, зная, что у него пятеро детей, его вполне могли бы отправить в тыловые части – чинить железные дороги, прокладывать шоссе. Так нет же, он предпочел служить в армии вместе со своим другом. Он говорил при этом: "Уж лучше быть с Эскимосом, чем со стариками, которые всегда попадают под артиллерийский обстрел. Пока мы вместе, мне не так страшно". Теперь могу сказать, что, возможно, он испытывал угрызения совести из-за детей, которых, солгав, признал своими. Таков уж он был со всем своим образом мыслей.

Я не стану распространяться, как жила все эти ужасные годы, наверное, вы испытывали те же страхи. Весь мой день, если я не занималась детьми, состоял из ожидания. Ожидания письма, ожидания сообщения, ожидания следующего дня, чтобы снова ждать. Не любивший писать письма, потому что боялся показаться смешным, Бенжамен не оставлял меня надолго без весточки, все зависело от расторопности почты. Я уже сказала, что он не любил писать о войне, но чем больше она затягивалась, тем больше я ощущала, как он печален и угнетен. Все свои надежды он связывал с Эскимосом. Так я узнала его настоящее имя: "Вчера мы ходили с Клебером в армейский театр и здорово повеселились", "Кончаю, долг повелевает присоединиться к Клеберу в карточной игре с двумя нерасторопными гранатометчиками", "Не забудь прислать со следующей посылкой пачку табака для Клебера, он все время держит в клюве трубку", "Клебер узнал, что скоро нам дадут увольнение".

Увольнение. Это слово повторялось не раз. Первое увольнение Бенжамен получил после боев под Артуа в конце июля 1915 года. Почти день в день прошел год, как его не было дома. Мало сказать, что он переменился. Он был сам не свой. То не скупился на нежности к детям, а то кричал на них за то, что они шумят. Прикончив во время еды целую бутылку вина, долго молчал. Он почти не пил до войны, теперь же ему нужна была бутылка в обед и бутылка в ужин. Как-то на неделе он сходил в свою мастерскую, вернулся за полночь, пошатываясь, от него пахло вином. Я уложила детей и в тот вечер впервые увидела его плачущим. Эта война засела у него в печенках, он боялся ее, как будто предчувствовал, что, если что-нибудь не предпримет, не вернется домой.

На другой день, протрезвев и обняв меня, он сказал: "Не сердись. Как и все там, я привык пить, это единственная возможность не терять силы. Никогда бы не поверил, что стану таким".

А потом уехал. Письма приходили одно печальнее другого. Я узнала, что их полк участвовал в осенних боях в Шампани и в марте 1916 года под Верденом. В увольнение он приехал, помнится, в одну из апрельских суббот. Казался еще более худым и бледным, чем всегда. И в глазах застыла смерть, да, уже смерть. Не пил. Делал усилие, чтобы не забывать о детях, которые росли без него, но мысли о них быстро его утомляли. Лежа в постели и не проявляя ко мне никакого мужского интереса, он сказал в темноте: "Эта война никогда не кончится. Немцы сдохнут, и мы тоже. Надо видеть, как сражаются англичане, чтобы понять, что такое настоящая храбрость. Но одной храбрости недостаточно, ни их, ни нашей, ни бошей. Мы увязли в этой войне, как в болоте. Она никогда не кончится". А в другую ночь, прижимая к себе, произнес: "Если я дезертирую, они схватят меня. Нам нужен шестой ребенок. Если есть шестеро детей, можно ехать домой". И после долгого молчания спросил: "Тебе понятно?"

А вам понятно? Уверена, вы понимаете, что он имел в виду. Думаю, вы должны здорово потешаться, читая это письмо.

Простите, глупости говорю. Вы не станете надо мной смеяться. Вам ведь тоже хотелось, чтобы ваш жених вернулся.

В ту ночь я назвала Бенжамена сумасшедшим. Он уснул, я – нет. Наутро, пока нас не слышали дети, он опять принялся за свое. "Это не будет изменой, раз я сам тебя прошу. Да и какая разница, ведь и эти пятеро не мои. Стал бы я тебя просить об этом, если бы сам мог сделать тебе шестого? Неужели я бы додумался до такого, будь я свободен от своего долга и оставаясь таким фаталистом, как Клебер?"

Он произнес имя: Клебер.

Однажды днем, оставив детей соседке, мы шли по набережной Берси. "Обещай мне, – сказал он, – пока я не уехал. Если это будет Клебер, я не стану переживать. Главное – спастись, и тогда мы будем счастливы, словно этой войны никогда не было".

В день отъезда я провожала его до ограды Северного вокзала. Он поцеловал меня и посмотрел такими глазами, что у меня возникло ощущение, словно это совсем чужой человек. Он сказал: "Знаю, тебе кажется, будто я чужой. И все-таки это я, Бенжамен. Только у меня больше нет сил жить. Спаси меня. Обещай, что ты сделаешь то, о чем я прошу. Обещай".

Я кивнула и заплакала. Видела, как он уезжает в своей военной форме грязно-синего цвета, с вещмешком и пристегнутой каской.

Рассказывая о муже, я ведь рассказываю и о себе, а не о Клебере Буке. Но именно Клебер сказал мне однажды то, о чем я думала тоже: нужно брать от жизни то, что есть, и в тот момент, когда это приходит к тебе, нельзя бороться ни против войны, ни против жизни, ни против смерти; люди притворяются, будто ничто над ними не властно, кроме времени.

Время усугубляло наваждения Бенжамена. Ему было невыносимо видеть, как затягивается война. В тот месяц, когда Клебер получил увольнение, он как раз писал об этом. Хотел знать мои дни, когда я могла бы забеременеть.

Я написала ему: "Если я даже попадусь, все равно пройдет восемь или девять месяцев, а война тем временем кончится". Он ответил: "Мне нужна надежда. Если я буду жить с ней восемь или девять месяцев, это уже кое-что". Потом Клебер рассказывал: "Во время битвы при Артуа Бенжамен совсем свихнулся, увидев мертвых, их страшные раны и резню при Нотр-Дам-де-Лоретт и Вими, что напротив Ланса. Бедные французы, бедные марокканцы, бедные боши! Мы нагружали их телами тележки, кладя друг на друга, словно они никогда не были людьми. Один здоровяк, укладывая их так, чтобы они занимали поменьше места, расхаживал по ним. Бенжамен набросился на него с проклятиями, обозвал его черт знает как, и они катались по земле, словно собаки. Может быть, Бенжамен потерял мужество на этой войне, но это не помешало ему кинуться на здоровяка, который ходил по трупам солдат".

Не знаю, поймете ли вы меня, мадемуазель. Но на свете есть не только черное и белое. Время стирает все. В это воскресенье, 11 июля, написав письмо, я уже не та, что была в прошлую среду, когда так боялась вам все рассказать. Теперь же я думаю, что, если все это вам пригодится, я забуду о своих горестях. По правде говоря, я тоже в выигрыше, мне больше не стыдно, мне все равно.

Клебер Буке приехал в увольнение в июне 1916 года. Седьмого, в понедельник, он оставил мне записку, в которой написал, что зайдет завтра после полудня, но, если я не хочу его видеть, он все поймет, достаточно вывесить в кухонном окне цветное белье. На другой день я отвезла детей в Жуэнвиль-ле-Пон к их тетке Одиль, объяснив ей, что у меня дела, которые займут пару дней.

В три часа я уже посматривала в окно большой комнаты и увидела мужчину, который остановился на противоположной стороне улицы и смотрел на окна моего этажа. Он был в светлом летнем костюме и в котелке. Некоторое время мы смотрели друг на друга, пребывая в неподвижности. Подать ему знак у меня не хватило сил. В конце концов он перешел улицу.

Заслышав его шаги на площадке, я открыла дверь и пошла в столовую. Не менее смущенный, чем я, он вошел и снял котелок. "Привет, Элоди", – сказал он мне. Я ответила: "Привет". Он прикрыл дверь и вошел в комнату. Был именно таким, каким его описывал Бенжамен: крепыш со спокойными чертами лица, прямым взглядом, с усами, темноволосый, с большими руками столяра. В этом портрете не хватает только улыбки. Но сейчас он не улыбался, а я так и подавно. У нас был глупый вид актеров, забывших текст роли. Сама не знаю как, не поднимая глаз, я произнесла: "Я приготовила кофе, садитесь".

На кухне сердце мое забилось учащенно. Руки дрожали. Я вернулась с кофе. Он присел к столу напротив, положив котелок на диван, где обычно спит моя свояченица Одиль, когда остается ночевать. Было жарко, но я не смела открыть окно, боясь, что нас увидят из дома напротив. Только сказала: "Можете снять пиджак, если хотите". Он ответил "спасибо" и повесил пиджак на спинку стула.

Сидя по краям стола, мы пили кофе. Я не смела взглянуть на него. Как и я, он старался не говорить о Бенжамене или о фронте, который напоминал бы о нем. Чтобы как-то побороть неловкость, он рассказал о своем брате Шарле, с которым ездил в Америку и оставил его там, о своей дружбе с Малышом Луи, бывшим боксером, который держал бар на улице Амело и устраивал, орудуя сифонами, бои с клиентами. Подняв глаза, я увидела его улыбку – детскую и самоуверенную одновременно, и правда, эта улыбка преображала его лицо.

Спросил разрешения закурить. Я принесла тарелку вместо пепельницы. Он курил сигарету "Голуаз" и молчал. За окном играли дети. Он погасил сигарету, едва ее закурив, встал и сказал ласково: "Это абсурдная мысль. Мы, знаете ли, можем ему солгать, что, мол, все было, как надо. Ему тогда будет намного спокойнее в траншее".

Я не ответила. И все не решалась взглянуть на него. Он взял котелок с дивана и сказал: "Если захотите поговорить до моего отъезда, оставьте записку у Малыша Луи, улица Амело". И пошел к двери. Я тоже встала, успев схватить его за руку. Теперь, когда я смотрела ему в лицо, он привлек меня к себе, запустив руки в волосы, так мы и стояли некоторое время молча. Затем я отпрянула и вернулась в столовую. До того как он пришел, я решила немного прибрать в комнате, то есть спрятать все, что напоминало о Бенжамене. Но потом передумала пользоваться этой комнатой и детской.

Не оборачиваясь, я сняла около дивана платье и разделась. Пока я занималась этим, он поцеловал меня в шею.

Вечером он повел меня в ресторан на площади Наций. Сидя напротив, он улыбался, а мне все казалось нереальным, казалось, что это происходит не со мной. Рассказал о том, как они с Малышом Лун разыграли одного жадюгу. Я слушала невнимательно и всецело была занята тем, что разглядывала его, но, услышав смех, засмеялась тоже. Он сказал: "Вы должны чаще смеяться, Элоди. Племя инуитов, которых еще называют эскимосами, верит, что, пока женщина смеется, надо успеть пересчитать ее зубы. Сколько насчитал, столько тюленей возьмешь на очередной охоте". Я снова рассмеялась, но так, чтобы он успел насчитать не более пяти-шести моих зубов. Он заметил: "Пустое, придумаем другое. Я тоже не люблю тюленей".

Ночью, провожая по улице Сержанта Бюша, он обнимал меня за плечи. Наши шаги гулко отдавались в тишине. Мы отрешились от окружающего мира с его страданиями, слезами, печалями, нас не беспокоила мысль о завтрашнем дне. На пороге дома, держа мои руки в своих, он сказал, задрав котелок: "Я буду рад, если вы пригласите меня к себе".

И он поднялся наверх.

На другой день после полудня я отправилась к нему на улицу Даваль в его комнату под крышей. Его мастерская помещалась во дворе.

Еще через день, в четверг, он пришел ко мне обедать. Принес красные розы, торт с кремом и вызывавшую доверие улыбку. Мы поели голыми после любви. И потом любили друг друга до вечера. Его поезд уходил утром. Женщине, с которой жил, он рассказал всю правду. Но та его не поняла, ушла, забрав свою одежду, насчет которой я накануне притворилась, будто ее не замечаю. Он сказал: "Такие вещи в конце концов удается уладить". Время. Не знаю, любила ли я его, любил ли он меня за пределами того случая, который подарила нам жизнь. Я часто вспоминаю его лицо. Он спускался по лестнице. Я стояла в дверях. Приподнял котелок, улыбнулся и почти шепотом произнес: "Думая обо мне, показывай, сколько тюленей. Ты принесешь мне счастье".

Вам нетрудно догадаться, что произошло потом, когда они встретились с Бенжаменом, и что тот подумал про эти три дня. Вы ведь сами спросили меня тогда, в машине под дождем: "Значит, они поссорились из-за вас?" Они поссорились, потому что мы все живые люди, а не вещи, и тут уж ничто, никакая война не изменит.

Я не забеременела. А Бенжамен, как это ни странно, оказался ужасным ревнивцем. Под его нажимом Клебер, вероятно, наговорил ему ужасных вещей. Но и тут время сделало свое. Вопросы Бенжамена после того как он узнал, что, одолжив другу жену, ничего не добился, звучали, как пулеметные очереди: как и где я раздевалась? смущала ли меня мысль, что я отдаюсь чужому мужчине? сколько раз у нас было за эти три дня? в какой позиции? Особенно его мучило, было ли мне хорошо? Да, я получала удовольствие и в первый раз, и в последний. Могу вам признаться – такого со мной прежде никогда не случалось. Мой рабочий-каменщик? Я наивно считала, что получу нечто похожее на то, что испытывает женщина, лаская себя в кровати. Бенжамен? Чтобы его порадовать, я притворялась.

Уже поздно. Господин, который был с вами, заедет за письмом. Похоже, я обо всем рассказала. Ни Бенжамена, ни Клебера я больше не видела. Случай – который делает так больно – помог узнать, что Клебер тоже не вернется. Сегодня я работаю и, как могу, ращу детей. Старшие – Фредерик и Мартина – стараются мне помогать. В свои двадцать восемь лет я хочу одного – все забыть. Я помню слова, сказанные мне мужчиной, ставшим одним из эпизодов в моей жизни: над нами ничто не властно, кроме времени.

Прощайте, мадемуазель.

Элоди Горд

Матильда дважды перечитывает это письмо в понедельник утром, после того как два раза читала его накануне вечером, когда Сильвен принес его. На обороте последнего листка она записывает:

Значит, прости-прощай?
Не будем спешить.

Элоди Горд.
Париж, улица Монгалле, 43.
Четверг, 15 июля.

Мадемуазель!
Я была очень тронута выражением вашей поддержки и понимания. Поставленные вами новые вопросы сбивают с толку по многим причинам, но я постараюсь, как могу, снова ответить вам.

Я не знала, что в новом полку мой муж опять повстречал Клебера и помирился с ним. Последнее его письмо было датировано новым 1917 годом. Если бы он встретился с Клебером до этой даты, наверняка бы мне написал.

Я не знала, что Клебер был убит на том же участке фронта, что и мой муж, и в те же дни.

Говоря о "случае, который делает больно", я не имела в виду женщину, которая жила с Клебером и бросила его из-за нашего приключения. Я не знакома с Вероникой Пассаван. О смерти Клебера я узнала от хозяйки булочной с улицы Эрар, местной сплетницы. Как-то в апреле 1917 года она сказала: "А приятеля господина Горда, слесаря по прозвищу Эскимос, тоже убили. Мне сообщил об этом племянник, который захаживает в бар Малыша Луи на улице Амело".

Раз Клебер написал Малышу Луи, что он помирился с моим мужем, я рада. Не сомневаюсь, что это было настоящим примирением. Оба они не слыли лицемерами.

Бенжамен никогда бы не воспользовался "драматической ситуацией", чтобы отомстить Клеберу. Это всякий, кто их знал, скажет.

Зато уверена, что, помирившись или нет, мой муж непременно пришел бы на помощь другу и сделал бы все для его спасения.

Что касается ужасного для меня вопроса об их обуви, я допускаю возможность подобного обмена. Мой муж был высокого роста, а Клебер не намного ниже. Если бы у меня была охота посмеяться, смею уверить, читая эту часть вашего письма, меня бы услышали все соседи.

Кажется, я уже писала вам о результатах розыска господина Пира. Но я тем не менее охотно позвонила ему сегодня с работы и разрешила предоставить вам всю собранную им по поводу смерти моего мужа информацию.

Желаю вам, мадемуазель, успешно завершить ваши поиски, хотя и не очень понимаю их цель.

С симпатией,
Элоди Горд

Жермен Пир,
"Хитрее мангусты", частный сыск.
Париж, Улица Лилль, 52.
Суббота, 17 июля 1920 года.

Мадемуазель!

После нашего вчерашнего разговора в галерее на набережной Вольтера я еще раз внимательно просмотрел досье Бенжамена Горда.

Я уже сказал вам, что расследованием занимался мой сотрудник, в данном случае – брат Эрнест, который тщательно во всем разобрался. Надеюсь, вам понятно, что все наши усилия были направлены на то, чтобы установить факт смерти капрала Бенжамена Горда, не более того. А это суживало рамки поисков.

Однако могу все-таки сообщить некоторые интересующие вас вещи.

В понедельник, 8 января 1917 года, французская санчасть в Комбле располагалась в одной половине двухэтажного здания на северной окраине деревни, недалеко от построенной саперами железнодорожной ветки. В другой половине здания находились британцы. Во время наступления 1916 года это место сильно пострадало как от артиллерии противника, так и от союзнической. В тот день между одиннадцатью часами утра и двумя пополудни в результате артиллерийского обстрела оказалась разрушенной часть второго этажа с французской стороны. Под обломками и окрест было подобрано тридцать трупов солдат и персонала санчасти.

Лейтенант медслужбы Жан-Батист Сантини, увы, числится среди погибших.

Капрала Бенжамена Горда, доставленного с передовой с черепной травмой, как отмечено в книге поступления раненых, должны были, перед тем как начался обстрел, отправить в тыловой госпиталь. До нашего расследования труп его не был опознан, нам помогли те, кто остался в живых, – медсестра из Сен-Венсан-де-Поля и двое раненых, видевших Горда до того, как снаряд угодил во второй этаж.

Вы спрашивали меня об одной подробности, которая совсем вылетела у меня из головы, если только вообще там находилась, в чем я сильно сомневаюсь, а именно о том, в какой обуви был капрал Горд. Трое свидетелей сказали нам, что он был в немецких сапогах, которые надевал в траншее, чтобы не отморозить ноги. Артобстрел застал его в них.

В связи с этим не могу не задать себе и вам вопрос: как вам стало известно, что капрал Горд в тот день был в немецких сапогах?

Мне кажется, вам не мешает быть со мной более откровенной. Кто знает, может быть, я тогда быстрее разрешу ту проблему, над которой вы бьетесь самостоятельно. Я могу отыскать кого угодно. У меня есть навык. Вопрос о вознаграждении, если он вас беспокоит, мы быстро уладим. Я уже сказал, как мне нравится ваша живопись. За исключением поля с маками, к которому прикреплена печальная для меня записка о том, что это полотно продано, меня поразили мимозы на берегу озера с тополем, на стволе которого вырезаны буквы "МЛМ". Как видите, я на все обращаю внимание.

Я не говорю о командировочных расходах, разумеется. Но я мало ем, снимаю недорогие номера, пью лишь воду, а в качестве милостыни подаю одну монетку.

Подумайте.

Даже если не согласитесь, прошу вас поверить в искренность моего уважения к вашему таланту. Отныне я буду внимательно следить за вашей карьерой.

Я долго буду сожалеть, что мне не придется жить рядом с маковым полем.

Жермен Пир

Это невысокий, кипучей энергии человек, с живыми глазами, густыми усами и редкими, но тщательно причесанными волосами. Одет старомодно, в разгар лета: пиджак с изображением мангусты на лацкане и рубашка с твердым воротником, галстук в виде банта, котелок и белые гетры. Вероятнее всего, ему хочется казаться художником. В дни молодости – признается он с некоторой ностальгической ноткой в голосе – мсье Пир и сам "баловался красками". Естественно, как любитель.

Он усаживается напротив Матильды в глубине галереи, так что их колени почти соприкасаются. В свою старенькую записную книжку он записывает имя, фамилию и дату рождения Тины Ломбарди и название мест, где ее могли бы видеть за последние три года, – Марсель, Тулон, Ла-Сьота и дом свиданий на дороге в Гардан. И с игривым видом говорит: "Хе-хе, наконец-то подвертывается расследование, непохожее на печальные военные истории". И тотчас добавляет: "Но я не выйду из сметы, можете не сомневаться. Я никогда не смешиваю работу с развлечениями".

В уплату за оказанные услуги он получит, согласно достигнутой договоренности, одну из картин Матильды, но только не с мимозами, она тут висит просто для обозрения, ее Матильда оставляет себе. Он встает, снова обходит галерею, нацепив на нос пенсне, вздыхает перед каждым полотном. Затем, победив сомнения, выбирает клумбу с бледно-розовыми гортензиями и елями в глубине.

Командировочные в придачу.

Расставаясь, он говорит Матильде: "Возможно, вы станете мне больше доверять, когда я разыщу эту легкомысленную особу. Почему вы не желаете откровенно описать суть дела?" Матильда отвечает, что как раз это ей хочется оставить для себя. Уже на набережной он говорит ей: "В доказательство моей доброты, без дополнительного гонорара, используя ваше объявление в газете, я найду солдата Селестена Пу".

Тут Матильда может ему помочь: "Насколько мне известно, если он жив, ему около двадцати пяти лет, блондин, голубоглазый, родился на острове Олерон. Служил во взводе Бенжамена Горда".

Приложив книжку к витрине, мсье Пир заносит в нее и эти сведения: "Считайте, что ваши гортензии цветут уже у меня, мадемуазель".

И решительно постучав по котелку, нахлобучивает его до бровей.

Как-то раз Матильда знакомится в маленьком салоне на улице Лафонтена с Вероникой Пассаван. Возлюбленная Эскимоса действительно хорошенькая.

В шляпке из тонкой соломки, украшенной голубым тюлем в тон платью, она застенчиво пьет портвейн, видимо, смущенная окружающей обстановкой, а может, потому, что перед ней сидит калека, хотя это ей было известно и раньше, но тогда казалось чем-то абстрактным. Однако молчание длится недолго.

Женщина, приходившая в модную лавку, где она работала в марте 1917 года, не сообщила своего имени. Она молода, красива, хотя и слегка вульгарна, темноглазая брюнетка, в короткой, до икр, юбке, пальто и шляпе с широченными полями победительницы. Говорила с южным акцентом, очень быстро, сдерживая волнение.

Из пятерых осужденных ее интересовали двое: ее парень и Клебер Буке. О других она не упомянула ни разу. И все повторяла: "Умоляю вас, не лгите мне. Если что-то знаете, скажите. Они где-то прячутся вместе. Я вытащу их обоих". Была уверена, что человек по прозвищу Эскимос выжил. Вероника спросила ее: "У вас есть доказательства?" И та ответила: "Считайте, что да". О втором сказала: "По тому, как мне его описали, это мой парень. Но ему было совсем худо. Я боюсь думать о том, что с ним стало".

И заплакала, не вытирая слезы, с мукой на лице и не отрывая глаз от пола склада, куда ее завела Вероника. Наконец, в отчаянии, что ничего не узнала, она бросила: "Если вы что-то знаете и не доверяете мне, то вы неудачница и дрянь и стоите не больше тех подонков, которые с ними так поступили". И ушла.

А теперь в этом маленьком салоне, так красиво украшенном мамой, плачет Вероника Пассаван: "Я уверена, что, если бы Клебер остался жив, он дал бы мне знать. В 1917 году, после посещения этой ненормальной, я бог знает что подумала и все ждала,

ждала, но ждать три с половиной года невозможно, она забила мне голову явной чепухой".

Вынув из сумочки белый платочек, она вытирает слезы и говорит: "Будь ваш жених жив, разве он бы не дал знать о себе за три с половиной года?"

Матильда жестом показывает, что не знает.

Ей больно вспоминать, что Манеш, когда его привели в Угрюмый Бинго, был не в своем уме. Но это не может помешать ей вести поиски, напротив. После того, что она услышала от Эсперанцы, она первым делом запросила военные и гражданские больницы, обнаружив тридцать солдат, чьи имена так и остались неустановленными и которыми после перемирия никто не интересовался, все они потеряли память или разум. Десять из них были одних лет с Манешем, семь брюнетов и только трое голубоглазых. Но ни у кого из этих троих не была ампутирована рука. Сильвен все же съездил в Шатоден, Мо и Дижон, чтобы посмотреть на них. Он насмешливо называл действия Матильды "Операцией «Шагреневая кожа»", пока та однажды вечером, вконец измученная, не смела на пол тарелки и стаканы.

Впрочем, розыски в больницах не исчерпали всех ее глупых надежд. А вдруг, захваченный в плен, ничего не помнящий Манеш получил приют у сочувствующих ему людей в Германии? А вдруг Манеш, с присущим ему здравым смыслом, просто боялся дать о себе знать из страха, что, если его схватят, неприятности будут у его близких и у Матильды. А что, если Манеш, потеряв память, но не здравый смысл, побродив по дорогам, голодный и бездомный, нашел где-то приют и другую Матильду?

Она говорит Веронике Пассаван, что, даже если ей не суждено больше увидеть жениха, она хочет знать обстоятельства, при которых он пропал. Снежный воскресный день и расстояние между двумя траншеями – вот и все, что имеет для нее какой-то смысл. С остальным она смирилась, ей кажется, что это не так уж важно, а может быть, и не было в действительности.

Например, она часто забывает о своей коляске, так что пусть ее не жалеют, что она себя к ней приковала. Она привыкла перемещаться таким образом и думает о своей коляске не больше, чем Вероника о своих ногах. А если и думает, то исключительно в связи со своими воспоминаниями о Манеше.

Все остальное, житейские будни мало ее интересуют. И в еще меньшей степени – все то, что так волнует стольких людей. Она не знает, что происходит вокруг, появился ли другой президент после того как прежний, чье имя она забыла, упал среди ночи с проходящего поезда в одной пижаме. Кто скажет, что это доподлинно было? Вероника находит в себе силы улыбнуться и тихо покачивает кудрявой головкой в маленькой шляпке.

Позднее, потягивая вторую рюмку портвейна и не замечая, как сгустились за окном сумерки, она говорит Матильде: "Я готова рассказать, чем был вызван мой разрыв с Клебером, но он взял с меня клятву, что я никогда никому не расскажу об этом". Матильда отвечает ей почти в том же тоне: "Раз вы дали клятву, не надо ничего говорить". И серьезно добавляет: "Мне, во всяком случае, это известно. Наверное, догадываетесь, кто мне сказал?" Посмотрев на нее, Вероника отводит свои большие глаза и с видом наказанного ребенка кивает. Матильда вздыхает: "Но это не открыло ничего существенного. Представьте, меня подчас сильно мучит развитое воображение. Только по поводу сапог я могу придумать целую историю".

Вероника даже не мигает и только с отсутствующим видом небольшими глотками пьет вино. "Мне хорошо здесь, – говорит она, – если бы могла, совсем бы осталась у вас".

И это последний штрих, относящийся ко времени, когда еще оставались какие-то иллюзии. Три дня спустя Матильда вступит в куда более длинный и темный туннель, чем тот, по которому она двигалась с тех пор, как пришло известие о гибели Манеша.

По окончании вернисажа, собрав багаж и приготовившись отправиться в Кап-Бретон, в тот момент, когда наступает время перейти к столу для прощального ужина, – я вас не презираю, но охотно удушила бы кое-кого, – ее просит подойти к телефону Пьер-Мари Рувьер. Она отправляется к телефону одна. Черно-белая трубка, из тех, что так любит мама, висит на крючке. На Матильду наваливается страх, по мере приближения к телефону он нарастает, а когда она берет трубку, становится невыносимым. Возможно, потом, когда она будет вспоминать это мгновение, она решит, что придумала это предчувствие.

Через своего Друга-Офицера Пьер-Мари узнал, на каком кладбище в Пикардии с марта 1917 года покоится тело Манеша и четырех его товарищей, каждый под своим крестом с именем. Их тела были обнаружены только после отхода немцев на том самом месте, где они погибли два месяца назад у траншеи Угрюмого Бинго. В понедельник, 8 января милосердные британцы похоронили их, прикрыв брезентом в воронке от снаряда, в одежде и с номерными знаками.

Пьер-Мари говорит: "Прости, что делаю тебе больно, моя маленькая Матти. Ты ведь знала, что он мертв. Когда захочешь, мы с Сильвеном отвезем тебя туда".

Долго еще после того, как он дал отбой, Матильда сидит, прижав голову к настенному телефонному аппарату, и, держа трубку, тщетно пытается повесить ее на крючок, но так и оставляет ее болтаться на проводе. Она не плачет. Она не плачет.

МИМОЗЫ ОССЕГОРА

Июнь 1910 года.

Матильде десять с половиной лет. Она уже не помнит, что это за день – пятница или суббота. С четвертого того же месяца Манешу тринадцать. Он возвращается из школы в коротких штанишках и тельняшке, с ранцем за спиной. Останавливается перед оградой виллы "Поэма". Матильду он видит впервые, она сидит в коляске по ту сторону ограды.

Почему он оказался в этот полдень перед виллой – тайна. Он живет за озером Оссегор. И не было никаких причин делать такой крюк. Так или иначе он тут. Смотрит на Матильду через ограду, а потом спрашивает: "Ты не можешь ходить?"

Матильда подтверждает это, качнув головой. Тот не находит, что сказать, и удаляется. Но спустя минуту возвращается и со смущенным видом спрашивает: "У тебя есть друзья?" Матильда отрицательно качает головой. Глядя куда-то вдаль, он, не без некоторой застенчивости, предлагает: "Хочешь, я стану твоим другом?" Матильда опять жестом показывает – нет. Тогда, размахивая руками, он кричит: "Ну и ладно!" И удаляется.

Но снова возвращается, на этот раз через три минуты. Оказавшись снова по другую сторону ограды и бог знает что проделав со своим ранцем, он стоит, засунув руки в карманы, и хочет казаться спокойным и значительным. Он говорит: "Ты знаешь, я сильный. Я могу таскать тебя на себе целый день. Я даже могу научить тебя плавать". Подумав, она отвечает: "Неправда. Как ты это сделаешь?" Он отвечает: "Это мое дело. Ты сможешь держать ноги на воде с помощью поплавков". Она снова отрицательно качает головой. Тот надувает щеки и с шумом выпускает воздух. Потом говорит: "В воскресенье я еду с отцом на рыбную ловлю и привезу тебе вот такого огромного хека". И руками показывает рыбу размером с кита. "Ты любишь рыбу хек?" Она качает головой – нет. "А лаврака*?" Тот же жест. "А крабовые лапки? Мы этих крабов полные сети привозим". Она поворачивает свою коляску и уезжает. Он кричит ей вслед: "Ладно, парижанка! А я-то подумал! Я тебе не гожусь, потому что пахну рыбой?" Она пожимает плечами и как можно быстрее катит к дому. Из глубины сада доносится голос Сильвена: "Проваливай, а то получишь!"

Вечером, лежа в постели, Матильда грезит о том, как маленький рыбак везет ее к озеру через лес и улицы Кап-Бретона и все женщины, стоя на пороге своего дома, говорят: "Какие они красивые! Какая безбрежная дружба!"

Потом от мамы она узнает, что безбрежной дружбы не бывает, она даже разочарована, значит, придется заставить женщин говорить: "Какая безумная дружба", а позднее: "Какая отрава – любовь".

На другой день, в то же самое время, после полудня, он приходит снова. Она ждет его. На этот раз он усаживается на выступ стены по другую сторону ограды, к ней спиной. И говорит: "У меня полно друзей в Соортсе. Сам не знаю, чего я к тебе прилип". Она

---

* Лаврак – вид морской рыбы.

спрашивает: "Это правда, что ты можешь научить меня плавать?" Он кивает. Тогда она подкатывает к нему ближе и касается спины, чтобы он взглянул на нее. У него голубые глаза, темные кудрявые волосы. И тогда через ограду они церемонно пожимают друг другу руки.

У него есть собака и две кошки. У отца – рыбачий баркас в порту. Он никогда не был ни в Париже, ни в Бордо. Самый большой город, в котором он был, – это Байонна. Среди его друзей никогда не было девочек.

Может быть, в тот день или в какой другой, выйдя на порог террасы, Бенедикта говорит: "Что ты делаешь на улице? Ты нас за дикарей принимаешь? Ворота открыты, входи!" Тот отвечает: "Чтобы рыжий дал мне пинка?" Бенедикта смеется. Зовет Сильвена, и тот говорит: "Знаешь, я не люблю, когда меня называют рыжим. Если будешь продолжать в том же духе, узнаешь мою коленку у себя под задом. Ты ведь Манеш Этчевери из Соортса? Твой отец поблагодарит меня, он явно тебя мало порол. Давай заходи, пока я не передумал".

Говорят, что дружба, которая начинается с неприятностей, бывает самой долгой. Бенедикта, Сильвен и даже годовалый пес Пуа-Шиш очень быстро заразились вирусом этой дружбы. Почти ежедневно Бенедикта кормит Манеша. Она считает хорошо воспитанными тех детей, у которых хороший аппетит. Сильвен признает, что Манеш, который через два года будет сдавать экзамен за среднюю школу, заслуживает похвалы, помогая отцу в рыбной ловле и больной матери в домашних делах.

Приближаются каникулы. Если Манеш не в море или не занят заготовкой дров на зиму, он увозит Матильду на берег озера. У них там есть любимое место, у кромки океана, почти напротив таверны Коти. Чтобы доехать до песка, нужно преодолеть лесок, деревья и мимозы, которые цветут даже летом. Тут пустынно, и только по воскресным дням появляется бородач в одежде горожанина и в соломенной шляпе, у которого здесь рыбацкая хижина, а за нею, на берегу, лодка. Манеш прозвал его Букой, но он совсем не злой. Однажды Манеш помог ему вытянуть сети на берег и дал полезный совет, как побольше наловить рыбы. Бука просто сражен его познаниями в рыбацком деле, да еще в таком юном возрасте. На что Манеш ему не без гордости отвечает: "Еще бы мне не разбираться, ведь я родился у моря". С тех пор Бука часто машет им рукой и спрашивает Манеша о делах, если встречает на своей территории.

Прошло первое лето, за ним второе. Матильде кажется, что она решилась учиться плавать на второе лето. Манеш сделал гибкие поплавки, чтобы удобнее обхватить ее лодыжки. С уцепившейся за его плечи Матильдой он пошел в воду. Матильда не помнит, хлебнула ли она тогда воды. Помнит только, что испытала такую радость и гордость за себя, какой прежде никогда не испытывала. Она научилась держаться на воде, плавать с помощью одних только рук, переворачиваться на спину и снова плыть.

Да, это случилось на второе лето с Манешем, в 1911 году, когда была страшная жара. В то время когда она плавает, Гюстав Гарригу́, по прозвищу Франт, в сопровождении своего верного механика Си-Су выигрывает Тур де Франс. У Матильды еще не набухли сисечки, у нее даже купальника нет. В первый раз она купается в одних трусиках. Они белые хлопчатобумажные с прорезью, чтобы она могла пописать. Ее можно принять за наяду. Но на следующий день, поскольку нужно сто семь лет ждать, пока трусики высохнут, она отправляется в воду совсем голой. Голым купается и Манеш, не обращая внимания на то, как его штучка болтается рядом с девочкой.

Чтобы добраться до территории Буки, Манешу приходится нести ее, держа под коленками, а Матильда обнимает его за шею. Где можно, они пользуются коляской, а дальше, шагая через заросли и раздвигая ветки рукой, Манеш несет Матильду к озеру и как можно удобнее устраивает на песке. Затем отправляется за коляской. Ее надо пристроить так, чтобы никто не обнаружил, иначе поднимется шум, который услышат от Ланд до Аркашона. После того как Матильда, искупавшись, высушит волосы, весь этот аттракцион повторяется в обратном направлении.

Как-то вечером, целуя Матильду в шею, мама ощущает соль на губах. Лизнув плечо дочери, она в ужасе восклицает: "Ты упала в океан?" Матильда никогда не лжет, она отвечает: "Не в океан, там уж очень высокие волны, а в озеро Оссегор. Хотела покончить с собой, но Манеш Этчевери спас меня. Для того чтобы я никогда не утонула, он научил меня плавать".

Напуганный не меньше мамы, Матье Донней решает посмотреть, как плавает его дочь. В результате ей покупают приличный купальник и Манешу тоже – с синими полосами и бретельками, с изображением герба на груди, на котором написано: "Paris fluctuat nec mergitur". Когда Манеш просит девочку перевести, она, уже учившая латынь, отвечает, что это неинтересно, и с помощью зубов и ногтей сдирает герб. От герба остается след, и Манеш недовольно ворчит, что купальник выглядит поношенным.

Латынь. После каникул Матильда продолжает заниматься у монашек Ордена Страждущих. Это так близко от дома, что она вполне может добраться, как взрослая, на своей коляске. Но Матье Донней, родившийся в бедной семье кузнеца из Бушэна, что на севере, и купивший "на собственные средства" особняк на улице Лафонтена, из гордости настаивает, чтобы ее отвозил и привозил шофер по прозвищу Торопыга, – настоящего его имени она так и не запомнила. Она хорошо успевает по французскому, истории, естествознанию и арифметике. В классе ее место за партой для двоих в последнем ряду прохода. Сестры-монашки очень милые, девочки – терпимы, она наблюдает за ними на переменках. Бывает невыносимо, когда появляется новенькая и хочет выказать свою доброту: "Давай я тебя отвезу?", "Хочешь, я подам тебе мяч?" и прочее, и прочее.

После вторичного обследования в Цюрихе в 1912 году Матильда решает поселиться в Кап-Бретоне с Сильвеном и Бенедиктой, Пуа-Шишем и уже Уной, Дуэ и Терцией. Три часа в день она занимается на вилле "Поэма" с двумя учителями. Один из них – бывший семинарист, потерявший веру, мсье Огюст дю Тейль, другая – учительница на пенсии, выпускница Свободной школы в Эльзас-Лотарингии, учеба в которой была пропитана идеями реванша, готовая драться на ножах с теми, кто защищает красных, старается не показывать зубы, когда улыбается. Ее зовут мадемуазель Клеманс – ничего общего ни с красоткой, ни с сестрой, которая появится позже. В качестве вознаграждения она просит, чтобы после ее смерти каждый год в память о ней ставили свечу. Когда это время настанет, Матильда и Бенедикта будут свято исполнять данное ей обещание.

В начале лета 1912 года Манеш сдает экзамены за среднюю школу. Теперь он каждый день выходит с отцом в море на рыбную ловлю, потому что семья Этчевери небогата, а лекарства для матери стоят дорого. Но, едва вернувшись в порт, он бегом летит на виллу, чтобы "прогулять" Матильду. И снова они оказываются на своем любимом пляже на озере, среди мимоз, близ хижины Буки, который позволил им пользоваться своей лодкой. Орудуя шестом, Манеш увозит ее в путешествие до канала. Она сидит сзади, либо на скамейке, либо на дне лодки, держась руками за борта.

Осенью и зимой они видятся лишь в те дни, когда океан бушует и невозможно отправиться на рыбную ловлю. Иногда, посадив Матильду на двуколку отца, запряженную ослицей Катапультой, Манеш отвозит ее к Этчевери. Отец – ворчун, но славный человек, мать – нежная, маленькая женщина, у нее порок сердца. Они разводят кроликов, кур и уток. Бретонский спаниель Манеша – Кики, белошерстный с рыжими пятнами, куда умнее и резвее Пуа-Шиша. Кошек же Матильда считает хуже своих, хотя они красивой черно-серой масти, но тут сказывается ее предвзятость.

На обрывке каната Манеш учит Матильду делать различные морские узлы – бочковый, беседочный, рифовый, рыбацкий. В свою очередь, она учит его карточным играм, в которые ее научил играть Сильвен, – "Ряжку", "Тряпку", "Красного пса", "Бинокль" и особо "Скопу". Последняя игра им нравится больше всего: если имеешь определенную карту, то она стоит столько же, сколько все открытые карты противника, ты берешь весь кон с криком "Скопа!" и кладешь рядом большой каштан, который служит фишкой. Проиграв, Манеш говорит: "Глупая игра для макаронников", а если выигрывает: "В этой игре надо быстро считать".

Еще через год – в 1913 году – они находят по дороге к озеру усталую черепаху, пустившуюся, по всей видимости, в паломничество в Сен-Жак-де-Кампостель, и, вероятно, потому, что сисечки Матильды наливаются, как яблоки, и у нее начинаются "делишки", они "удочеряют" рептилию и дают ей имя Скопа. Но то ли они ее перекормили, то ли она оказалась набожнее мадемуазель Клеманс, только, накопив силенок, черепаха снова отправляется в путь.

Матильда отваживается нырять и в великом, грозном, громогласном, покрытом снежной пеной и бриллиантовыми брызгами океане. При этом она так крепко держится за шею Манеша, что чуть не душит его, и кричит от страха и удовольствия. Волна подкидывает ее вверх, бросает вниз, ей кажется, что она тонет, ей больно, но всегда хочется повторить.

Когда после купания Манеш на спине несет Матильду наверх, в дюны, ему приходится останавливаться, чтобы передохнуть. Он укладывает ее на песок. Именно там, во время одной такой вынужденной остановки, летом 1914 года, за несколько дней до начала войны, Матильда, целуя Манеша в щеку в знак благодарности, внезапно обнаруживает на своих губах его губы и, не без вмешательства дьявола, целует их. Ей это так нравится, что она не может понять, как могла так долго пренебрегать таким удовольствием. А он, господи помилуй, стоит весь красный до ушей, но она чувствует, что это новое в их отношениях ему по душе.

Военное лето. Ее брат Поль, женатый всего несколько месяцев, но уже успевший обрюхатить новобрачную, отправляется служить в интендантство Венсенского форта. Он лейтенант-резервист. За обеденным столом ни красотка-ни сестра заявляет, что слышала от мясника, который снабжает какую-то шишку из генштаба, –

"надеюсь, вам понятно, что я хочу сказать", – что мир наступит ровно через два месяца, до сражений дело не дойдет, Вильгельм и Николай подписали секретный пакт, получивший одобрение короля Англии, австрийского эрцгерцога, и еще бог знает кого, возможно абиссинского негуса. Так что весь этот барабанный бой был нужен лишь для того, чтобы спасти лицо. Даже Пуа-Шиш, который пока не портит воздух на каждом углу, ибо иначе ответ был бы еще хлеще, предпочитает отправиться посмотреть, что нового в саду.

В августе призывают служить на флоте Сильвена и делают старшим матросом. В его обязанности входит снабжение, и дальше Бордо он никуда не уедет. Вплоть до 1918 года он даже сможет раз в месяц приезжать на виллу "Поэма", чтобы услышать от Бенедикты, какой он красивый мужчина в берете с красным помпоном.

Отец Манеша слишком стар для службы в армии, отец Матильды – тоже. Не все же такие глупые, как жена Поля – Клеманс, чтобы поверить, будто война так затянется, что семнадцатилетнему Манешу тоже придется идти воевать.

Лето 1914 года связано у Матильды с первыми поцелуями и с первой ложью. На глазах Бенедикты и мамы они с Манешем разыгрывают отсталых подростков, обмениваются дурацкими шутками или молчат, а то уезжают на Катапульте, которая никогда их не выдаст.

Лето 1915 года связано с ревностью и страхами. Отнюдь не из местной газеты Матильда узнает, что Манеш появился на большом пляже Кап-Бретона с блондинистой англичанкой из Ливерпуля по имени Патти, старше его лет на пять, уже разведенкой. Вероятно, с ней он играет не в скопу и не обменивается невинными поцелуями. С наивной жестокостью Бенедикта утверждает, что мальчик в его возрасте должен пройти обучение, это не помешает ему в дальнейшем стать прекрасным мужем девушки из родных мест, что Матильде не следует на него обижаться, если он реже, чем прежде, прогуливает ее. "Ничего не поделаешь, – говорит она, гладя белье, – он вырос, и было бы удивительно, если бы на такого красивого парня не обращали внимания девушки".

Когда Матильда упрекает его за то, что он не приходил целую неделю, Манеш отводит глаза, говорит, что был очень занят. А когда она хочет его поцеловать, отворачивается и говорит – не надо, ему неудобно обманывать доверие родителей Матильды. И совсем замыкается, когда она упрекает его за шашни с какой-то английской шлюхой, молча отвозит Матильду домой и с мрачным видом уходит.

Матильде ничего не остается, как метать громы и молнии в адрес этой негодяйки. Лежа в постели, она воображает, как встречает разлучницу на деревянном мосту Оссегора, налетает на нее и сбрасывает в канал. Потом является к ней в "Парк-отель" и убивает из револьвера Сильвена. Но самое замечательное происходит, когда, скрывая свою злобу, уговаривает ее перейти линию фронта и послужить его величеству в тылу у немцев. Выданная своим бывшим мужем и арестованная как шпионка грозными уланами, Патти-Фрятти подвергнется жестокой пытке, будет многократно изнасилована, обезображена сабельными ударами и в конце концов разорвана четырьмя лошадьми – Матильда читала в учебнике истории, что так поступали когда-то.

К счастью для лошадей и неутомимой воительницы за правое дело, август близится к концу, несчастная блондинка исчезнет до того, как планы Матильды начнут осуществляться. В сентябре англичанок и вовсе не встретишь, и Манеш снова появляется в доме Матильды, которая предпочитает не говорить о том, что может его рассердить. И они опять отправляются на озеро к мимозам. Забыв о своем обещании, Манеш снова целует, как ей нравится, а однажды вечером даже покрывает поцелуями ее грудь, которую находит необыкновенно прекрасной. Раздираемой между стыдом и блаженством Матильде кажется, что она умирает.

Только в начале апреля 1916 года, когда Манеш узнает, что его год призывается под знамена, они решают покончить с тем, что связано с и так уже сильно поколебленной детской дружбой. Обнимаясь на песке, они клянутся, что любят и будут вечно любить друг друга, что ничто не сможет их разлучить – ни время, ни война, ни буржуазные предрассудки, ни лицемерие блондинок, ни предательство пятиступенчатой стремянки.

Потом, когда начинается прилив, Манеш уносит ее в хижину Буки, который не появляется уже два года, должно быть, тоже на фронте. Он укладывает ее на рыбацкие снасти, раздевает, ей немного страшно, но она не смеет вымолвить ни слова, настолько торжественной кажется ей эта минута. Он целует ее повсюду, у нее горят щеки, у него тоже, потом ей больно, как она и предвидела во время своих ночных мечтаний, но все же не так уж сильно, а потом ей хорошо, даже много лучше, чем она думала.

В другой раз, забравшись в хижину, они занимаются любовью три раза, а в перерывах хохочут по пустякам. Потом одеваются и поправляют друг другу волосы. Манеш уносит ее на руках, сажает в коляску и заявляет, что они отныне обручены, пусть он сгорит в огне, если не так, она отвечает, что согласна, они клянутся, что поженятся, когда он вернется. Чтобы закрепить клятву, Манеш вынимает перочинный нож с массой ненужных штучек и, раздвигая кустарник, добирается до большого серебристого тополя, растущего среди зарослей. Некоторое время он что-то вырезает на стволе. Матильда спрашивает – что? Он отвечает: "Увидишь". Закончив, расчищает дорожку к тополю для ее коляски. Сейчас он похож на дикаря, весь потный, лицо и волосы в листьях, руки в порезах, но он так счастлив, когда говорит: "Теперь надо бы нырнуть в озеро".

Подтолкнув коляску к тополю, он показывает, что вырезал на стволе: МЛМ, чтобы можно было читать в обе стороны, что Манеш любит Матильду и Матильда любит Манеша. Затем срывает с себя одежду и ныряет в озеро. Кричит – ой-ой, холодно, но на самом деле ему наплевать, он больше не боится смерти. Он плавает. В тишине этого вечера, ощущая окружающий ее покой даже в биении своего сердца, Матильда слышит только всплески воды под руками и ногами своего возлюбленного. И дотрагивается пальцем до вырезанного на коре дерева "Манеш любит Матильду".

У них еще будут случаи любить друг друга в хижине, сколько раз – она не помнит, может, шесть или семь. На сборный пункт в Бордо Манеш уезжает в среду 12 апреля 1916 года, очень рано, в четыре утра, обещает забежать проститься. Матильда не спит всю ночь, она проводит время сидя в кресле. Поднявшись спозаранку, Бенедикта готовит кофе. А вот и Манеш. На нем пальто отца, в руках фибровый чемодан, и, когда он в последний раз целует Матильду на прощание, Бенедикта, поняв, как она была наивна, отворачивается, что тут поделаешь.

Манеш рассчитывал, что как отец и дяди, как Сильвен, он окажется на флоте, но в армии в 1916 году не хватает пехотинцев. После трехнедельной подготовки в Бурже его отправляют на фронт. Сначала в качестве подкрепления – под Верден, затем в Пикардию. Матильда каждый день пишет ему письма и каждый день ждет ответа. В воскресенье, состарившиеся на десять лет Этчевери, приезжают на своей Катапульте. Вместе они сооружают посылку, куда хотели бы засунуть все – еду, крышу дома, пламя в печи, озеро, ветер с Атлантики, который однажды принесет американцев – все вплоть до сигарет с золотым ободком, которые мать упрямо сует в связанные носки, хотя Манеш и не курит, по крайней мере, удружит другим.

Он пишет, что все в порядке, все в порядке, что скоро получит увольнение, что все в порядке, увольнение будет скоро, все в порядке, моя Матти, все в порядке, и вдруг в декабре внезапно умолкает, но Матильда уверена, что все в порядке, что он не пишет из-за недостатка времени, все в порядке. Проходит Рождество, наступает январь 1917 года, когда она получает наконец написанное чужой рукой письмо. Она ничего не понимает, но он пишет такие прекрасные и странные вещи, что она еще больше запутывается. А однажды в воскресенье, 28 января, из Бордо приезжает Сильвен, обнимает Бенедикту и так печально целует Матильду, так неуверенно подбирает слова, что пугает ее. Дело в том, что он встретил на вокзале парня из Соортса и тот рассказал ему ужасную вещь, – ему надо сесть, – он вертит в руках свой берет с красным помпоном, и Матильда видит, как его глаза наливаются слезами, он только смотрит на нее сквозь слезы и пытается, пытается сказать, что...

Будь благоразумна, Матти, будь благоразумна.

Январь 1921 года.

Три дня назад став совершеннолетней, Матильда никого не удивляет, решив после описанных событий срочно приобрести, не спрашивая цены – "на свои собственные средства", скопленные за многие годы деньги, полученные в подарок к Новому году и от распродажи картин, украшающих отныне кабинет папиного банкира, – гектар земли на берегу озера Оссегор. Эта земля принадлежит Буке, погибшему во время войны. Здесь все заросло, как в джунглях, несмотря на обилие мимоз. Три сестры покойного спешат поскорее распрощаться с этим участком.

Попутно она узнает, что Буку тоже звали Манекс, что он происходит из знатной байоннской семьи Пьюстеги, что был поэтом, автором книги "Головокружение Куранта д'Юше", что ненавидел писателишек – кто бы они ни были, но особенно тех, кто жил на Оссегоре – Жюстена Бекса, Росни-младшего, но главным образом Поля Маргритта. Он погиб недалеко от Вердена во время газовой атаки весной 1916 года. Никого не слушая, отказывался сбрить бороду. По словам трех сестер, посмертная маска Буки напоминала сито.

Господина Росни Матильда не помнила, зато отец, когда она была маленькой, часто возил ее на виллу "Клер Буа" Поля Маргритта. Она считает, что Бука был излишне непримиримым как в отношении своих более удачливых собратьев по перу, так и в отношении того, что имеет касательство к мужской гордости. Впрочем, вряд ли можно осуждать человека, который одалживал вам свою лодку.

Подписав у нотариуса Кап-Бретона акт о покупке и вручив деньги, Матильда, с благодарностью расцеловав трех сестер, просит отца и Сильвена тотчас отвезти ее туда, где она узнала юношескую любовь. Хижина стоит на том же месте, вернее, то, что от нее осталось, серебристый тополь устоял-таки всем ветрам назло. Теперь, став взрослой, Матильда почувствовала, что настало время все рассказать. Матье Донней говорит: "Только избавь меня от воспоминаний. Больше всего мне тут нравятся мимозы и это дерево с сентиментальным "МЛМ", скрывающим то, о чем многим отцам – я тут не одинок – не хотелось бы знать, но к чему потом привыкаешь".

Он нес Матильду на руках, Сильвену же была поручена новая, более прочная коляска, настоящее кресло на колесах, изобретенное парализованными на войне инвалидами. Как полагает та из двух Клеманс, у которой голова из жвачки, война всегда приносит некоторую пользу.

Стоит прекрасная холодная погода. Матильда сидит рядом с тополем, прикрыв ноги шотландским пледом, а отец меряет шагами чащу. Сильвен отправился к озеру, чтобы оставить их наедине. Время от времени Матильда дотрагивается до букв, означающих, что она всегда будет любить Манеша. На открывшемся во время отлива песчаном берегу, не обращая внимания на людей, собираются чайки.

"А почему, собственно, нет?" – после долгого разговора с самим собой восклицает Матье Донней. Вернувшись к Матильде, он сообщает, что решил построить тут большой дом, где смогут счастливо жить она, Сильвен, Бенедикта и кошки. Если она не возражает, он отдаст "Поэму" Полю и его семье. Матильда согласна, но пусть не трогает мимозы и, естественно, тополь. Пожав плечами, отец говорит: "Иногда, дочь моя, ты бываешь настоящим чудиком".

Рассмеявшись, она спрашивает: "Откуда ты знаешь это слово?" Он отвечает, что среди его рабочих есть выходцы из Прованса. Они объяснили ему, что "чудик" – это маленький краб, довольно трусливый, – что вообще-то не очень свойственно нашим отдаленным предкам, – а в Марселе, Бандоле, Сент-Мари-де-ля-Мер так называют недалекого человека.

Затем зовет Сильвена и сообщает ему, что намерен построить тут новый дом, но так, чтобы серебристый тополь и мимозы остались нетронутыми. Что думает на сей счет опытный садовник? Сильвен отвечает: "Мимозы можно и пересадить. А тополь никому не мешает". Матье Донней крепко жмет ему руку. Матильда говорит: "Спасибо, папа. Так, по крайней мере, летом и на Рождество я буду избавлена от общества жены брата и их чудовищ-детей". А Сильвен без всякого лукавства добавляет: "Матти права. Бенедикта тоже будет довольна".

На другой день Матильда и Сильвен провожают на парижский поезд всю семью. А 6 января на машине отправляются в Перон, на Сомме, самый близкий город к военному кладбищу в Эрделене, где похоронен Манеш. С тех пор как пять месяцев назад она приезжала сюда вместе с Пьером-Мари Рувьером, следы войны стали еще менее отчетливы. Но зато, может быть из-за зимы, война ощущается в каждом элементе пейзажа.

Ночуют они в таверне "Оплот", куда их в августе привел Пьер-Мари. Утром 7 января, памятный день, который Матильда поклялась не забывать, пока жива, что, впрочем, не исключает других посещений, на Перон и бывшие поля битвы обрушивается мокрый снег. В Эрделене, где восстановленные дома соседствуют с разрушенными, дорога напоминает грязевой поток. Над входом на кладбище повисли бесславные и бесцветные знамена. Почти напротив, по другую сторону дороги, разместилось немецкое военное кладбище, оно выглядит не лучше.

В прошлом году при ярком солнечном свете, пробивавшемся сквозь ветви свежепосаженного ивняка, четкие аллеи, безупречно подстриженные газоны, трехцветные кокарды, прикрепленные к крестам, пышные национальные цвета на фоне лжеантичной декорации, казались Матильде полными такого лицемерия, что хотелось кричать от отвращения. Дождь, ледяной ветер из Фландрии, своеобразное оцепенение, давящее на все вокруг, лучше подходят бедным мудоцветикам полевым. Кто из покоящихся здесь станет ей возражать?

В первый раз она сначала искала белый крест девятнадцатилетнего Жана Этчевери, погибшего за то, что она отказывается отныне произносить, ибо это ложь. Такая же ложь написана и на обнаруженном кресте Клебера Буке, тридцати семи лет. А еще несколькими рядами дальше и Анжа Бассиньяно, двадцати шести лет, марсельского подонка. К его кресту приставлена цветочная чаша с разноцветными искусственными жемчужинами, составляющими имя Тина, и доказывающая, что девица из Бель де Мэ опередила ее. На другой аллее повис опрокинутый ненастьем крест Бенуа Нотр-Дама, тридцати лет. Пьер-Мари отправился за сторожем, который уже сообщил об этом, и обещает, что крест поставят на место.

Сильвен катит кресло Матильды по кладбищу в поисках могилы Си-Су. Тот покоится возле стены, в тени. На могиле ни венка, ни цветов, типичная могила человека, бессмысленно павшего на омерзительной войне, затеянной ради корысти, эгоизма, лицемерия и тщеславия некоторых людишек. Именно так, и не иначе.

Сидя под большим зонтом в коляске напротив Манеша, Матильда видит, что кокарда на кресте слегка выцвела, в остальном Сильвен выполняет свои обязанности исправно. Жан Этчевери, девятнадцати лет. Теперь она старше своего возлюбленного. С берега озера Оссегор она привезла букет мимоз и разворачивает бумагу, в которую они завернуты. Сильвен бурчит: "Намерение понятно". Матильда отвечает: "Я хочу, чтобы намерение оказалось в земле, как раз перед крестом". Своими большими, поросшими рыжими волосами руками этот человек, который не любит, чтобы его называли рыжим, роет ямку и осторожно опускает туда мимозы. Пока он не успел ее засыпать, Матильда передает ему пачку сигарет с золотым ободком и говорит: "Положи это тоже, его мать была бы довольна. Кто знает, может, там, где он теперь, ему будет приятно услужить другим".

Затем Сильвен под дождем в старой промокшей кепке, которая была у него еще до женитьбы и которая его отнюдь не молодит, тяжелой походкой куда-то уходит. Он оставляет Матильду одну, он деликатный человек.

Она рассказывает Манешу, что происходит. Во-первых, Жермен Пир не нашел ни Тины Ломбарди, ни Селестена Пу. Нить, которую она до сих пор держала в руке, похоже, оборвалась, а возможно, и вообще никуда не вела, но это неважно, она не сложила руки. Родители его, Этчевери, живут хорошо. Она ездила их проведать, они оба расцеловали ее. Мать приготовила омлет на молоке, как прежде, когда Манеш возил ее к ним на Катапульте. А также сообщает, что купила участок Буки на берегу озера, на свои средства, и что отец построит там дом с двумя террасами – одной в сторону океана, другой – на озеро. Она продолжает: "Из окон нашей комнаты будет видно озеро. Каждое утро через окно я буду смотреть на наш тополь". После долгой паузы добавляет: "Я упрямо продолжаю думать, что один из вас не погиб. Я верю тому, что написала мать Юрбена Шардоло. Но доказательств у меня нет, надо непременно отыскать одного из солдат, бывших в Угрюмом Бинго, а единственное имя, которое мне известно: Селестен Пу".

Склонившись под зонтом, который все время раскачивается, она не хочет ничего скрывать от Манеша. И говорит: "Есть еще одна вещь, которая меня смущает. Тина Ломбарди и ее Нино, а может быть, и другие, в переписке со своими женщинами пользовались шифром. Я много раз перечитывала письма Эскимоса, Си-Су и Этого Парня. Но никакого шифра не обнаружила. Даже в письме Нино. Прости меня, Манеш, за то, что я – только я".

Сильвену надоело бродить под дождем, и он возвращается. "Они сдержали слово, – говорит он. – Бенуа Нотр-Даму поставили новый крест". Матильде хотелось бы, как и в августе, объехать кладбище, но она не смеет просить об этом Сильвена. Он говорит ей: "Знаешь, Матти, пока ты думала о Манеше, я осмотрел другие могилы. На могиле Бассиньяно по-прежнему стоит цветочница с жемчужинами. На других нет ничего. Если хочешь убедиться, я могу тебя отвезти". Матильда знаком показывает, что не хочет. Только просит: "Пожалуйста, сходи еще разок на могилу Анжа Бассиньяно. Посмотри там – нет ли следов того, что Тина была тут снова".

Ей приходится долго ждать. Дождь переходит в снег. Ей холодно под пледом. Она говорит Манешу: "Вечно ты противоречишь, нам было бы куда лучше в Ландах". В августе, во время первой поездки, она спросила у Пьера-Мари, можно ли перезахоронить гроб на кладбище в Соортсе или Кап-Бретоне. Тот ответил: "Это займет много времени, но добиться можно". Он еще не кончил фразы, а она уже почувствовала непонятный страх, и у нее так сжало горло, что нельзя было произнести ни слова. Словно Манеш откуда-то из глубины ее существа кричал – нет, нет, он этого не хочет. Едва придя в себя, она сдавленным голосом сказала: "Нет, не надо. Я должна подумать". И страх постепенно стал отпускать ее. Теперь ей хотелось бы спросить у него: может, он передумал? Но говорит: "Ладно, не буду на тебя давить. К тому же, всякая поездка сюда – это встряска, я знакомлюсь со страной".

Но тут как раз в сдвинутой на затылок кепке возвращается Сильвен. Руки у него в грязи. Он подставляет их под дождь, чтобы вымыть. У него, смирившегося с фантазиями Матильды, вид и повадки военнопленного. Приблизившись, он говорит: "Я не нашел никаких следов того, что она тут была". И продолжает: "Не знаю почему, но я все же думаю, что она приезжала. Я порылся вокруг креста, ведь эта женщина так похожа на тебя. Там ничего нет. Я сдвинул цветочницу. Она мраморная, весит тонн десять. Поэтому никто ее не украл. Под ней тоже нет ничего такого, что позволило бы понять, откуда она приезжает. Но я вот что придумал. Я переставил вазу на другую могилу. Может, узнаем что-нибудь в следующий раз?"

Жермен Пир
(остальное вычеркнуто).
Понедельник, 13 июня 1921 года.

Дорогое дитя!
Я никогда не испытывал такого унижения. Приходится, однако, признаться в полном провале моих

поисков и отказаться от гортензий, которые должны были украсить мою комнату. Видите ли, Валентина Ломбарди оказалась столь неуловимой, что я подумал, существовала ли она вообще. Я слышал о ней от состоятельных людей в Марселе, Тулоне и Ла-Сьоте, но говорили они сквозь зубы. Я мог бы узнать кое-что важное от людей ее окружения, но они-то как раз предпочитают молчать. Поскольку вы меня настойчиво просили, я не стал обращаться ни к мадам Конте, ни к ее подругам – мадам Изоле и мадам Сциолле. Все равно я мало что узнал бы о Валентине.

Нередко при расследовании у меня возникает такое чувство, будто я лично знаю тех, кого разыскиваю. Но это не относится к Валентине Ломбарди. Это не просто темная лошадка, отмеченная несчастьями своего детства и уверовавшая, что ее первая любовь превыше всего. Лишившись ее, она стала куда более жестокой и опасной для всех, кто имел отношение к тому побоищу. Ощущая это чисто инстинктивно, я прошу вас, милое дитя, забыть о ней и не предпринимать ничего такого, что могло бы разозлить зверя.

Следы ее обрывались в деревне Сарзо, в Морбиане, в феврале этого года я сам отправился туда. Оказалось, она была проездом. Там запомнили ее с трудом сдерживаемую ярость и мрачный вид. А уж коли я там потерял ее след, не исключено, что она умерла, о чем лично я сожалеть не стану.

Что касается Селестена Пу, розысками которого занимался мой брат Эрнест, то и тут нам приходится отказаться от дальнейших поисков, хотя это совсем другой человек. На острове Олерон о нем рассказывали как о жизнерадостном, умеющем крутиться, услужливом парне, ужасном фантазере. В последний раз он приезжал туда осенью 1919 года. До этого служил за Рейном в оккупационных войсках. Потом ему дали должность смотрителя шлюзов в местечке Ле Дуэ, в коммуне Сен-Жорж. Он ночевал на рабочем месте. Из родственников у него остались лишь двоюродные братья, тоже урожденные Пу, которые сообщили только, что не общаются с ним. Во всяком случае, ясно одно: с войны этот Пу вернулся невредимым. Как утверждают, он покинул Олерон в январе 1920 года, чтобы купить гараж в Дордони. Область эта огромна. Брат мой изъездил ее вдоль и поперек, но ничего не нашел. Однажды кто-то видел его возвращающимся на континент на пароме с рюкзаком на одном плече и с сумкой, набитой устрицами, на другом. Устрицы предназначались какому-то психу, поспорившему с ним на мотоцикл, что съест двадцать дюжин.

С прискорбием и стыдом, милое дитя, прилагаю счет моих расходов. Поверьте, он составлен как с учетом ваших, так и моих интересов. Вы можете убедиться, что я останавливался в самых скромных отелях, ездил третьим классом и ничего более. Считайте, что я питался мыслью об удовольствии от знакомства с таким художником, как вы.

Оставляю вас с надеждой, что случай или время позволят мне обнаружить что-либо стоящее, чтобы возобновить розыски. Как бы то ни было, остаюсь вашим другом и верным почитателем.

Жермен Пир

Это письмо застало Матильду в Нью-Йорке, куда она приехала – в той части ее жизни, которая не приносит ей никакой радости и заставляет терять много времени, – чтобы сделать операцию у молодого еврейского профессора Арно Фельдмана, частично вернувшего возможность двигаться трем таким же инвалидам, как она. Но и тут ее постигла неудача. Правда, врачам удалось снять боли в бедре. Да еще она едва не влюбилась в хирурга, но, оказалось, он женат, отец двух круглолицых конопатых девочек. Был он даже некрасив, а если исключить незнакомцев, чьи лица ей никогда не удается увидеть и которые подчас вторгаются в ее печальные сны, Матильда никогда не изменяет своему жениху.

К тому же здесь мама, которую выворачивало все время, пока они плыли, и которая, страдая от жары, скучает теперь, бродя по Центральному парку и по магазинам Пятой авеню. Матильде не хотелось бы усугублять ее переживания. Поэтому она лишь посматривает, вся далекая и отрешенная, на Арно Фельдмана, когда его фигура отражается в оконном стекле.

В октябре они возвращаются на виллу "Поэма". Стоят прекрасные дни затянувшегося лета, все в добром здравии, животные и люди. У них новый автомобиль "делаж" с более мягкой подвеской и более комфортабельным салоном. Машина выкрашена в черно-желтые цвета, пожалуй, единственные, которые ей подходят. Почти каждый день Сильвен отвозит Матильду на озеро Оссегор, чтобы посмотреть, как продвигается строительство новой виллы. Папин архитектор Бруно Марше находит Матильду невыносимой. Она обсуждает с рабочими детали, никогда не бывает довольна, ей кажется, что ее терпеть не могут, и обещает отцу, что приедет теперь только к концу работ.

Когда в январе 1922 года она отправляется в свое очередное паломничество на кладбище Эрделен, небо голубое, холодно, цветочница, переставленная Сильвеном, опять на месте, под крестом Анжа Бассиньяно, но это, считает Матильда, вовсе не обязательно значит, что Тина Ломбарди приезжала сюда. Сторож, который не всегда бывает на месте и перед которым проходит столько людей, ничего не может вспомнить. В Пероне, куда Сильвен завозит ее по дороге домой, хозяин отеля "Бельгийский принц" рассказывает, что прошлой осенью у него останавливалась молодая женщина с южным акцентом, была одна, много пила, курила, сидя за столиком, маленькие сигары, оскорбительно отзывалась о тех, кто в тот день обедал, и те были крайне недовольны. Хозяин обрадовался, узнав, что она останется только на одну ночь. Утром она уехала, даже не рассчитавшись. Назвалась Эмилией Конте из Тулона, так значится в регистрационной карточке. Это было 15 и 16 ноября 1921 года.

Вернувшись в Париж, Матильда сообщает полученную информацию Жермену Пиру, однако тот вежливо отклоняет предложение продолжить поиски. За полтора года он очень сдал. По-прежнему носит котелок, галстук, завязанный бантом, и белые гетры. Он тяжело переживает траур, о котором не считает нужным распространяться, но сердце уже отошло.

В том же 1922 году и на долю Матильды выпадает траур. В июньскую жару один за другим, с трехнедельным интервалом умирают родители Манеша: мать – во сне от сердечного приступа, а отец – утонув в озере рядом с устричным хозяйством. Чтобы кюре согласился поставить гроб в церкви, ему внушают, что это несчастный случай. Отец оставил Матильде запечатанный конверт, который вручает ей доктор Бертран из Соортса, первый, кто приехал на место происшествия. Там всего несколько строк, написанных химическим карандашом труднаразличимым почерком:

Моя малышка Матти!

Я больше не имею сил жить. Сначала у меня отняли одну половину жизни, теперь – другую. Единственным утешением в моем несчастье было то, что благодаря тебе мы с бедной Изабеллой смогли в прошлом году посетить могилу нашего сына. Дела мои в порядке. Я оставил нотариусу для тебя все, что у нас осталось от Манеша. У меня не хватает мужества убить собаку, прошу тебя взять ее себе. Она тебя знает и не будет ни в чем нуждаться.

Целую тебя, как свою дочь,
Этчевери Амбруаз

У бедняги осталась единственная сестра, почтовая служащая в Сен-Жан-де-Люц. Она продает дом и устричное хозяйство, чтобы вместе с мужем открыть лавку трикотажных изделий. Сильвен привозит на "делаже" Кики, разные вещи Манеша – старую одежду, учебники и школьные тетради, выпуски "Фантомасов", которые тот листал до отправки на фронт, самодельные игрушки, пресловутый купальник с синими полосами и без герба, отсутствие которого теперь уже совсем не заметно.

В сентябре, несмотря на все заботы о нем, Кики умирает, а за ним в течение одной ночи от крупа Терца и Беллиссима. В ноябре в Лабенне похоронили мадемуазель Клеманс, бывшую учительницу Матильды. А в конце года пропадает кот Бенедикты

Камамбер. Три дня спустя Сильвен находит его на дороге, в пяти километрах от Кап-Бретона, раздавленным и уже разъеденным червями.

Год 1923-й начинается не лучше. В письме, присланном из Марселя, она узнает о смерти мадам Паоло Конте. Ее верная подруга – мадам Изола – пишет, что та угасла без страданий, сдало сердце. Так она и не увидела крестницу.

Строительство виллы "МЛМ" на Оссегоре с большим запозданием заканчивается к весне. Матильда перебирается туда вместе с Сильвеном и Бенедиктой, из окна она видит тополь, в саду вместе с розами, рододендронами и камелиями растут мимозы. Пол в доме выложен гладким мрамором, чтобы ей было легко передвигаться на коляске. Во дворе для этой же цели заасфальтированы дорожки. Летом, по утрам, она пишет маслом на восточной террасе, выходящей на озеро, а после полудня – на западной. Пишет много, чтобы не вспоминать печальное, да и время проходит быстрее, не принося в ее шкатулку из красного дерева ничего, что помешало бы забыться.

Зимой она устраивает выставки своих картин сначала в Биаррице, а затем в Париже, снова в галерее "Письма с моей мельницы". Туда опять приходит та же шустрая дама, любительница пирожных. Книга отзывов обогащается приятными записями. Какая-то дама записала: "Ваши цветы говорят". А посетитель следом за ней добавил: "Скорее, лепечут".

Используя свое пребывание в Париже, Матильда снова размещает объявление в "Иллюстрасьон" и "Ла ви паризьенн", а также в ветеранских журналах, вычеркнув из него имена Горда, Шардоло и Сантини и оставив одного Селестена Пу, и дает свой новый адрес в Ландах.

Весной в "МЛМ" происходит счастливое событие, в котором, будучи суеверной – когда ее это устраивает, – она видит знак близкого выхода из туннеля – 1924 год должен принести ей удивительные открытия и залечить раны. Уже в достаточно зрелом возрасте, как говорят о некоторых женщинах, Дюрандаль, в прошлом весьма высокомерная кошка Сильвена, вдова Камамбера, пускается в настоящий загул. Не зная, кого выбрать – Уно, Дуэ, Вора или Метр-Жака, она решает облагодетельствовать всех четверых, возможно потому, что они не удовлетворяют ее по отдельности, или потому, что не хочет склок в доме. Но она умудряется еще уходить погулять в город и даже в лес, откуда возвращается вся расслабленная. Так что нет ничего удивительного, что в субботу, 26 апреля, приносит сразу пятерых очаровательных котят тигровой окраски. Как раз в этот день Бенедикта, которая старше Сильвена на два года, празднует свое пятидесятилетие и тридцать лет совместной жизни. Распределение подарков происходит незамедлительно: Матильда получает д'Артаньяна и Миледи, Сильвен – Портоса, Бенедикта – Атоса, которого упорно станет называть Камамбером, а маме достается Арамис. Излечившись от любовных страстей, Дюрандаль всецело посвятит себя воспитанию малышей.

Поместив объявление и уже не испытывая бессмысленных надежд, как в первый раз, Матильда все же удивлена столь жалким уловом. Приходит всего четыре письма, в том числе одно, самое интересное, отнюдь не связанное с объявлением.

Двое из написавших настаивают на том, что каждый из них является автором названия "Угрюмый Бинго".

Капрал колониальных войск, оказывается, был среди тех, кто отбивал окоп у немцев в октябре 1916 года.

В поспешно брошенном окопе им была обнаружена картина на куске дерева, по всей видимости, сделанная в часы досуга английским или канадским солдатом. На обратной гладкой поверхности было выведено новое название взятого окопа.

Автор письма, полученного спустя восемь дней из Шато-Тьерри, подписавшийся "солдат из Манжена", утверждал, что собственными руками и по собственной инициативе черными чернилами и прямыми, как палки, буквами вывел на обратной стороне картины – "Бинг в Угрюмый день".

Относительно сюжета картины они не противоречат друг другу. И Матильда живо представляет себе британского офицера, любующегося, стоя у моря, горящим закатом солнца, в то время как рядом его серый или вороной конь мирно пощипывает редкую травку. Пальма подсказывает, что все это могло быть написано и на Востоке.

Третье письмо, тоже анонимное, было на редкость кратким.

Мадемуазель!
Селестен Пу умер в боях при Шмен де Дам в апреле 1917 года, не стоит зря тратить деньги. Я его хорошо знал.

На письме штамп Мелёна. Характер письма и розоватая бумага склоняют Матильду к мысли, что оно написано дамой в возрасте.

Остается письмо, пришедшее издалека и не являющееся ответом на объявление. Оно послано Аристидом Поммье, тем самым услужливым очкариком, которого она обозвала на его свадьбе дерьмоедом и которому так понравилось окунуться в воду после лодочных состязаний.

Аристид Поммье,
Канада, Монреаль, Снежное побережье, 550.
18 июня 1924 года.

Дорогая мадемуазель Матильда!

Вам, вероятно, известно, что в результате ссоры с тестем я уехал в Канаду и поселился там в Квебеке, куда спустя полгода приехала моя жена с двумя дочерьми, третья родилась здесь. Я больше не занимаюсь лесным промыслом, я стал шеф-поваром в ресторане на Шербруке, одной из центральных и оживленных улиц города. Я хорошо зарабатываю, но пишу не для того, чтобы похвалиться, а чтобы рассказать о разговоре с одним клиентом пару дней назад. Он из Сент-Джонса, что на Ньюфаундленде. После войны тоже обосновался в Квебеке. Зовут его Натаниэль Белли или просто Нат. У него фирма, занимающаяся отоплением. Ему тридцать пять лет. Он был с женой и какой-то супружеской парой. Непременно хотел что-нибудь подарить мне после ужина в благодарность за хорошую кухню. Таким образом я и узнал, что он воевал на Сомме в январе 1917 года и помнит траншею, в которой погиб Манеш. Мне бы не хотелось вспоминать те страшные дни, но вы ведь желали все знать. Я долго раздумывал, писать вам или нет, и вот решился, тем хуже для меня.

По словам этого Ната Белли – любителя пива, но в тот вечер бывшего совершенно трезвым, – Ньюфаундлендский патруль, в состав которого он входил, утром 8 января 1917 года первым прибыл на поле боя – британцы сменили наших на этом участке фронта, а позже и на всем его протяжении до Руайана. Нат Белли говорит, что они похоронили под брезентом пятерых французов с повязками на руках. Полковые номера и знаки отличия были сорваны, вероятно, бошами, чтобы потом похваляться, как сувенирами. К сожалению, Нат не помнит имен похороненных, но их именные бирки были в сохранности, командир патруля "на всякий случай" их списал, но он их не запомнил. Единственное, что он хорошо помнит, так это то, что один из пятерых был очень молод, лет двадцати, брюнет, довольно высокий и худой, так что, думаю, это был бедняга Манеш.

Вот и все. Я решил вам написать. Нат Белли обещал отыскать командира патруля по имени Дик Боннавантюр. Он родился в Сент-Джонсе, тоже проживает в Квебеке, но это, как ни странно, не ньюффи, как тут называют ньюфаундлендцев, это сплавщик леса на озере Сен-Жан, он поэт, пишет стихи и песни. Нат Белли говорит, что тот каждую осень приезжает в Чикутими. Если он его повстречает, то расспросит поподробнее, у того память получше, и он наверняка запомнил все. Нат Белли приносит вам свои извинения, что тогда не на все, естественно, обращал внимание, так как опять началась заваруха, и они не решались ослушаться Дика Боннавантюра, приказавшего по-быстрому захоронить французов.

Зато он хорошо запомнил, что в понедельник 8 января 1917 года выпал густой снег, в который они проваливались по колено, когда собирали разбросанные в разных местах тела убитых французов. Они свалили их в одну воронку, накрыли брошенным бошами траншейным брезентом и быстренько закопали.

Надеюсь, мадемуазель Матильда, что это письмо не очень огорчит вас. Но я знаю, что вы человек, который предпочитает знать все. Надеюсь, что вы хорошо себя чувствуете и что ваши родители живы-здоровы. Моя жена и дети вместе со мной выражают вам сочувствие в вашем горе и желают здоровья и процветания. Если бы я знал что-нибудь еще, можете не сомневаться, я бы написал.

Дружески, с воспоминаниями о прошлом,

Аристид Поммье

С тех пор как погиб Манеш, ничто уже не может огорчить Матильду. Еще четыре года назад Пьер-Мари Рувьер сказал ей, что все пятеро осужденных были спешно похоронены британцами и лишь позднее каждый получил свой гроб и свой крест для погребения в Эрделене. Но ее смущают некоторые выражения: "разбросанные в разных местах тела убитых", "свалили в одну воронку", "быстренько закопали". Она старается понять, как это тела были обнаружены в разных местах ничьей земли. Конечно, Аристид выражается, как умеет, то есть как самая настоящая свинья – каков был, таков и остался, но она всю ночь не может уснуть, мысленно переживая картину побоища.

К счастью, июль приближается к концу, и тут, в самый разгар лета, перед ней открывается конец туннеля.

В воскресенье 3 августа 1924 года, когда ставшие ловкими и озорными котята уже весело справляют свой четырехмесячный юбилей, Матильда сидит на западной террасе и пишет их маслом, собрав всех в одну коробку. Но котята не могут пребывать в покое более минуты, начинают драться или, устав, отправляются в свободное плавание.

Матильда все еще помнит, как в ту минуту, когда солнце достигло вершин сосен, послышался треск мотоцикла, мчавшегося на полной скорости по проселочной дороге в объезд озера, и она резко выпрямилась с кистью в руке. И вот он уже в воротах, выключает мотор, ставит машину на костыль, разом снимает кожаный шлем с очками. Это блондин, более рослый и сильный, чем она его себе представляла, но убеждена, что это он, Селестен Пу. И пока тот разговаривает с встретившим его Сильвеном, она произносит как молитву: "Спасибо, Господи, спасибо, спасибо", и, сжимая руки, чтобы они не дрожали, она силится не заплакать, чтобы не выглядеть, к своему стыду, полной дурехой.

ГРОЗА АРМИЙ

– Мне жаль, мадемуазель Матильда, если не смогу всего вспомнить, – говорит этот молодой голубоглазый человек. – Прошло столько лет, я многое пережил после Бинго. К тому же на войне все заняты своими делами, мелкими горестями, маленькими удачами, так что видят лишь то, что происходит невдалеке от места, где ты в наряде. Одно мгновение стирает другое, один день – другой, вот и кажутся они все похожими друг на друга.

Конечно, я часто вспоминал потом то январское воскресенье, пятерых осужденных в снегу, и до сих пор повторяю, что это была порядочная мерзость, однако лгать не буду – то, что я вижу сегодня, не отличается большей четкостью, чем то, что я видел однажды вечером в Шмен де Дам или после смерти моей матери, когда мне было десять лет.

Я не видел, как погиб ваш жених, знаю только, что, одетый в шинель без пуговиц, соорудив единственной левой рукой снеговика, он упал. Я видел, как он начал его лепить. Это было в то воскресенье часов эдак в десять или одиннадцать. Над ним беззлобно посмеивались с обеих сторон, все понимали, что он не в своем уме. Боши даже подкинули ему старую трубку, чтобы он сунул ее снеговику в рот, а мы – старую шляпу – котелок без ленты.

Должно быть, я отошел куда-то по делу, уж не помню. Я был тогда чьим-то денщиком, скажу прямо – мне это нравилось, потому что я не люблю сидеть на месте. Вот и сегодня говорят, что я женат на моей мотоциклетке, и это так, она, по крайней мере, не жалуется, что живет с таким ветреным человеком.

Когда я вернулся в траншею, примерно в полдень, мне сказали, что биплан бошей несколько раз облетал траншеи, поливая их огнем, и что Василька убили. Потом, в понедельник утром, когда мы уже находились в траншеях бошей, подсчитывая убитых и раненых, кто-то, видевший его тело в снегу, сказал, что пулеметная очередь попала ему в спину и убила наповал.

Зато я видел, как погиб Си-Су. Это было часов в девять утра в воскресенье. Внезапно на левом фланге Бинго он поднялся во весь рост и стал орать, что ему все обрыдло, что ему надо по нужде, что он хочет это сделать как человек, а не как собака. Гангрена мучила его уже много часов, он бредил, раскачиваясь на снегу с открытой ширинкой, и мочился. Тогда кто-то на той стороне крикнул по-французски, что мы свиньи и негодяи, раз бросили своего в таком состоянии. Наш капитан Язва ответил: "Коли ты такой умный, мудачок-сосисочник, назови свое имя, чтобы я мог, встретившись с тобой, запихнуть в рот твои яйца! Меня зовут Фавурье!"

Через час совсем рассвело. Расхаживая перед немецкой траншеей, падая и поднимаясь, Си-Су убеждал немцев, что пора сложить оружие и разойтись по домам, что война – грязная штука, ну и все такое. Еще он распевал во все горло "Пору цветения вишен", приговаривая, что у него до сих пор сердце кровью обливается по тем временам. Пел он фальшиво, силы его были на исходе, а мы, слушая его, страдали и продолжали заниматься своими делами. По обе стороны фронта было тихо.

Потом, усевшись на снег, Си-Су начал произносить какие-то бессмысленные слова. И в этот момент кто-то с противоположной стороны выстрелил. Пуля угодила ему прямо в голову, он упал навзничь, раскинув, как на кресте, руки. Я был там. Я видел все это собственными глазами. Почему прогремел этот единственный выстрел, не знаю. Капитан Фавурье сказал: "У них командир батальона такой же подонок, как и наш. Вероятно, их телефон заболел сифилисом, иначе они не стали бы так долго ждать приказа". Надо сказать, что ночью боши начали разбрасывать гранаты, так что в конце концов нашему Язве это наскучило, и мы стали поливать их из минометов, чтобы утихомирить. Но об этом я знаю тоже по рассказам, потому что в это время отправился за супом и вернулся, нагруженный под завязку, только рано утром.

Как погиб Эскимос, я не видел. Это случилось после того, как прилетел биплан, убивший вашего жениха и разбомбивший снеговика. Я уже сказал, что до прилета самолета никто не стрелял. Думаю, и боши почувствовали омерзение после гибели Си-Су. Помнится, лейтенант Эстранжен заметил: "Если мы продержимся до ночи, то пошлем забрать четырех остальных". Но в то окаянное воскресенье удача была не на нашей стороне.

Короче, часов эдак в одиннадцать меня посылают отнести какие-нибудь таблетки на наблюдательный пост соседней роты или записочку сержанту с кухни, всякое бывало. Я оставляю Василька за сооружением снеговика, словно вокруг ничего не происходит, а Эскимоса – хорошо укрытым в убежище, которое он вырыл себе за ночь. Крестьянин из Дордони не подавал признаков жизни с тех пор, как вылез с завязанными руками по лестнице наверх и пропал в темноте. Это я знаю, я был там. Когда ракеты освещали Бинго, я видел, как Этот Парень полз вправо, в сторону груды кирпичей, проступавших из снега. Думаю, его убили первым из пятерки в ночь с субботы на воскресенье из пулемета или гранатой. Во всяком случае, сколько мы его ни звали, он не отзывался.

Стало быть, я вернулся в траншею в полдень. Мы перестреливались, как в худшие осенние времена. Товарищи сказали: "Тут "альбатрос" обстрелял местность. Он облетел один, два, три раза на высоте пятнадцати метров, а может, и еще ниже. Чтобы подбить его, надо было бы наполовину высунуться из траншеи, но тогда соседи напротив легко могли бы тебя срезать огнем".

"Альбатросом" называли бошевскую "этажерку" с пулеметом в хвостовой части. В те времена стреляли не сквозь пропеллер, а через отверстие в фюзеляже. Могу себе представить, как эта окаянная кукушка летит над нами и, увидев бардак, который царит между рядами траншей, возвращается, потому что засекла французов на местности, разворачивается и выплевывает пули, которые поражают вашего жениха, затем заходит в третий раз, чтобы зачистить местность. Но тут происходит то, о чем мне рассказали мои товарищи: из снега поднялся парень, Эскимос, и правой рукой бросил в "альбатроса" какой-то предмет, – это лимонка, граната, она взрывается, оторвав у самолета хвост, и тот падает в километре позади немецких линий. Наверное, мои товарищи вопили "браво", кроме тех, кто видел, как Эскимос упал, сраженный последней очередью окаянного пулемета. Говорят, Фавурье крикнул: "Да заткнитесь же, мудаки несчастные! Лучше спрячьтесь".

Наверняка из-за этого "альбатроса" все и началось, то воскресное побоище. До сих пор боши верили, что пятеро – осужденные, что они безоружны. Но под снегом можно было найти что угодно. Эскимос обнаружил гранату и воспользовался ею.

С этой минуты и до двух пополудни шла перестрелка, несколько человек были убиты, но потом все стихло, стали слышны скрежещущие гусеницы их зловещих танков. И тут в дыму взрывов мы вдруг увидели, как из снега возникла фигура марсельца по прозвищу Уголовник. Повернувшись в сторону немецкой траншеи, он заорал: "Я сдаюсь! Не стреляйте!" или что-то в этом духе. Я расслышал, как один из ротных унтер-офицеров – Тувенель – воскликнул: "Уймись, падла несчастная! Ну, он меня достал, теперь я его поимею!" Я не любил этого капрала, от него вечно доставалось солдатам. Ему было трудно промахнуться с расстояния в шестьдесят метров. Прежде чем кто-то успел вмешаться, он разнес голову несчастному марсельцу вдребезги. На другой день, когда все было кончено, самый первый по чину из оставшихся в живых, старший сержант Фавар, спросил, почему он так поступил, и капрал Тувенель ему ответил: "Накануне, когда все было тихо, мы слышали, как этот негодяй обещал бошам, если они пропустят его через заграждения и хорошо к нему отнесутся, рассказать, сколько нас, о местоположении телефона и где скрыты пулеметы". Не знаю, может быть, и так.

Вот как они все погибли. Потом по нашей передовой стала бить немецкая артиллерия крупного калибра, не брезгуя при этом и своими. Чтобы освещать местность, ракеты запускались издалека, тогда мы поняли, что боши давно ушли с передовой. Капитан Фавурье приказал отойти и нам. Унося троих убитых, в том числе лейтенанта Эстранжена и, вероятно, с десяток раненых, мы поспешили оставить Бинго. Я занимался ранеными, и, когда вернулся назад, может, через полчаса, две наши роты уже перебрались вперед метров на триста восточнее Бинго. Немецкие снаряды падали по-прежнему, но не так плотно, как на Бинго. Тогда капитан Фавурье сказал: "Надо сблизиться с ними. Эти подонки будут бить до тех пор, пока мы не окажемся рядом с их засранными задницами". Вот мы и двинулись вперед двумя эшелонами.

Первую траншею бошей мы взяли без потерь. Во второй тевтонцы оставили для форсу с полдюжины смертников, в том числе фельдфебеля. Двоих мы убили, остальные сдались. Когда я там оказался, Язва уже повел первый эшелон еще дальше метров на двести во фланг, обходя холм, с которого не переставая били пулеметы, оставляя следы на снегу. Рядом были только развалины фермы, ставшие нашим единственным убежищем. Потом нас стали поливать огнем из тяжелых "максимов".

Мне не хочется вспоминать об этом, мадемуазель Матильда, и тем более рассказывать. Да и к чему? Скажу только одно: чтобы овладеть этой поганой траншеей, потребовался целый день, а около холма мы оставили убитыми и ранеными более ста человек, еще одного лейтенанта и капитана Фавурье. Вместе с товарищами я был свидетелем его агонии. Он спросил меня почему-то, сирота ли я. Я ответил: "Да, и давно". Он сказал:

"Я так и думал". И добавил: "Постарайся остаться ординарцем. Меньше неприятностей схлопочешь". Позвал старшего сержанта Фавара, взявшего на себя командование тем, что осталось от наших двух рот. Я слышал, как капитан сказал ему, что думает про командира батальона, майора Лавруйе, которого прозвали Трусом, и еще что-то относительно приказа, полученного майором еще до начала атаки и хранившегося у Труса. Заметив, что его слышат много людей, капитан велел нам пойти куда-нибудь и как следует надраться. Он был ранен в живот. Потом капитана унесли санитары. Он умер по дороге в полевой госпиталь.

С двумя товарищами я всю ночь курсировал туда-сюда, чтобы принести воды и французскую или немецкую жратву, какую удавалось раздобыть. К утру канонада стихла. Пошел снег. Парни просили курева и спиртного. Я сказал им, как обычно, что убью отца и мать, но раздобуду им это, и тут только внезапно понял смысл вопроса славного капитана Язвы. И теперь, когда мне случается эту поговорку употребить, я всегда вспоминаю капитана, и мне кажется, что по-настоящему я осиротел после его смерти.

Около полудня на передовой нас сменили ньюфаундлендцы. За ними подошли шотландцы в юбках и кожаных передниках, а англичане и ирландцы, прибыв из тыла, сменили всех остальных.

В тот понедельник вечером, сбегав на кухню, я принес супу старшему сержанту Фавару и капралам, которые были заняты составлением отчета о потерях. Тут-то я и узнал, что осужденные были исключены из списка потерь нашего батальона 6 января и приписаны к тем, кто погиб в бою. Капралу Шардоло это явно не понравилось, он сказал, что это дурно пахнет. Старший сержант, вероятно, думал так же, он ответил, что приказ есть приказ и что у Труса есть основания для этого, ничего не попишешь.

Много лет спустя, думая о Селестене Пу – что с ней случается всякий раз, когда она вспоминает свою молодость, – Матильда видит его светлую шевелюру и большие светлые круги вокруг глаз. Именно таким он выглядел в тот августовский воскресный день, когда появился в "МЛМ". Вся остальная часть его лица была покрыта густым слоем пыли. Он мчался всю ночь, день и снова ночь, почти без отдыха, еды, останавливаясь лишь у придорожных колодцев, чтобы утолить жажду, с единственной целью поскорее добраться. Телеграмма с известием о его приезде пришла только на другой день:

Обнаружил единственную "вошь"* зпт оставшуюся после войны зпт которая вас интересует тчк посылаю его к вам с надеждой на милость Божью и мотор "триумф" тчк счет на оплату расходов зпт естественно зпт будет послан тчк Жермен Пир

Через несколько дней этот милейший человек без всякого намека на тщеславие рассказывал ей, как обнаружил дичь, за которой охотился столько лет.

Одна лихая девица из его компании, какое-то время даже находившаяся с ним не просто в дружеских отношениях, вздумала на своей машине навестить супруга в Сен-Кантене. В Компьенском лесу у нее прокололась шина. Не желая пачкать перчатки, она стала кого-нибудь ждать. Возвращавшийся домой огородник сменил ей колесо. Она тотчас устремилась впе-

---

* Тут игра слов: le pou (вошь) и Poux (фамилия Селестена) звучат одинаково.

202

ред. Но при выезде из леса сдала и запаска. К счастью, она была в населенном пункте, где ей сказали, что ближайший гараж находится в семи километрах по дороге в Нуайон. Девиз у дамы следующий: "То, что может сделать мужчина, могу и я". И она пешком отправляется в гараж, куда добирается усталая, разбитая и почти без ног. К счастью, ее встречает славный молодой парень. Приносит ей стул и стакан воды. Увы, хозяина нет на месте, а покрышками они не торгуют. Если бы кто-нибудь заменил его на заправке, молодой человек поклялся, что убил бы отца и мать, но сделал бы все, чтобы она смогла уехать на четырех колесах еще до конца дня. Впрочем, он думает, что ему не придется остаться сиротой.

Короче, амазонка остается на заправке, а парень уезжает на мотоцикле. После множества приключений он возвращается на машине дамы, та в полном восторге. Пришедший тем временем хозяин не без гордости и изрядного фатализма замечает: "Ведь это Селестен Пу! На войне мы его прозвали Грозой армий". Даме ничего не остается, как отвезти Селестена Пу к брошенному им мотоциклу. А уже наступил вечер. Она не любит сидеть за рулем в темноте, так что предпочитает переночевать в Нуайоне и приехать к супругу на другой день. Все тот же любезный молодой человек сопровождает ее на мотоцикле до городской гостиницы. Ей ничего не остается, как пригласить его поужинать с ней. Поскольку мужчины не могут отказать себе в удовольствии сопроводить ту, кто им нравится, в постель, она не избежала этой участи.

По словам Жермена Пира, который несколько дней спустя выслушал в Париже исповедь своей приятельницы, ночь была упоительной. Подробностей он так и не узнал. Дама продолжала рассказывать, а он уже мчался по дороге в Нуайон. В тот же вечер, рассказав обо всем служащему гаража, он отправляет ей телеграмму и одновременно вручает в Божьи руки Грозу армий с его мотоциклом, плюс маршрутное предписание в Ланды. Все расходы на горючее, естественно, за ее счет. По словам Пира, Селестен Пу охотно бросил место, где уже изрядно задержался, а Оссегор как раз находится по дороге на его драгоценный Олерон.

Застав Матильду за рисованием котят, которые, как и он, не любят сидеть на месте, и представившись, он просит разрешения сначала умыться. Матильда велит отвести его в ванную. В доме их три. Селестен находит, что насос в саду качает прилично, и соглашается, чтобы ему принесли полотенце. Вымыв лицо и тело до пояса, он отправляется к мотоциклу, чтобы сменить рубашку. Позади его темно-красной машины находится металлический багажник того же цвета, к которому ремнями прикреплены большой рюкзак, канистры, плитка, палатка и саженец дрока для посадки на родном острове. Другому, чтобы со всем этим разобраться, понадобился бы весь остаток дня, но он не таков, он обладает гениальной способностью жить в ладу с организованным беспорядком, то есть ушло пять, самое большее шесть минут на то, чтобы умыться и объяснить подошедшему Сильвену механические особенности его мотоцикла, и вот он уже сидит на террасе с Матильдой, свежевымытый, в хорошей голубой рубашке без воротничка и с короткими рукавами, готовый перед ней исповедаться.

Он говорил долго, с паузами, казавшимися ей пыткой. Временами вставал, чтобы покружить по террасе, засунув руки в карманы, и так много курил, что окурки заполнили всю пепельницу. Наступил вечер.

На террасе и в саду зажгли лампы. В какой-то момент Бенедикта принесла ему омлет, холодное мясо и фрукты, поставив все это на стол из ивового дерева. Они с Сильвеном уже повечеряли, как она любит говорить и как выражаются на острове Олерон. Селестен Пу съел все практически один. Бенедикта находит, что этот господин отлично воспитан.

Вот он перед ней: курчавые светлые волосы, глаза, похожие на глаза фарфорового Артюра, первой куклы, которая была у нее, когда ей исполнилось четыре года, и, как это ни странно, удивительно смахивает на этого Артюра. Он плотного сложения, с сильными руками и с лицом простодушного ребенка. От его улыбки можно растаять. Но ему не до улыбок, по ее вине он снова оказался на войне.

Ей хочется задать ему кучу вопросов, но она отказывается это делать. Только говорит, что оставляет его ночевать. Спрашивает, торопится ли он. Тот отвечает – нет, он много разъезжает, у него нет никаких обязательств, за исключением куста дрока, который он вырыл по дороге и который хорошо бы поскорее посадить. Он хотел сделать это на Олероне, в саду друга детства, но, по правде говоря, кустов дрока на острове сколько хочешь. Матильда указывает ему на участок сада, где Сильвен никак не может решить, что бы здесь посадить такое, что соответствовало бы черным мыслям. Селестен-Артюр жестом молча показывает, что, если ей так хочется, ему без разницы, тут или еще где, он никогда не противоречит.

Говорит еще, что не хочет их беспокоить, не надо отводить ему комнату, у него на мотоцикле есть все необходимое, ночи теплые, он прекрасно выспится в лесу между озером и океаном. Но дело в том, что Матильда-то очень любит противоречить.

Утром, записывая рассказ Селестена Пу, Матильда с огорчением слышит треск отъезжающего мотоцикла и начинает в ярости трясти колокольчик. Прибежавшая Бенедикта только пожимает плечами: ее старшему матросу не терпелось опробовать мотоцикл, гость охотно снял с него снаряжение путешественника-бродяги, и они вместе поехали покататься. По треску этой машины ясно, что перед ними изобретение дьявола, идущее более чем на ста километрах в час. Они уже посадили в саду куст дрока и так спешили ускакать, что побросали весь инвентарь. Матильда говорит: "В хорошенький переплет мы попали".

Позднее, лежа на массажном столе, она слышит, что мужчины вернулись и шумно поздравляют друг друга. Похоже, Сильвен все время был за рулем, машина очень ходкая. Матильда думает, что они могли бы стать добрыми друзьями, если бы она попросила Селестена остаться тут на некоторое время. И при одной только этой мысли закрывает глаза.

Теперь три раза в неделю массировать ее приезжает специалист из санатория, здоровенный мужчина в очках, господин Мишло. Прежний, тренер Жорж Корню, сбежал три года назад с женой фармацевта из Дакса и женой рыбака из Кап-Бретона, к счастью, обе они были бездетными сводными сестрами по отцу, что лишало это событие определенной доли драматизма. Как говорит Бенедикта, "такие вещи случаются".

Отпустив господина Мишло, Матильда ложится загорать на террасе с видом на озеро. Она просит Сильвена принести ей шкатулку из красного дерева, откуда достает лишь письмо с признаниями Элоди Горд и прячет его. Остальные лежат там в хронологическом порядке, чтобы Селестену Пу было проще во всем разобраться.

Как и накануне, он сидит напротив нее, но стол тут квадратный, из светлого полированного дерева, и теперь уже ест Матильда, наблюдая, как он читает рассказ о своей первой встрече с Даниелем Эсперанцей. Он не делает никаких замечаний до конца чтения, но по его лицу Матильда видит, как всплывают в памяти забытые подробности и как они его печалят.

Помрачнев, он говорит: "Странное чувство испытываешь, читая его рассказ, но все было именно так. Жаль, что я не понял тогда, какой славный человек этот сержант Эсперанца".

И подтверждает, что именно капрал Горд обменял свои башмаки и краги на немецкие сапоги Эскимоса. Оказалось, что они дружили в другом полку и там побратались. Капрал Горд страшно расстроился, узнав о несчастьях, выпавших на долю его друга. Ночью он даже порывался разрезать колючую проволоку, чтобы присоединиться к нему, но вмешался лейтенант Эстранжен, очень на него рассердившийся.

Он подтверждает и то, что отдал левую перчатку тому из осужденных, у которого не было одной руки, Манешу.

Но он не дает Матильде возможности расчувствоваться. И тотчас добавляет, что именно ему капитан Фавурье поручил отнести свое письмо вахмистру и, если Эсперанца получил его спустя месяц в Вогезах, значит, армейская почта была не такой уж бездарной, как другие службы, включая генштаб.

Затем он прочитал письма осужденных. Комментируя письмо Эскимоса, он говорит: "Бисквитом звали капрала Горда. Хорошо, что они смогли помириться". А вот письмо Этого Парня его удивляет так же, как и Матильду. Прочитав его дважды, потом в третий раз, он отрубает: "Оно явно зашифровано. Пусть убьют моих отца и мать, если ошибаюсь".

Матильда просит его хоть на время оставить в покое отца и мать, она всегда считала, что в своей переписке Бенуа Нотр-Дам и Мариетта пользовались шифром. Может ли он расшифровать? Он отвечает, что у многих супругов, обрученных, любовников существовали свои способы обмануть цензуру. Например, некоторые слова имели двойной смысл, и понять их могли только те, кому они предназначались. Даже специалисту контрразведки разгадать все было бы не под силу. Существовали и другие способы, из которых ему известны три, наиболее простые. Первый назывался "прыжок блохи" и заключался в том, чтобы при чтении перескакивать через одно, два, три слова. "Карточка нежности" заключалась в том, чтобы читать только заранее обусловленные строки. Он, Пу, смеет утверждать, что Этот Парень не использовал ни один из этих способов – Матильда, мол, сама может в этом убедиться. Но существует еще "лифт", который заключается в том, что слова выстраиваются на странице в таком порядке, что некоторые из них складываются в строку сверху вниз или наоборот, и надо точно знать заранее оговоренную точку отсчета, чтобы прочитать секретную фразу. Но для того чтобы разобраться в шифре Нотр-Дама, следует иметь оригинал письма – копия Эсперанцы ничего не дает.

Матильда выпивает чашку кофе с молоком и просит Селестена Пу прочитать следующее письмо, которое Уголовник продиктовал ему в закутке капитана Язвы. Насколько он помнит, если учесть, что Эсперанца выправил орфографию, в которой тот никогда не был силен, это именно то самое письмо марсельца. Матильда говорит: "Его письмо тоже зашифровано. Крестная Тины Ломбарди сама мне сказала, вы убедитесь в этом в дальнейшем. Как вы считаете?" Он не знает. Но, вздохнув, говорит: "Ешьте. Не мешайте читать".

При чтении того, что разузнал Пьер-Мари Рувьер, он долго молчит, греясь на солнце и поглядывая на озеро и чаек, собирающихся на песке ближе к вечеру. "Так вот, значит, о чем говорил капитан перед смертью, – замечает он, снова присаживаясь к столу. – Выходит, майор Лавруйе скрыл помилование Пуанкаре".

"С какой стати?"

"Откуда мне знать? Может, потому, что был подонком или хотел насолить вышестоящему начальству, а может, собирался все свалить на Фавурье. Какая разница! Я не удивлюсь, если узнаю, что он даже не прервал ужина, чтобы все уладить".

Письмо матери капрала Шардоло приводит его в растерянность. После Угрюмого Бинго он много раз общался с Юрбеном Шардоло. Война разлучила их только весной 1918 года. Шардоло ни раз не поделился с ним своими сомнениями, как, по-видимому, и ни с кем другим. Слухи на войне распространяются быстро, как в траншеях, так и на отдыхе, он бы услышал.

"Вы много говорили об этом воскресенье?"

"Какое-то время. Говорили о наступлении, о погибших друзьях, о раненых, которым выпал шанс отправиться по домам. А потом, как я уже сказал, одна мерзость выталкивает другую, один день – другой".

"А пятерых осужденных не вспоминали?"

Тот опускает голову: "Для чего? Мы старались не говорить даже о погибших товарищах".

Затем перечитывает тот кусок письма, где говорится о сделанном Юрбеном во время увольнения признании родителям:

"Вы правы, мне все приснилось, но верно и то, что я видел всех пятерых мертвыми на снегу, и один из них, был совсем не тот, кого я ожидал. А может, и двое".

Он говорит: "Ничего не понимаю. Я и не знал, что Шардоло в понедельник оказался в Бинго. Мы находились в третьей траншее немцев, в трехстах метрах правее и на километр вперед. Для возвращения мы выбрали самый короткий путь".

"Кто еще вернулся с передовой в ночь с воскресенья на понедельник?" – спрашивает Матильда.

"Не помню. Я, например, был занят ранеными и жратвой. Мне бы никогда не пришло в голову рисковать жизнью и делать крюк под артобстрелом бошей".

Потом, подумав, продолжает: "В воскресенье вечером многие отправились в тыл перенести раненых, забрать боеприпасы, помочь пулеметчикам по частям перетащить их пулеметы. После того как командование перешло к сержанту Фавару, возникла изрядная сумятица. Хотя этот парень не терял головы в трудные минуты. В этом мы убедились, когда он стал лейтенантом при сражении в Шмен де Дам".

"Вы сказали, что кто-то видел тело Манеша, убитого выстрелами из "альбатроса", на снегу утром в понедельник. Но этот некто наверняка должен был пройти через Бинго. Кто это был?"

Селестен в отчаянии качает головой. Слишком много всякого навалилось тогда, снова пошел снег, он не помнит, кто из товарищей рассказал ему об этом, а может, повторил с чужих слов.

Потом, еще подумав, добавляет: "Знаете, мать Шардоло вполне могла неверно понять слова сына и, возможно, имела в виду не то, о чем мы думаем. Просто хотела, например, сказать, что один из осужденных (а может, и двое) зря оказался там, что не заслуживал такого наказания. Шардоло мог подумать о вашем женихе, который был не в своем уме, а также об Эскимосе – ведь тот настаивал на том, что невиновен.

Матильда допускает, что фраза Шардоло могла быть искажена, но не настолько ведь, чтобы изменился ее смысл. Пусть прочтет письмо Вероники Пассаван о ее встрече с Тиной Ломбарди в начале марта 1917 года, почти через два месяца после Бинго. Он уже прочел. И поясняет, что женщины из всех слоев общества рыскали тогда по тылам, собирая сведения, которые помогли бы им обнаружить близких, пропавших без вести. Солдаты и жители часто обманывали их, говоря то, что тем хотелось бы услышать, в обмен на несколько монет, часы или благосклонность. Ему не хочется шокировать Матильду грубым словом, которым их обзывали, чтобы потом, посмеиваясь, похваляться успехом у какой-нибудь легковерной красотки, одной из которых была и Тина Ломбарди.

Порывшись в куче бумаг и отыскав лист для рисования, исписанный Матильдой, он говорит: "Смотрите, вы сами пишете, что она ошиблась. Понятия не имею как, но она как-то прознала, что ее Уголовника отправили в Бинго вместе с четырьмя осужденными, на одном из которых были снятые с боша сапоги. Понятия не имею как, но она узнала, что это был Эскимос. Понятия не имею как, но она узнала, что в понедельник на одном из раненых в Бинго были немецкие сапоги и его видели в санчасти в Комбле с еще одним раненым, моложе его. Из этого она сделала вывод, что это Эскимос, а другой – ее парень. И ошиблась, вы правы. Сапоги были на Бенжамене Горде. А тот, что помоложе, из призыва "Мари-Луизы", мой земляк из Шаранты, мне знаком. Его фамилию я так и не узнал, все называли его Ларошелем.

Ночью они пошли за ранеными для отправки в тыл. А на обратном пути, должно быть, перемолвились с кашеварами или санитарами. Я потом слышал, как те рассказывали, что повстречали их. Санитары еще интересовались, не из роты ли мы капрала Горда, и сказали, что тот был ранен в голову, весь в крови, но все равно тащил на спине раненого товарища по имени Ларошель или Рошель, что он был в немецких сапогах и топал на медицинский пункт.

Матильда молчит.

Позже Селестен Пу читает, что Бенжамен Горд был убит перед самой эвакуацией раненых из Комбля, когда начался артобстрел, и добавляет: "Бедный капрал Бисквит! Я не слышал, чтобы он когда-нибудь зубоскалил. И в тылу, и на передовой выглядел скорее печальным, но смелым солдатом, и я не помню, чтобы к кому-нибудь цеплялся".

Он вспоминает Бисквита. Сигареты кончились. Селестен Пу тщетно роется в пустой пачке. И рассказывает: "Однажды в тылу я видел, как он чинит стул. Мы с ним разговорились, и я узнал, что у него жена и пятеро детей. Назвал всех по именам, я их забыл. А запомнились его пальцы, похожие на пальцы ювелира. Я тогда понял, что, не будь этого свинства, он был бы среди краснодеревщиков главнокомандующим".

Матильда называет имена детей: Фредерик, Мартина, Жорж, Ноэми, Элен – и предлагает ему взять в нижнем ящике буфета пачку сигарет. Бросив курить, Сильвен сунул их туда.

Во второй половине дня, на другой террасе, Матильда снова пытается, уже по памяти, нарисовать котят: они отправились к ручью поиграть в прятки или спят после еды. Селестен читает и перечитывает ее записи. По поводу писем, где говорится о нем, он бросает:

"Сплетни все. Да, я умею крутиться, но никогда никого не обманывал, а если оказывал услугу, то за услугу. Бак с супом приходится признать кастрюлей, там было не больше двух литров. Я был в сговоре с поварами, они сказали правду. А кто бросит в меня камень за то, что я воспользовался ужином, в спешке оставленным генштабистами? Из моего отделения – никто. Это было нежное, хорошо обжаренное снаружи, с кровью внутри, мясо. А груши в сиропе – просто чудо. И в наших животах они себя чувствовали так же отменно, как у этих надменных придурков. За информацию, где все это находилось, я отдал одному ординарцу три пачки отличных сигарет".

А позже, отодвинув все эти бумаги, говорит: черт побери, совсем спятил, теперь он ничего не знает и во всем сомневается, даже в том, что сам видел в то проклятое воскресенье. Но одно ему совершенно ясно: если кто-то из пятерых, оставленных на снегу, сумел выбраться живым, им мог быть только Этот Парень.

"Почему?" – сухо спрашивает Матильда, повернувшись к нему.

Он явно устал. Щеки покраснели. Не глядя на нее и пожав плечами, Селестен Пу отвечает: "Потому что той войны, о которой говорится во всех этих бумажках, я не видел, можно подумать, что я вовсе там не был". И громко повторяет: "Будь я проклят!" Но ему становится стыдно, он успокаивается и, опустив голову, продолжает: "Чтобы выбраться оттуда, нужно было сразу отыскать надежное укрытие и, как советовал капитан Фаурье, молчать в тряпочку, сидеть в нем всю ночь, весь день, стараясь не привлекать к себе внимания, питаться снегом и ходить под себя, не шевелясь. И ждать. А в это самое время Си-Су распевает песню "Пора цветения вишен", Манеш сооружает снеговика, Уголовник готовится сдаться, Эскимос сбивает гранатой биплан. Из этих пятерых только Этот Парень – самый сильный и спокойный; знаю, сам его видел в закутке у капитана, так что никто другой не мог бы выбраться из той передряги. Но ему, говорю вам, все же не удалось спастись, потому что снаряды так и падали вокруг. Понимаете? Они все падали и падали на Бинго и на землю перед ним. Даже нам доставалось, хотя мы находились в куда лучшем положении, чем Этот Парень, так что нам пришлось сматываться".

Матильда старается не обращать внимания на чужую усталость. Возможно, потому, что на протяжении многих лет ей тоже приходится, "не шевелясь", делать многие вещи. Но Селестен Пу начинает ей нравиться, она решает освободить его на некоторое время.

С совершенно "обалдевшей головой" тот бежит к озеру купаться. Из своей комнаты она видит, что он хорошо плавает. Но все равно не чета Манешу. И тут ей приходит в голову мысль – как давно она сама не плавала, точнее сказать – не лежала на воде с поплавками на щиколотках! Ей так хочется хоть разок еще услышать, как плавает Манеш, даже не глядя в его сторону, это было бы слишком, только слышать всплески воды под ударами его рук и ног, в воде озера в мирный апрельский день.

У-у-ф! – кричит он, вода холодная, но продолжает плавать, и ей все слышно, все слышно.

В комнату входит Бенедикта. Она принесла шкатулку из красного дерева. Матильда видит, что Сильвен присоединился к Селестену, они устраивают потасовку, чтобы один из них нахлебался воды. Стоя рядом, Бенедикта устало вздыхает и говорит, что, едва оказавшись вместе, будь им тридцать или пятьдесят, мужчины ведут себя, как дети, тут уж ничем не поможешь.

Вечером они вчетвером ужинают в большой зале с настежь распахнутыми окнами. Матильда замечает, как было бы славно, если бы ее отец нанял Селестена механиком по уходу за "делажем" в помощь Сильвену. Возникает пауза. Все трое уткнулись в тарелки. И сама не веря тому, что говорит, но желая быть любезной, добавляет: "Разумеется, если Селестен согласен".

Артюр-Селестен поднимает фарфоровые глаза и долго смотрит на нее. Потом спрашивает: "Можно мне, мадемуазель Матильда, говорить вам "ты"? Мне очень трудно общаться на "вы" с людьми, которые мне нравятся. Когда я обращаюсь к одному человеку на "вы", мне кажется, что я делаю грамматическую ошибку".

Она отвечает: "Мне совершенно все равно, говорят ли мне "ты" или "вы", лишь бы рассказывали что-нибудь интересное. Я лично говорю не "ты" а "вы", потому что, боюсь, со вчерашнего дня здорово тебе надоела".

Он улыбается улыбкой, от которой можно растаять, и продолжает есть. Бенедикте говорит: "Какая вкуснятина". Та довольна. Снова возникает пауза. Матильда спрашивает у Сильвена, что он об этом думает. Он отвечает, что это чудовищно, чудовищно. И заливается смехом, а Селестен за ним следом. Ничего не понимающая Бенедикта присоединяется к ним, и только у Матильды вытягивается лицо, и она смотрит на них, как на придурков.

В конце концов, недовольная тем, что ее исключили из числа придурков, она с такой силой бьет по столу, что дрожат тарелки. И говорит – почти кричит – Селестену Пу: "Я хочу, чтобы ты меня отвез туда! Ты понял? Я хочу собственными глазами увидеть это проклятое место!"

Снова повисает пауза. Артюр-Селестен смотрит на нее покрасневшими от смеха глазами. А потом спрашивает: "А куда, ты думаешь, мы ездили сегодня утром с Сильвеном? В справочную вокзала в Лабенне. Ты с Сильвеном выезжаешь в среду поездом, а я на "делаже". Машина нам там все равно понадобится. Если я приеду раньше, буду ждать на вокзале в Пероне. Или разыщу вас в таверне "Оплот", как мне советует Сильвен. Не стоит поднимать шум, когда имеешь дело с такими умными людьми, как мы".

Подъехав к столу, Матильда протягивает ему руку, опрокинув при этом бутылку вина. Бенедикта не может скрыть досады. А Сильвен взволнованно поглаживает рыжие усы большим и указательным пальцами.

ТРАНШЕЯ НАПРОТИВ

Это большое, недавно засеянное поле, с двумя побитыми вязами, на которых живыми остались только нижние ветки. Вязы окружены лужайками. Небольшой бесшумный ручей течет под деревянным мостиком. А вдали до горизонта протянулись зеленеющие холмы.

Сильвен и Селестен Пу несут Матильду в портшезе, сооруженном – догадайтесь кем – из старой коляски Матильды и двух брусьев, к которым она крепится с помощью болтов. Если услышите, кто достал брусья, не верьте, клевета. Раскачиваясь, словно императрица, Матильда обозревает окрестности, припекаемые жарким августовским солнцем. В белом кружевном платье, в шляпке с широкими полями, украшенными розовым тюлем, под раскрытым зонтом ей кажется, будто она где-то в Африке отправляется на охоту за своим несчастьем.

Хозяин четырех десятков гектаров этой земли, господин Дондю Адольф, служит им гидом. Внезапно, остановившись и топнув ногой в здоровенном ботинке, он произносит со здешним северным акцентом: "Вот так!.. Здесь и находился Бинго, как раз напротив Эрлангенской траншеи бошей". И мстительным оком обозревает свои владения. Потом, тяжело вздохнув, говорит: "Деревья я оставил, чтобы хоть что-то показывать приезжающим гостям. За небольшую плату жена готовит им капустный суп с черным перцем, а к нему добавляет сыр и вино. Если пожелаете, вас отлично обслужат. Мостик мы соорудили вместе с зятем. Представляете, эти гунны там, вдали, за холмами, повернули русло ручья в свою сторону. Никогда такого не видывал".

Опустив Матильду на землю, Селестен отправляется на разведку. Он просто ничего не может узнать. Потом издалека кричит: "Тут были кирпичи от разрушенной стены. Что там прежде находилось?" Господин Дондю не знает. Он купил землю в 1921 году, траншеи были засыпаны и земля перепахана. Именно во время пахоты прежний владелец напоролся на гранату, которая взорвалась и оторвала ему правую руку. Потом добавляет: "И вообще, не проходит недели, чтобы тут у кого-нибудь что-нибудь не взорвалось. Вот так! Война продолжает убивать, вот увидите, у нее впереди долгая жизнь".

Матильде с трудом удается представить себе поле боя. Она спрашивает, где можно найти прежнего владельца. Господин Дондю отвечает, что на деньги, вырученные от продажи земли, тот купил кабаре около Монтобан-де-Пикарди по дороге во Фрикур. "Спросите "Красное кабаре" или Однорукого. Его настоящее имя Депрез Ясинт, но лучше спросите Однорукого". И опять поглядывает на свои поля с видом человека, которому хочется поскорее отвязаться от просителей, у него дела, желает Матильде приятного дня и уходит.

Матильда остается здесь еще на час, силясь представить себе то, что рисовало ее воображение. Прошло уже восемь лет. В июле тут наверняка цветут маки. Уже теряя надежду, она машет зонтиком Сильвену и Селестену, которые на далеком холме превратились в маленькие фигурки. По наручным часам она устанавливает, что они затратили около шести минут, чтобы дойти до нее. Селестен говорит: "Там, наверху, располагалась третья линия обороны бошей. Чтобы ее захватить, мы потеряли много людей". Она замечает: "Это не так далеко, как ты говорил. Теперь понятно, что даже по снегу, даже ночью, даже под артиллерийским огнем Бенжамен Горд все-таки добрался сюда, чтобы чем-то помочь своему другу Эскимосу". А поскольку того не убеждают ее слова, она произносит с тягучим акцентом господина Дондю: "Вот так..."

В полдень они обедают в "Красном кабаре". Они единственные клиенты. Стены украшены предметами армейского быта. Однорукий с женой живет в соседнем доме, где устроил маленький музей. Это мужчина лет пятидесяти пяти, сильный, как горилла, одет в пропитанную потом одежду, с длинными усами на лице, словно вырубленном тесаком. Как указано в объявлении над стойкой, входная цена для взрослых – сто су, для детей и стариков – пятьдесят, для ветеранов войны – даром. Обращаясь к Селестену Пу, он смеется: "Значит, это о тебе тут ходят легенды как о сверхсрочнике, Тото-волшебнике, приносившем тушеное мясо своему отделению? Послушай, парень! Я очень горд тем, что ты оказался моим гостем!" И целует его в обе щеки. Сентиментальные мужчины, думает Матильда, куда отвратительнее размалеванных старух.

Но это не мешает ей есть с большим аппетитом. Где-то в ее мозгу вдруг рождается видение. Она представляет себе, как в то снежное воскресенье, в полной темноте, Бенжамен Горд и молодой Ларошель, сдав немецких пленных, возвращаются на свои позиции. И тут капрал говорит Мари-Луизе: "Следуй за мной. Здесь полкилометра в обход, хочу посмотреть, что с моим дружком, и, если он жив, спасти его". И вот они под плотным артиллерийским огнем и разрывами снарядов, несмотря на грохот вокруг, отправляются туда, где, возможно, еще агонизирует Манеш.

Однорукий Ясинт Депрез говорит: "Я вернулся на свои поля и к разрушенной ферме в апреле 1917 года, после того, как боши, выпрямляя линию фронта, отошли на сорок или пятьдесят километров к линии Зигфрида. Кругом было полно британских солдат, понаехавших отовсюду, даже индусов из Индии в своих тюрбанах, австралийцев, новозеландцев, шотландцев и собственно англичан из Англии. До 1917 и 1918 годов я столько не слышал, как *спикают инглиш*, это очень утомительно, но они оказались самыми храбрыми солдатами из всех мною виденных, за исключением, разумеется, моего товарища Селестена Пу и генерала Файоля. Я прочитал много книг о войне и пришел к заключению, что если кто и был готов к прорыву линии фронта, так это Файоль на Сомме летом и осенью 1916 года".

Селестен полностью соглашается с ним. Эмиль Файоль – его любимый генерал. Однажды в Клери, неподалеку отсюда, Файоль заговорил с ним. Произнес незабываемые слова, которые, однако, тут же вылетели у него из головы. Сердечный человек. И тут они начинают перемывать генералам косточки. Манжен был дикарем, Петен – победитель под Верденом – суровым и самовлюбленным человеком. Однорукий добавляет: "Да еще и лицемером". Фош тоже был суров, а Жоффр старел на глазах. Нивель навсегда осрамился у Шмен де Дам. Сильвен, который, как и остальные, потягивает винцо, вмешивается в разговор, чтобы сказать, что он тоже читал немало книг, что не надо бросать камни в Нивеля. Ему не хватило удачи, и он прошел рядом с победой. И поспешно добавляет: "На победу мне наплевать. Жаль, что они загубили столько народу". Однорукий с ним соглашается. Последнее слово, как всегда, остается за Селестеном Пу: "И все-таки Файоль был не самым худшим из них. Наверное, радовался, когда эти политиканы вручили ему маршальский жезл".

До того как начался этот обмен пустопорожними фразами, Матильда узнала кое-что интересное. Оказывается, то, что осталось от разрушенной перед Бинго кирпичной стены, было давно заброшенной маленькой часовней, служившей Ясинту Депрезу складом для инструментов. Под ней находился небольшой подвал с низким потолком. Французских солдат, похороненных британцами, обнаружили еще до его возвращения. Он некоторое время жил у своего младшего брата, торговца недвижимостью в Компьене. И рассказал про соседскую чудачку, дочь Рукье, которая, шатаясь по траншеям в поисках трофеев, обнаружила могилу и сообщила о ней солдатам, схлопотав пару затрещин от матери в знак благодарности за проявленную инициативу. Насколько он помнит, ребенка звали Жанеттой, ей теперь лет семнадцать-восемнадцать. И добавляет: "Просто чудо, что она не подорвалась. Поле еще не было разминировано, и когда саперы занялись этим, то столько всякого обнаружили, что хватило бы, чтобы поднять на воздух всю деревню".

Перед отъездом Матильду относят в ее портшезе в музей, хотя ей хочется скорее вернуться в Бинго и поговорить с Рукье. Это большой зал с изящно отделанными нишами, в которых при ярком электрическом свете ее ожидали манекены французских, британских и немецких солдат в полный рост, одетых черт знает во что, с мешками за плечами и оружием, взирающих слепыми глазами и поражающих своей жутковатой неподвижностью. Однорукий очень гордится своим детищем, он вложил в него все сэкономленные деньги и наследство, доставшееся от предков в пятнадцатом колене. Он с гордостью показывает Матильде разложенные на столе, стоящем в центре, форменные пуговицы, погоны, знаки отличия, ножи, сабли, а также красную жестянку для сигарет и табака "Pall Mall". "Это точная копия, – поясняет он, – той, которую нашла чудачка на моем поле и которую воткнули в могилу пятерых солдат. Внутрь, как рассказывала ее мать, один из хоронивших их канадцев по доброте душевной положил записку, чтобы не оставить убиенных без эпитафии".

По дороге назад, вдыхая свежий дорожный воздух, Матильда, которая обращается к Всевышнему лишь тогда, когда без этого нельзя обойтись, просит Боженьку не посылать в ее сны увиденное в музее. Пусть она злая, но пусть ей лучше приснится, как лошади улан с мертвыми головами разрывают сержанта из Аверона по прозвищу Гаренн – так в его родных местах называют диких кроликов.

Селестен Пу довольно быстро находит ферму Рукье, ему для этого даже не приходится прикинуться сиротой. Это дом с заделанными кирпичом, камнем и цементом пробоинами. Его поддерживают два столба, между которыми на веревке развешано белье. Ма-

дам Рукье сообщает, что их дочь уехала в Норман-
дию с животом и бродягой из Ланса, что она получила открытку из Трувиля, что у дочери все в порядке,
та занята по хозяйству и рожать ей в октябре. Селестен и Сильвен остались во дворе и играют с собака-
ми. В чистенькой кухне, пахнущей подвешенными к
потолку связками чеснока, как поступают на юге, и
это благоприятно для сердца и изгоняет дьявола, Матильда выпивает стакан лимонада.

Коробку "Pall Mall" вырыла малышка Жанетта. Ей
было десять лет, она уже умела читать. Помчалась
по дороге и встретила солдат, а потом вернулась на
ферму, где схлопотала пару затрещин за ослушание
и за то, что носилась среди всякой гадости, которая
того и гляди взорвется. Начиная с этой минуты, мадам Рукье считает, что все видела сама. Она отправилась к солдатам, которые раскопали могилу в поле
Ясинта Депреза, туда тотчас принесли пять белых
гробов и уложили в них трупы.

"Естественно, вид у них был тот еще", – говорит
женщина. Матильда холодно кивает: "Разумеется".
Все пятеро лежали под большим темным брезентом,
кто с повязкой на левой, а кто на правой руке. Мадам Рукье не смогла подойти ближе, тем более что
прибежали другие соседи и солдаты начали сердиться. Но она все слышала. Ей известно, что у одного из
несчастных была фамилия Нотр-Дам, у другого –
Буке, как букет роз, третий был итальянец. Капрал
или сержант – она не разбирается в чинах, – командовавший солдатами, громко называл имена, год
рождения и год призыва, значившиеся на их солдат-
ских бирках, пока их укладывали в гробы, и ей помнится, что самому молодому из них не было и двадцати лет.

Гробы увезли на телеге. Было холодно. Башмаки и колеса скользили по подмерзшей земле. Тогда-то один из солдат, нехороший парижанин, обернулся к ним и крикнул: "Вы, как стая стервятников! Не нашли ничего лучше, как пялиться на мертвых?" Некоторые так обиделись на его слова, что, вернувшись, сразу пожаловались мэру. Но офицер, к которому тот обратился по этому поводу, стал поливать его еще чище. Даже сказал, что пусть он найдет скрипку, чтобы помочиться туда – представляете? помочиться туда! – что это будет, мол, то же самое, как пускать при нем слюни. Наконец в апреле эти солдаты уехали, остались англичане – те были повежливее, а может, их просто не понимали.

Чуть позже поднялся ветер, шелестя листьями вязов Угрюмого Бинго. Матильде хочется вернуться туда. Селестен Пу говорит ей: "Ты напрасно себя мучаешь! Для чего?" Она сама не знает. Смотрит, как заходящее солнце освещает холм. Сильвен уехал на машине заправиться. Она спрашивает: "Как выглядела перчатка, которую ты отдал Манешу?" Селестен отвечает – красная с белыми полосами на запястье, ее связала подружка детства с острова Олерон. Он не хотел расставаться с этим трофеем, поэтому до конца зимы носил вторую на правой руке вместе с офицерской кожаной перчаткой цвета свежего масла, для которой позднее раздобыл парную.

Она представляет его себе в красной вязаной перчатке и кожаной офицерской, цвета свежего масла, в каске, с вещмешком, скаткой и запасом провизии. Она взволнована. Селестен спрашивает: "Почему ты спросила про перчатку? Мадам Рукье ведь сказала, что видела ее на руке одного из пятерых похороненных солдат". Матильда говорит: "Вот именно, что нет".

Тот задумывается: "Может быть, она не обратила внимания или, может быть, забыла. Может быть, Манеш ее потерял". Матильда считает, что для такой яркой перчатки слишком много "может быть". Стоя рядом, он помалкивает. А потом говорит: "Когда Манеш сооружал снеговика, она была на нем, это точно. Мадам Рукье не могла всего увидеть, она стояла далеко, вот и все".

Он расхаживает по полю. И она понимает, что Селестен Пу пытается восстановить в памяти местность, взяв за точку отсчета деревья и русло ручья, и таким образом найти место, где Манеш лепил снеговика. С расстояния пятидесяти-шестидесяти метров от нее он кричит: "Василек был тут, когда товарищи увидели, как он упал. Не могли же они все это придумать!"

Матильда успела привязаться к солдату Тото. Он ее понимает, не торопит. К тому же всю зиму носил разные перчатки из-за того, что помог Манешу. Иначе она бы давно послала его поискать скрипку.

В тот же вечер, в пятницу, 8 августа 1924 года в перонской таверне "Оплот" в течение одного часа произошли три события, настолько потрясших Матильду, что, вспоминая, она с трудом отделяет одно от другого – все они, похоже, были отблесками одной грозы.

Сначала, едва они устраиваются в столовой, к ней подходит дама ее лет, в бежевом с черным платье и в шляпке-колоколе, и представляется по-французски почти без акцента. Это худощавая невысокая брюнетка с голубыми глазами, не красивая и не уродливая, австриячка. Путешествует с мужем, которого в конце зала оставила доедать раков, говорит, что он пруссак, таможенный чиновник. Заметив, что Матильда смотрит в его сторону, тот приподнимается и приветствует ее резким кивком головы. Ее зовут Хейди Вейсс. От метрдотеля она узнала, что Матильда потеряла жениха в траншее Угрюмого Бинго, или Бинг в Угрюмый день, или, вероятнее всего, Буинг в Угрюмый день – так звали грозного английского генерала. Она приехала помолиться на могиле двадцатитрехлетнего брата Гюнтера, тоже убитого перед Бинго в первое воскресенье 1917 года.

Матильда просит Сильвена подать австриячке стул. Усаживаясь, Хейди Вейсс спрашивает мужчин, воевали ли они. Те отвечают – да. Она просит не обижаться на нее, она не может подать им руки, как Матильде, ведь ее брат погиб, и было бы непристойно так поступать, ее супруг, принадлежащий к униженной военным поражением семье, стал бы дуться на нее много недель подряд.

Сильвен и Селестен отвечают, что им все понятно, что они не обижены. Однако ей приятно узнать, что Сильвен занимался снабжением на флоте и в глаза не видел противника и военнопленных, что если он с чем-то и сражался, так только со своей усталостью. Селестен Пу помалкивает. С уже подступающими слезами она продолжает настаивать на своем: "Вы тоже были здесь тогда?" И тот, посмотрев на нее, мягко отвечает, что был, да, что считает себя хорошим солдатом, делавшим все от него зависящее, но, насколько ему известно, за всю войну он убил только двух вражеских солдат, одного в Дуомоне, под Верденом, в 1916 году, а другого во время разгрома весной 1918 года. Пусть она рассказывает, может, он вспомнит ее брата.

Насколько она поняла со слов фельдфебеля, бывшего в Бинго, Гюнтер был убит в траншее второй линии, где находился в качестве пулеметчика.

Селестен Пу говорит: "Это верно. Двое погибли, а остальные без снаряжения сдались в плен. Фельдфебеля, здоровенного рыжего детину, я запомнил. Он потерял каску, волосы падали на глаза. Вашего брата убили гранатометчики, целившиеся в пулемет, но кто будет их за это попрекать – они исполняли свой долг".

Хейди Вейсс понимает. Со сжатыми до посинения губами и опустив глаза, она кивает.

Потом берет себя в руки и называет фамилию командира брата, фельдфебеля, который приезжал к ней в 1919 году, чтобы все рассказать: Хайнц Герштакер. Это он рассказал, что французы выбросили на снег пятерых своих безоружных раненых солдат. В начале дня ему пришлось отправить в тыл эстафету, чтобы получить очередной приказ, потому что телефон из-за попадания траншейной мортиры не действовал. Он о разном тогда рассказывал, она многое позабыла, но помнит одну поразившую ее подробность: когда Хайнца Герштакера, пленного доставили во французскую траншею, он заметил по дороге в одной из воронок кого-то одного из пяти убитых – ибо все пятеро были убиты – стоящим на коленях, словно в молитве.

Матильда высокомерно поворачивается к Селестену Пу. Тот спрашивает у Хейди Вейсс: "Ваш фельдфебель не рассказывал, когда его привели? В воскресенье ночью или в понедельник утром?" Она отвечает: "Он говорил только о воскресенье и ночи. Но я знаю, где его найти в Германии. Я ему напишу или поеду повидать, чтобы рассказать о нашей встрече".

Матильда спрашивает: "Не рассказывал ли он об одном из пятерых, самом молодом, который между траншеями одной рукой лепил снеговика? Вы должны были бы это запомнить". Хейди Вейсс сжимает губы и прикрывает веки, а затем медленно кивает –

да, она знает. Затем, не поднимая глаз на Матильду, произносит: "Вашего жениха расстрелял один из наших самолетов. Могу поклясться, что никто в немецких траншеях не желал ему смерти. Вы ведь знаете, что он был не в своем уме. А тут еще один из них, спрятавшийся лучше других, бросил гранату в самолет и сбил его. Хайнц Герштакер рассказывал, что тогда и пришел приказ отойти из траншеи, чтобы дать свободу артиллерии".

Никто не ест. Хейди Вейсс просит листок бумаги и карандаш, чтобы записать адрес Матильды. И снова заводит речь о том, что теперь много недель подряд ее супруг не даст ей покоя. Матильда дотрагивается до ее руки: "Успокойтесь, но попросите фельдфебеля мне написать". Теперь ей уже кажется, что у Хейди Вейсс красивые печальные глаза. Повернувшись на колесах, она смотрит, как та направляется к мужу. Походкой австриячка напоминает горную лань, а шляпкой – бабешек с Монпарнаса. Муж снова поднимается и сухо кивает. Принимаясь за недоеденное яблоко, Сильвен говорит: "И все же война – порядочная мерзость. Может так получиться, что мы еще вернемся на исходные позиции, и поневоле признаем правоту противника".

В следующие минуты обслуживающий их, знакомый Матильде официант по прозвищу Фантомас, потому что он имеет обыкновение с заговорщическим видом шептать что-то клиенту на ухо, просит Сильвена подойти к телефону.

Когда он возвращается, глаза у него, как щели. Матильде даже кажется, что они провалились и ничего не видят, так как их хозяин находится во власти чего-то, что выше его понимания. В руках у него сложенная газета. Усевшись, он передает ее Селестену Пу.

Звонил Жермен Пир, попросил купить утреннюю газету и поберечь нервы Матильды. Просмотрев газету и положив ее себе на колени, Селестен Пу произносит только: "Вот дерьмо!" Подергав за ручки кресла, Матильда пытается вырвать у него газету. Тот просит: "Пожалуйста, не надо, Матти, пожалуйста... Тину Ломбарди, прозванную "Убийцей офицеров", вчера утром гильотинировали".

Третье событие происходит в номере Матильды, где она разместилась вместе с Сильвеном, который никогда не оставляет ее во время поездок одну. Она читает и перечитывает двадцатистрочную информацию о казни, состоявшейся в эльзасской тюрьме Хагенау. Казнили женщину из Марселя по имени Валентина Эмилия Мария Ломбарди, она же Эмилия Конте, она же Тина Бассиньяно, за убийство полковника от инфантерии, героя Великой войны Франсуа Лавруйе из Боннье, департамент Воклюз, подозреваемую в убийстве еще четырех офицеров, о которых ничего не захотела сказать. По словам анонимного автора заметки, она умерла, "отказавшись от отпущения грехов", "до последней минуты сохраняя удивительное достоинство". Ни на казнь, ни на суд "по вполне понятным причинам" зрители допущены не были.

Сейчас немного более десяти часов вечера. В одной рубашке Сильвен сидит рядом с вытянувшейся на постели Матильдой. Его снова зовут к телефону. На этот раз звонит Пьер-Мари Рувьер. Надев пиджак, Сильвен спускается к администратору. Матильда же думает о мадам Паоло Конте, урожденной Ди Бокка, о ее муже, умершем потому, что долго работал на шахте, об Анже Бассиньяно, который хотел сдаться и был убит своими выстрелом в затылок, о несчастной, измотанной Тине Ломбарди, о ее бобровом воротнике и шапочке, ее невероятной клятве "оторвать баш-ку всем, кто причинил горе ее Нино", и о страшном тюремном дворе августовским утром.

Вернувшись, Сильвен видит, что она, лежа на спи-не, плачет, у нее нет больше сил, она глотает слезы, она задыхается.

Успокаивая ее, Сильвен, как родной отец, говорит: "Будь благоразумна, Матти, будь благоразумна. Ты не должна опускать руки. Конец этой истории близок".

Пьер-Мари Рувьер встретился днем с адвокатом Тины Ломбарди. Они были знакомы, и тот знал, что Рувьер ведет юридические дела Матье Доннея. Ему надо увидеть Матильду. У него для нее запечатанный конверт, который он должен вручить в ее собствен-ные руки.

Всхлипнув еще раз, Матильда приходит в себя и говорит, что дважды вымоет руки, прежде чем возьмет это письмо.

ВЛЮБЛЕННЫЕ ИЗ БЕЛЬ ДЕ МЭ

Хагенау, 31 июля 1924 года.

Мадемуазель Донней!

Я никогда не умела писать, как вы, так что, может статься, не сумею все как надо объяснить до того ро-кового утра, когда меня разбудят, чтоб сказать – пора. Мне не страшно, мне никогда не бывает страшно за себя, знаю, что меня остригут, а затем отсекут голо-ву, но я стараюсь об этом не думать, так я всегда по-ступаю, когда тревожно на сердце. Но теперь, когда я вынуждена подыскивать слова, мне нелегко, вам понятно?

Я не стану вам рассказывать о том, что они называют моими преступлениями. Все время, пока меня с разными подковырками допрашивали с одной целью – погубить, я ничего не сказала, ничего. Это вам подтвердит, вручая письмо, мой адвокат. Поймали меня из-за моей глупости: я застряла в Карпентра. Рассчитавшись с этим Лавруйе, мне следовало бы сразу смыться куда-нибудь. Тогда я не оказалась бы тут и никто бы не разыскал меня. А у меня еще был пистолет в дорожной сумке, такая я дура. Я бы без смущения рассказала обо всем перед зрителями на процессе всю правду о Лавруйе и о том, что он двадцать часов скрывал помилование Пуанкаре. Естественно, они не хотели это услышать. И все они повинны в убийстве моего Нино. Им нужно было мое признание в убийстве всех этих крысиных рож, хотя они заслуживали большего, чем смерть. Произведенный потом в лейтенанты Тувенель, стрелявший в траншее, прокурор на процессе в Дандрешене, капитан Ромен и оба офицера – члены суда, уцелевшие на войне – тот, что с улицы Ла Фезандери, и другой – с улицы Гренель, все они получили по заслугам, и я радуюсь этому. Говорят, что я их наказала, действуя с преднамеренными целями потому, что их обнаружили бездыханными в весьма подозрительных местах, в низкопробных отелях. Но кто это сказал? Во всяком случае, не я.

Не стану вам рассказывать об этих подонках, я припасла для вас нечто поинтереснее. Я не сделала этого раньше, зная, что вы, как и я, ищете правду об окопе Человека из Буинга, которого звали также Бинго. Вы могли, сами того не желая, помешать осуществлению моего плана, либо, узнав слишком много, невольно способствовали бы моему аресту. Теперь, в ожидании своего последнего часа, для меня это уже не имеет значения. Когда вы прочтете это письмо, я уже буду мертва и счастлива тем, что могу наконец успокоиться, освободиться от этой ноши. И еще я знаю, что вы чем-то похожи на меня, тем, что продолжаете столько лет искать правду, верны своей любви на всю жизнь. Мне приходилось продаваться, но любила я одного Нино. Да еще я вспоминаю бедную крестную, которой многим обязана, она так страдала из-за того, что я не хочу вам отвечать, но я все правильно сделала, и теперь она знает об этом. Там, где она сейчас находится и где я скоро к ней присоединюсь, она обрадуется, что я все же написала вам. Понимаете?

Она наверняка вам рассказывала, что я знаю Анжа Бассиньяно всю жизнь. Мы родились в одном квартале Бель де Мэ, что в Марселе. Он остался один, а я с вечно пьяным отцом. Но не плачьте, мы не были несчастны, дети не бывают по-настоящему несчастны, мы вместе с другими играли на улице под платанами, и уже тогда Нино был самым красивым, самым хитрым и самым нежным со мной парнем. В тринадцать или двенадцать лет мы перестали ходить в школу, проводили время на пустырях, а вечера на улицах, спускавшихся в Шют-Лави, куда никто не совал носа с наступлением ночи. Мы занимались любовью стоя, мы мечтали. Я была на несколько месяцев моложе его, но отличалась большей решительностью. Потом болтали, что это Нино отправил меня на панель. Да я сама туда пошла, такой была моя планида, а впрочем, они были правы: Нино подтолкнул меня, ведь он хотел есть, и я тоже, нам нужна была одежда, чтобы пойти на танцы и любить друг друга в настоящей постели, как все. Может, я не очень ясно выражаюсь и вам трудно понять меня, вы девушка из другого круга, богатая. Мы не были знакомы, но мой болтун-адвокат сказал, что вы в детстве упали и случилось несчастье, так что — вам хотя бы известно, что такое боль. Я хочу сказать, что готова была зарабатывать любым способом, лишь бы мы были вместе, были счастливы, и этим мы были похожи на вас и вашего жениха. Ведь любят все одинаково, любовь приносит и счастье, и несчастье.

Мы с Нино были счастливы до 1914 года. Снимали маленькую квартирку на Национальном бульваре, на углу улицы Лубон. Я купила обстановку из грушевого дерева, кровать, шкаф и комод с ракушками. У меня был и холодильник, люстра с жемчужными подвесками, лиможские горшки для камина. Для работы я снимала комнатенку напротив вокзала в Аранке. Я имела дело с таможенниками, моряками, буржуа с улицы Республики. У Нино были свои заботы, его уважали в барах, все шло как по маслу до того проклятого дня, когда он ввязался из-за меня в драку с одним известным сутенером, сыном Жоссо, который облизывался на меня, как кот на сметану. Но вам все равно не понять этих дрязг, так что и объяснять не стану. Нино вытащил нож, которым до этого пользовался лишь для обрезки кончика сигар, и его заперли в тюрьму Сен-Пьер на пять лет. Конечно, я ходила на свидания, он ни в чем не имел недостатка, только считал дни, которые тянулись слишком медленно. В 1916 году, когда ему предложили выбор, он предпочел присоединиться к тем, кто умирал за родину. Так, перебираясь от одного сражения под Верденом к другому, он и оказался в снегу и грязи перед окопом Человека из Буинга.

Вечером, накануне того дня, когда его убили, он продиктовал письмо ко мне, в котором писал о своей любви и о своем горе. Крестная рассказала вам об этом, я здорово на нее за это наорала. У нас с Нино был шифр для переписки, чтобы я всегда знала, где он находится. Так что я могла его найти, когда их отводили на отдых, я имела доступ в эту зону, как все трудяги, и куда не пускали буржуек. Но были среди них и такие, что выдавали себя за шлюх, лишь бы повидать своего мужчину.

Шифр был несложным, мы пользовались таким же до войны, когда Нино играл в карты на деньги. Смысл шифра заключался в его обращении ко мне – моя Любовь, моя Вертихвостка, моя Козочка и так далее. Если в письме слово Козочка повторялось трижды, это означало, что он на прежнем фронте Соммы, но восточнее, и что ближайший населенный пункт на букву К, мне оставалось только выбрать по карте Клери или Комбль. Если он подписывался "твой Ангел из Ада", значит, был на передовой. В письме могли быть и другие ласковые слова, они говорили, что он в опасности, что все очень плохо. Если вы, как я поняла, получили копию письма от сержанта Эсперанцы или Селестена Пу, к которому взывали о помощи в газетах и которого я так и не смогла отыскать, вы, вероятно, поняли, каким образом Нино обо всем сообщал мне. К сожалению, когда его письмо, пересланное крестной, нашло меня в Альбере, где я развлекала англичан, прошел месяц как его убили, словно собаку какую.

Я более или менее понимала, каким путем вы идете в поисках жениха. Я искала по-другому, но убеждена, что кое-где наши дорожки пересекались. В первых числах февраля 1917 года я искала свой путь в Комбле, кругом были одни томми. Однако я напала на след медчасти, которую перевели в Розьер, где я обнаружила фельдшера Жюльена Филипо, работавшего с лейтенантом медслужбы Сантини. Он и рассказал мне историю пяти осужденных, одного из которых встретил потом в Комбле в понедельник 8 января раненным в голову. Сантини приказал ему молчать в тряпочку и сказал, что их это не касается. Раненый был эвакуирован как раз перед артобстрелом. Сантини погиб. Филипо не знал дальнейшей судьбы осужденных. Я попросила его описать раненого и поняла, что это не мой Нино. Филипо вспомнил, что он пришел в медпункт вместе с другим, смертельно раненным парнем моложе его, которого тоже успели эвакуировать. Возможно, это и внушило мне напрасную надежду, но все же какую-то надежду. Однако от Филипо я получила кое-какую полезную информацию о старшем раненом: оказывается, у него на ногах были немецкие сапоги.

Оттуда я двинулась в Беллуа-ан-Сантерр, чтобы поискать там пехотинцев, которые сопровождали пятерых в субботу вечером. Их уже и след простыл. От одного уличного цветочника удалось узнать, что мне может помочь солдат по прозвищу Пруссак, он тоже был в эскорте, а сейчас находится в Капши. Я рванула туда. Мы с ним встретились в солдатском кабачке на берегу канала, и он рассказал мне об осужденных куда больше, чем Филипо. Ведь он сопровождал их в окоп, который назвали по имени Человека из Буинга. Он говорил именно так, а не "Бинго". В тот вечер один из солдат рассказал ему происхождение этого названия. Оказывается, какой-то канадский солдат написал картину, но это все, что я запомнила. А еще сказал, что осужденный солдат в немецких сапогах был парижанин Буке по прозвищу Эскимос. Пруссак назвал только его одного, потому что, когда они прибыли в траншею и ждали наступления, тот попросил его, коли доведется быть в

234

Париже, рассказать обо всем некой Веронике, обратившись в бар "У Малыша Луи" на улице Амело.

От него же я узнала и о том, что осужденных не расстреляли, а выбросили к бошам со связанными руками. Но этого он сам не видел, знает со слов своего сержанта. Это сержант Даниель Эсперанца взялся отправить письмо Нино и четверых других, и Пруссак потом видел, как он их переписал и сказал: "Когда смогу, постараюсь проверить, доставлены ли они". Я стала разыскивать этого Эсперанцу, но он был где-то в Вогезах. Пруссак не знал, где точно, я уехала из прифронтовой зоны и отправилась в Париж.

"У Малыша Луи" я спросила Веронику, подругу Эскимоса. Но у хозяина – бывшего боксера – не было адреса. От него я узнала ее фамилию – Пассаван – и о том, что она работает на Менильмонтане в модной лавке для дам. Понадобилось два дня, чтобы ее отыскать. Был уже март, я все еще на что-то надеялась, но эта Вероника не захотела мне ничего рассказать, и я ушла несолоно хлебавши. Теперь-то я знаю, что она ничего от меня не скрывала, я ошибалась на ее счет.

Тем временем мне написал денщик одного штабиста, мой клиент. Я просила его разыскать батальон, находившийся в траншее Человека из Буинга. Я знала только номер полка, который дал мне Пруссак, и имя капитана Фавурье. Но денщик обнаружил роту, которой я интересовалась. Она находилась в резерве в Эне, что около Фисма. Я вернулась в армейскую зону, где после отхода немцев был полный кавардак, и потратила три дня, чтобы пробиться в Фисм. Тут-то я и встретила человека, положившего конец моим надеждам и окончательно разбившего мое сердце. С этого дня мною владела только ярость и жажда мщения за Нино.

Это был сержант Фавар. От него-то я все и узнала. Во-первых, что Нино убили – падла капрал Тувенель хладнокровно застрелил его, когда увидел, что он хочет сдаться бошам. Командиру батальона Лавруйе помилование поступило в субботу, он имел полную возможность приостановить казнь, но из-за каких-то разборок между высшими чинами оставил его у себя до воскресного вечера. Позднее, летом, я съездила в Дандрешен, около Сюзанны, где проходил военный трибунал, и сумела узнать имена судей и прокурора-крысы, но я уже сказала, что не хочу говорить об этой дряни. Для них и для меня ведь все кончено. Как, впрочем, и для крестьянина из Дордони, который двинул моего Нино каблуком по голове. К сожалению, я могла ему отомстить только разбив собственными ногами его деревянный крест на кладбище в Эрделене. Понимаете?

Из всего, что рассказал мне Фавар, который погиб в мае под Шмен де Дам, чего никак не заслуживал, как и капитан Фавурье, проклявший перед смертью падлу-командира батальона, я напишу вам только то, что, быть может, касается вашего жениха. Во-первых, в медпункте в Комбле 8 января был капрал Бенжамен Горд. Это он обменялся с Эскимосом обувью, чтобы того не убили в укрытии, как зайца. Второе касается красной вязаной перчатки, которую Селестен Пу отдал вашему жениху. Спустя два-три дня после этой истории Фавар разговорился с санитаром, который на поле боя столкнулся с раненым Бенжаменом Гордом, тащившим другого, почти умирающего солдата из их роты по имени Жан Дерошель. Бенжамен Горд просил сообщить об этом товарищам. Рассказывая, санитар припомнил одну деталь: на левой руке солдата, которого Горд тащил на себе, была красная перчатка. Фавар был так заинтригован, что даже расспросил капрала Юрбена Шардоло, тоже бывшего перед Бинго ранним утром в понедельник и подтвердившего, что все пятеро осужденных погибли. Было понятно, что его расспросы не доставляют Шардоло радости, но он все-таки ответил, что не заметил на Васильке, как называли вашего жениха, красной перчатки, к тому же было плохо видно – снова пошел снег. А может быть, Горд или Дерошель подобрали перчатку, чтобы отдать ее Селестену Пу. Фавару пришлось в это поверить, но мне он признался: "Если Шардоло что-то скрыл от меня, он, во всяком случае, не мог уже отпереться от своих слов – разве чтобы позлить майора, – но если один из этих несчастных сумел спастись, я буду только рад".

Думаю, вам полезно это знать, это дополнит то, что вы узнали сами. Поскольку Нино был мертв, меня больше не интересовали мертвые, у меня в голове были одни убийцы. И все же мне не хотелось бы уйти и унести с собой мою тайну. Во-первых, в своих поисках вы уже не сможете мне помешать, а во-вторых, если есть загробная жизнь и я повстречаю мою крестную, она будет мной недовольна. Что касается судей, пусть они считают меня преступницей. Я хорошо их поимела. И еще: если хотите, скопируйте это письмо, исправив орфографические ошибки, но потом сожгите мои листки. Я не хотела бы, чтобы они попали в чужие руки и их приняли за признание.

Сегодня 31 августа. Сейчас вложу свой рассказ в конверт. Мой болтливый мэтр Поллестро вручит его вам только после того, как свершится то, что меня ждет, – на случай, чтобы вы, упаси Бог, не обратились за помилованием к президенту Думергу. Их помилование мне не требуется. Я хочу все до конца разделить с моим Нино. Сначала они приговорили к смерти его, теперь – меня. Они убили его, убьют и меня. С тех пор как еще детьми мы впервые поцеловались под платаном Бель де Мэ, никто не мог нас разлучить.

Прощайте. Не жалейте меня. Прощайте.

Тина Ломбарди

Матильда читает и перечитывает это письмо в своей комнате на улице Лафонтена. Переписав его, она по очереди сжигает каждую страничку в бело-синей фаянсовой фруктовой вазе, которой до сих пор никак не пользовались. Несмотря на открытые окна, дым не улетучивается, и ей кажется, что этот запах будет сопровождать ее всю жизнь.

Откинув голову на спинку кресла, Матильда долго сидит неподвижно и вспоминает два вяза, сломанных, но продолжающих жить и уже окруженных молодыми побегами. Шкатулка из красного дерева находится в Оссегоре, ей жаль этого. Надо бы поскорее туда вернуться. Кажется, теперь она поняла, что произошло в Угрюмом Бинго на самом деле. Но чтобы быть уверенной, надо проверить все записи и полученные письма – все, ибо история, связанная с тремя снежными днями, соткана из такого количества лжи и шума, что на их фоне не следует упускать даже едва слышный шепот. Ведь она – это только она.

И все же, чтобы выиграть время, она пишет Ансельму Буалеру, кюре из Кабиньяка в Дордони, опираясь лишь на свою память.

И все же, доверяя своей интуиции, звонит по стоящему возле ее постели белому – как-это-нравится-маме – телефону, Жермену Пиру и просит его заехать к ней как можно скорее, то есть в этот же вечер, а если через час, то было бы совсем хорошо.

И все же, доверяя своему сердцу, она доезжает до лестницы и кричит играющему в нижнем салоне в карты Селестену Пу, что просит прощения за то, что отравляет ему жизнь, но хочет, чтобы он поднялся к ней, он ей нужен.

Когда он появляется в ее комнате, у него небывало розовые щеки и такие наивно-прямодушные голубые глаза, каких ей прежде не случалось видеть. Она спрашивает: "Ты знал солдата, которого называл Ларошель и которого на самом деле зовут Жан Дерошель?"

Он берет стул у камина, садится и отвечает: "Немного".

"Ты ведь сказал, что он из твоей родной Шаранты. Откуда точно?"

Вопрос ставит его в тупик, необходимо время, чтобы он вспомнил.

"Из Сента. Недалеко от Олерона. У его матери был книжный магазин в Сенте".

"После Бинго он вернулся в полк?"

Тот отрицательно качает головой.

"Ты больше никогда о нем ничего не слышал?"

Он опять качает головой и говорит, что это ничего не значит, что, даже вылечившись, Ларошель мог быть переведен для службы в интендантстве, артиллерии или еще где-нибудь. После заварухи 1916 года люди везде были нужны. Вполне возможно также, что он был серьезно ранен и отправлен домой.

"Расскажи о нем".

Селестен Пу вздыхает. Он играл в карты с мамой, Сильвеном и Полем. Чтобы не дать себя объегорить, играя против мамы, требуется вся его сноровка. Во что бы мама ни играла – в манилу, белот или бридж, –

она ведет себя, как последняя дрянь. Она гениально играет в карты, но, чтобы сбить с толку своих партнеров, всячески оскорбляет и высмеивает их.

"Его звали Жанно, – рассказывает Селестен Пу. – Оказавшись в траншее, он радовался не больше других, но делал свое дело. Много читал. Много писал. Кстати, все тогда много писали. Кроме меня. Меня это страшно утомляло. Однажды я попросил его написать моей подружке Биби от моего имени. Той самой, с Олерона, которая связала перчатки. Получилось такое прекрасное письмо, что я чувствовал себя влюбленным вплоть до нашей с ней встречи. Пожалуй, мне нечего больше сказать, на войне встречаешь столько всяких людишек".

Матильда понимает. Что еще? Пусть сделает над собой усилие и вспомнит.

"Однажды на отдыхе он рассказал о своей матери. С самого детства он жил только с ней, отец умер. У него не было ни подружек, ни друзей, кроме нас. Письма он писал только матери. Говорил, она у него одна. Словом, маменькин сынок. Показывал ее фото. Я увидел старую, скромно одетую, не очень красивую женщину, но он гордился ею, говорил, что она красивее всех, что ему ее не хватает. Я сказал, что у меня дела, и смотался, я себя знаю, я тоже могу разреветься".

Матильде кажется, что она слышит голос Тины Ломбарди: "Понятно?" И говорит Селестену Пу, что он – стыдобище армии. Потом подъезжает к столу, берет письмо для кюре Кабиньяка и просит отнести его на почту после игры. Он отвечает, что пойдет сейчас же, что сел играть только для компании, что слишком поздно пошел с короля бубен, что его обкрадывают, как фрайера. Короче, что мама в карточной игре – последняя дрянь.

После его ухода Матильда звонит Пьеру-Мари Рувье-ру. Это он в 1919 году объехал военные госпитали для солдат с травмированной психикой. Она просит его узнать, что стало с солдатом известной ему роты, эвакуированным с известного ему фронта в день, который он без труда угадает. Пьер-Мари спрашивает: "Его имя?" Она отвечает: "Жан Дерошель из Сента, департамент Шаранта". Записав, он вздыхает: "Наверное, я тебя очень люблю, Матти. Очень". И вешает трубку.

Едва войдя в ее комнату, где она с суровым видом сидит напротив двери в своем кресле, Жермен Пир слышит: "Когда вы прекратили поиски и написали письмо, которое я получила в Нью-Йорке, вы уже знали, что Тина Ломбарди – убийца?"

Прежде чем ответить, он целует ей руку, несмотря на то что она упорно считает себя молодой девушкой, и делает комплимент ее внешности, хотя после поездки в Бинго она чувствует себя измученной, разбитой, ей лучше знать, какой у нее мерзкий вид, – глядя в зеркало так и хочется показать себе язык. Наконец он отвечает: "Моя профессия заключается в том, чтобы вынюхивать. В Сарзо, что в Морбиане, был убит лейтенант Гастон Тувенель, и произошло это именно тогда, когда эта несчастная находилась там. Для всех, кроме меня, это ни о чем не говорило".

Он берет стул, садится и продолжает: "Дорогая Матти, вам следовало бы поблагодарить меня за то, что я прекратил слежку за ней. Тем более что это мне стоило ваших гортензий!"

Матильда отвечает, что картина, которая ему так некогда понравилась, висит теперь внизу на стене маленького салона. Уходя, он может снять ее и унести. Если мама удивится, пусть разыграет вора, она в равной степени боится воров и мышей.

Он не знает, как ее благодарить. Матильда замечает: "Так не благодарите. Помните мимозы, которые выбрали сначала? Они тоже будут ваши, если разыщете одного человека – командировочные в придачу, естественно. Но при одном условии: я заплачу лишь в том случае, если разыскиваемый человек жив. Впрочем, если вы чуточку потерпите, я это сейчас узнаю".

Жермен Пир отвечает, что, коли ставка так велика, он подождет. Кладет котелок на край стола перед Матильдой. На нем черный галстук, маниакально белые гетры. Он спрашивает: "Что означают на вашей прелестной картине буквы "МЛМ", вырезанные на дереве?"

"Матильда любит Манеша, или Манеш любит Матильду, на выбор. Но оставим это. У меня к вам серьезный разговор".

"И о чем же?"

"О сапогах, – отвечает Матильда небрежным тоном. – Во время вашего расследования о пропавшем без вести в Комбле Бенжамене Горде трое свидетелей подтвердили, что на нем были немецкие сапоги. Означает ли это, что на одном из солдат, найденных под обломками дома, были немецкие сапоги?"

Жермен Пир улыбается, блестя глазами и поглаживая крышеподобные усы. "Послушайте, Матильда, не станете же вы меня уверять, что нуждаетесь в ответе?"

Действительно, не нуждается. Если бы 8 января 1917 года под обломками дома был обнаружен труп человека в немецких сапогах, Бенжамен Горд не числился бы пропавшим без вести до 1919 года, его личность была бы установлена тотчас и отпала бы нужда в расследовании.

"Целью этого расследования было, в интересах моей клиентки, его супруги, установить факт смерти славного капрала, – говорит Жермен Пир. – Мог ли я упустить такую подробность? Отсутствие сапог долго мешало мне жить".

Матильде приятно это услышать. Стало быть, он ей солгал, что эта подробность вылетела у него из головы. Соединив большой и указательный пальцы, он возражает – ложь была не столь уж велика.

В эту минуту в комнате раздался телефонный звонок. Подкатив к постели, Матильда снимает трубку. Пьер-Мари Рувьер говорит: "Ты мне испортила вечер, Матти. Жан Дерошель, призыва 1915 года, из Сента, действительно был эвакуирован с фронта на Сомме 8 января 1917 года. Он подхватил воспаление легких и страдал от множества ран. Сначала его лечили в больнице Валь-де-Грас, затем в военном госпитале Шатодена и наконец в больничном центре Камбо-ле-Бэн, в Пиренеях. Отчисленный из армии, он был сдан 12 апреля 1918 года на руки матери, вдове Поля Дерошеля, хозяйке книжного магазина, проживающей в доме 17 по Вокзальной улице в Сенте. Повторяю, я, вероятно, очень люблю тебя, Матти, очень". Она отвечает, что тоже любит его.

Повесив трубку, она поворачивает колеса к Жермену Пиру и просит его вынуть записную книжку. Он вытаскивает из внутреннего кармана сюртука уже не ту, которой пользовался в 1920 году, но такую же истрепанную и тоже перевязанную резинкой. Матильда диктует: "Жан Дерошель, 29 лет, у вдовы Поля Дерошеля, хозяйки книжного магазина, в доме 17 по Вокзальной улице, Сент". Закрывая книжку, Жермен Пир говорит: "Раз вы даете адрес, что мне сделать, чтобы заслужить мимозы? Вероятно, я должен совершить кражу?"

"Подождите, – говорит Матильда. – Дайте подыскать нужный ответ". Она подъезжает к нему. "Мне достаточно было бы небольшой лжи, но я предпочи-

243

таю скрытую правду. Признаюсь вам, я всем сердцем желаю, как никогда в жизни, чтобы вы в Сенте остались с носом".

Прищурив глаза, он молча пристально смотрит на нее. Матильда берет со стола котелок и отдает ему.

Вечером во время ужина мама рассказывает, как прилично одетый, вероятно, хорошо воспитанный и весьма любезный человек вошел в маленький салон, снял картину и заявил, что мадемуазель Матильда сказала, будто у него эта картина будет в большей сохранности от мышей. Бедная женщина уже расставила всюду мышеловки. А это значит, что все останутся без сыра.

ПОДСОЛНУХИ НА КРАЮ СВЕТА

Оссегор плавится в августовской жаре, страдают даже кошки. Каждый вечер гремят грозы, расстреливая деревья, срывая листву, уничтожая цветы. Бенедикта пугается при каждом раскате грома.

Селестен Пу остался на несколько дней в "МЛМ", он моет "делаж", помогает Сильвену по саду, пилит с ним дрова на зиму. Купается в озере. Матильда учит его играть в скопу. Ест он с большим аппетитом, и Бенедикта на верху блаженства. Ему скучно. Подчас Матильда застает его в задумчивости стоящим у окна и наблюдающим за потоками дождя. Она подъезжает к нему. Он ласкает ее руку с милой, рассеянной улыбкой человека, мысли которого далеко. И однажды вечером объявляет, что утром уедет, а как только устроится, сообщит о себе, они всегда будут знать, где его найти, если понадобится. Матильда говорит, что понимает.

Назавтра, 15 августа, в Кап-Бретоне праздник, люди высыпали на улицы, следуя за процессией. Селестен Пу крепит вещи к багажнику мотоцикла, Сильвен наблюдает за ним, Матильда и Бенедикта присутствуют при сборах, сидя на террасе. Прошло всего двенадцать дней с того воскресенья, когда он приехал, чтобы скрепить готовую порваться нить. Как и тогда, солнце садится за верхушки сосен. Матильде кажется, что прошла целая вечность. Со шлемом и очками в руках он подходит к ней, чтобы попрощаться. Она спрашивает, куда он теперь, и тотчас жалеет об этом. Он снова улыбается так, что может растопить лед, – он не знает. Быть может, заедет на Олерон. Не знает. Целует Матильду и Бенедикту, крепко жмет руку Сильвену. И уезжает почти в тот же час, что и приехал, в грохоте мотора на предельной скорости. А там, куда приедет, у него снова будут светлые круги вокруг голубых глаз. Матильде вдруг хочется знать, куда она подевала свою куклу Артюра.

Через несколько дней приходит письмо из Лейпцига, из Германии. Тотчас по возвращении из поездки Хейди Вейсс встретилась с фельдфебелем Хайнцем Герштакером. Тот снова рассказал ей про воскресенье в Угрюмом Бинго. Это почти то же самое, что она слышала в таверне "Оплот", но с некоторыми уточнениями. Последнее, наверное, поставило бы в тупик Селестена Пу, если бы он был тут, но лишь подтверждает предположения Матильды, и удовлетворило бы ее гордыню, будь она у нее. Выходит, что вопреки ее неуемному воображению родители в своем любовном порыве в Толедо сделали ее не такой уж дурой.

Взятых в плен Герштакера и трех его товарищей отправили во французские траншеи в понедельник, незадолго до рассвета. Их сопровождали двое солдат, которые, вместо того чтобы пойти кратчайшим путем, решили заглянуть в Бинго. Здесь, разбросанные на снегу, лежали трупы осужденных. Освещая местность электрическим фонариком, солдаты разошлись в разные стороны, отыскивая их. Герштакер увидел одного из убитых, смерть застала его на коленях, с руками на бедрах и со склоненной на грудь головой. Это был тот, кто сбил "альбатроса". Другой находился в похожей на погреб яме, сохранились даже ступеньки. В свете фонарика Герштакер различил, что у того, кто там лежал ничком, на ногах были немецкие сапоги. Французский солдат выругался: "Вот дерьмо", – то было одно из французских слов, известных фельдфебелю. Затем, что-то обсуждая, они снова пустились в путь, и один солдат сказал другому: "Да, да, только заткнись". Чтобы понять это, Герштакеру опять же не было нужды знать другой язык.

Возможно, Селестена Пу это удивило бы, ее же, Матильду, нисколько. Правда, сердце ее бьется сильнее прежнего. Если то, что она себе представила с тех пор, как прочла письмо Тины Ломбарди и проверила записи в шкатулке из красного дерева, имеет смысл, выходит, Бенжамен Горд в ночь боя снова оказался у Угрюмого Бинго. Теперь это подтверждает Герштакер.

Бедный, бедный Бенжамен Горд. Надо же было тебе умереть там, думает она, чтобы я смогла убедиться, что один из пятерых, взявший у тебя немецкие сапоги, остался жив и добрался, по крайней мере, до Комбля. Им не мог быть ни твой друг Эскимос, ни Си-Су, ни Анж Бассиньяно. Манеш тоже в его тогдашнем состоянии не мог этого сделать. Остается Этот Парень, крестьянин из Дордони, найденный новорожденным на паперти часовни, который в свой последний день на войне прятался в руинах другой часовни. Осталась фраза Юрбена Шардоло, тем утром побывавшего на ничьей земле, когда снова пошел снег. Но уже после тебя, после немецкого военнопленного и безымянного солдата, который видел тебя в яме: "По крайней мере, один, если не двое".

Да, у Шардоло были уверенность и подозрение. О своей уверенности он сказал Эсперанце в июне 1918 года на перроне вокзала при эвакуации: "Готов поставить две монеты на Василька, если бы они у меня были. Но меня обобрали девки". Подозрение же связано с Этим Парнем просто потому, что безымянный солдат в конце концов не послушался и не заткнулся.

Письмо, которого Матильда ждет с особым нетерпением – письмо от кюре из Кабиньяка, – приходит два дня спустя.

Суббота, 16 августа 1924 года.

Мое дорогое дитя!

Признаюсь, ваше письмо сильно озадачило меня по сути тех действий, которые вы предприняли. Не могу понять, каким образом письмо Бенуа Нотр-Дама или его жены попало в ваши руки. Выходит, вы встречались с Мариеттой и она просила вас ничего мне не рассказывать. Это меня очень опечалило.

Постараюсь, с верой в Господа нашего, и испытывая к вам полное доверие, как можно лучше ответить на ваши вопросы.

Я несколько раз перечитал это письмо. И с самого начала хочу сказать, что Бенуа, которого я знал и ребенком, и подростком, и взрослым, никогда не был таким уж крутым и недоверчивым человеком. Вероятно, война меняет и чувства, и людей, но я ощущаю нутром, что написанное им перед кончиной письмо несет в себе какой-то скрытый смысл.

Я пытался понять то, что вы называете "неуместным" в его письме. Я расспрашивал окрестных жителей вплоть до самого Мартиньяка. Этими поисками и объясняется задержка с ответом. Я поговорил со многими, кто знал Нотр-Дама. И все единодушно утверждали, что Бенуа не было нужды продавать навоз, на свою-то землю едва хватало, а, больше всего он преуспевал в разведении скота. Никто не знает никаких Берней, или Берне. Ближе всего к той, что вы называете, фамилия Берноттона, кузнеца, который не использует удобрения. Не сочтите за упрек, но самое непонятное в этом письме – употребление слова "неуместный". Все, что может быть неуместным, связывается с неприличием, а не с разумом. Итак, самое непонятное – это никогда не живший в этих местах господин Берней.

Я уже стар, дорогое дитя, и хотел бы, до того как меня призовет к себе Господь, знать, что у Мариетты, которая, видно, устроила свою жизнь без Бога, и ее Батистена, которого я крестил, а прежде венчал его родителей, все в порядке. Сейчас я помолюсь за Бенуа Нотр-Дама. Я от всей души помолюсь и за вас, веря в то, что путь, который вы выбрали и который выше моего понимания, и есть один из тех путей, которые называют неисповедимыми.

До свидания, дорогое дитя. Если вы пришлете несколько строк, дабы успокоить мою душу, я готов простить вам употребление слова "неуместный". Догадываюсь по вашему письму, что вы усложняете себе жизнь, не всегда к месту употребляя изучавшуюся вами латынь.

С верою в Господа нашего пребывающий
Ансельм Буалеру, кюре из Кабиньяка

Первое, что делает Матильда, это проверяет по словарю французского языка, прав ли кюре. Он прав. Но все равно она с помощью языка и губ производит неуместный шум по адресу добрейшего кюре.

Затем достает из ящика листки для рисования и нарезает столько бумажек, сколько слов в письме Этого Парня, написанном вечером 6 января 1917 года.

Затем очищает стол, раскладывает бумажки со словами и начинает их перемещать в поисках шифра под названием "лифт", о котором ей говорил Селестен Пу. Она не знает слово, которое Этот Парень и Мариетта используют в качестве точки отсчета, и отталкивается от неизвестного в Кабиньяке имени Берней.

В час дня Бенедикта и Сильвен объявляют, что их желудки требуют еды. Матильда просит обедать без нее, она не голодна. Только пьет из горлышка минеральную воду. В два часа в комнату приходит Бенедикта. Матильда повторяет, что не хочет есть и просит оставить ее в покое. К трем часам она все еще ничего не добилась, кошки мешают ей, она прогоняет их из комнаты. В четыре часа слова выстраиваются в следующем порядке:

Дорогая супруга,

	Я	пишу, чтобы предупредить, что
не	буду	некоторое время писать. Скажи
папаше	Берней,	что я хотел бы все уладить в
месяце	марте,	иначе пусть пеняет на себя. По мне,
лучше	продай	все удобрения. Уверен, он
согласится на	все.	Крепко поцелуй малыша, скажи
ему, что	лучше	его матери нет никого, но до поры
об этом лучше	молчать.	Пусть один знает, что
Бог	никого	не одарил так, как его, и
что	не слушать	ее большой грех. Я люблю тебя,
	Бенуа.	

Таким образом по вертикали получается следующая фраза:

"Я буду Берней марте, продай все, лучше молчать, никого не слушать. Бенуа".

Некоторое время Матильда сидит неподвижно, испытывая нечто, похожее на гордость, как бывает, когда, закончив картину, она не может поверить, что все сделала сама, и когда вот-вот потекут слезы, если еще и растрогаться. Но она понимает, что конец ее мучениям еще не наступил. И звонит в колокольчик.

Когда появляется Сильвен с огромным бутербродом и стаканом вина, Матильда уже все привела в порядок и вынула из шкатулки красного дерева свои записи от 1919 года, касающиеся его лично. Как обычно, он вытягивается на ее постели, положив руки под голову и скинув сандалии. Тогда она спрашивает его с набитым ртом: "Когда ты был в меблирашках на улице Гэй-Люссак, чтобы разузнать про Мариетту Нотр-Дам, хозяева сказали, что, уезжая с ребенком, своими тайнами и багажом, она наняла такси именно до Восточного, а не Северного, Орлеанского или Тмутараканского вокзала?"

Он отвечает, что если она не записала сразу после рассказа, то может быть совершенно уверена, что и по прошествии пяти лет он все равно вспомнит сказанное тогда.

Проглотив здоровенный кусок хлеба, Матильда говорит: "Я еще отметила, что оба раза, когда Мариетта уезжала с ребенком к друзьям, это занимало не больше одного дня, стало быть, это место недалеко от Парижа".

"И что же?"

"Тебе не трудно отыскать неподалеку от Парижа деревню под названием Берней, до которой можно добраться с Восточного вокзала?"

"Сейчас?"

Она молчит, силясь справиться с байоннской ветчиной. Сильвен встает, надевает сандалии и отправляется за железнодорожным справочником. Он обожает железные дороги и как-то рассказал Матильде, что, будь он холост, сел бы в первый попавшийся поезд, идущий куда угодно, останавливался бы в незнакомых городах, которые даже не хотелось узнать, ночевал бы в железнодорожных гостиницах напротив вокзала, а на следующий день уезжал бы дальше. По его словам, железные дороги – это волшебство, но понять это могут только избранные.

Вернувшись, он садится на постель и смотрит на Матильду добрыми глазами, как родной отец: "Есть Берней около Розей-ан-Бри в департаменте Сена и Марна".

Проглотив последний кусок бутерброда и выпив вино, она говорит: "Я знаю, что от меня тебе одно беспокойство, мы только что вернулись. Но я должна ехать туда".

Сильвен чуть вздыхает, пожимает плечами и говорит: "Беспокоишь ты не меня, а себя. Да и Диди будет недовольна".

Склонившись к нему в своем кресле, она коварно и жарко шепчет ему на ухо: "Поставь ей хорошенький пистон этой ночью. Чтобы мне отсюда было слышно, как она кричит. А вообще-то она тебя обожает, мы же поступим, как хотим".

Он хохочет, корчась на постели и почти касаясь лбом ее коленей. Ему стыдно, но он гордится собой. Когда Матильда пишет эти строки, никто и представить себе не может, как она любит Сильвена.

На другой день они выезжают.

Согреваемый лучами солнца Берней находится на таком же расстоянии от Розей-ан-Бри, как Матильда от своей судьбы. У нее болит спина. У нее все болит. Сильвен тормозит перед школой. И подводит к "дележу" невысокого мужчину с растрепанными волосами и раскрытой книгой в руке. Это местный учитель господин Понсо, как он себя называет. Матильда издалека видит, что держит он "Повесть о приключениях Артура Гордона Пима" Эдгара По. Эту книгу она может узнать на расстоянии десяти шагов, тем более в руках человека, который читает ее в воскресенье. "Я вырезал это на скале, моя месть вписана в пыль скалы". Такую эпитафию, переведенную Бодлером, как будто специально для Тины Ломбарди, можно найти только в прошлом веке, в книге одного безумца.

Матильда спрашивает учителя, есть ли в его классе мальчик лет восьми по имени Батистен. На что господин Понсо отвечает: "Вы имеете в виду Титу Нотр-Дама? Это один из лучших учеников в моем классе. Он пишет поразительные для его возраста сочинения. Одно из них, новогоднее, о змеях, убедило меня в том, что он станет ученым или художником, настолько у него великодушное сердце".

Матильда спрашивает, где он живет. Махнув рукой куда-то в сторону, учитель отвечает, что не здесь. И поясняет: "Доехав до Вильбера, вы свернете влево по дороге в Шом, через сто или двести метров повернете налево по грунтовой дороге вдоль реки. Проехав ферму Мениля и Маленькую Фортеллу, следуйте дальше, вы не ошибетесь, оказавшись в глубине долины, посреди которой стоит ферма, именуемая тут Краем Света. Там и живет Титу Нотр-Дам".

Грунтовая дорога, проложенная между лесополосой вдоль берега реки и собственно лесом, полна свежести и тени, поэтому так велик шок при выезде на Край Света с открывшимся взору бесконечным полем желтых подсолнухов такой высоты, что из строений фермы видна только охра черепичных крыш.

Матильда просит Сильвена остановиться. После того как выключили мотор, слышно только журчание реки да пение лесных птиц. Никаких заборов. Вокруг, по краям склонов, служащих естественными границами полей, характер посевов можно определить только по цвету – зеленому или позолоченному. Сильвен достает коляску. Он тоже считает, что тут красиво, но не может отделаться от ощущения, что красота эта какая-то давящая. Матильда просит оставить ее одну в кресле под зонтом, близ поваленного дуба, и не показываться на своем "делаже" раньше чем через два часа. Он начинает волноваться: "Это глупо, кто знает, что может случиться. Позволь довезти тебя хотя бы до дома". Она отвечает "нет", ей надо быть одной, когда появится тот, кого она хочет увидеть.

"А если он не придет?"

"Придет, – отвечает Матильда. – Возможно, не сразу, он боится меня куда больше, чем я его. Некоторое время он понаблюдает за мной, а потом придет. Поэтому возвращайся в деревню и займись пивом".

Матильда слышит, как отъезжает машина. Перед ней бескрайнее поле подсолнухов, и она не может отделаться от ощущения, будто уже когда-то это видела, возможно, во сне, много лет назад, и позабыла.

Через одну-две минуты залаяла собака, но ее быстро уняли. А потом со стороны дома послышался чей-то топот. Она догадывается, что так легко может бежать только ребенок. И вот он уже в двадцати шагах от нее застывает на месте. Это блондин с большими черными глазами, по ее подсчетам ему восемь с половиной лет. На нем серые штаны, голубая майка, пластырь на колене, но ему, похоже, не больно, иначе он бы не бежал так быстро.

"Тебя зовут Титу?" – спрашивает Матильда.

Не ответив, тот убегает по тропинке между двумя рядами подсолнухов, и через некоторое время Матильда слышит спокойные шаги Этого Парня. И чем ближе он подходит, тем сильнее бьется у нее сердце.

Он тоже застывает в двадцати шагах от нее. Несколько минут молча разглядывает ее. Это высокий, возможно, выше Матье Доннея, крепко сбитый мужчина, в белой сорочке без воротника с засученными рукавами и в бежевых фланелевых брюках на помочах, без головного убора. Матильда думает, что ему лет тридцать восемь. Брюнет, у него такие же большие черные глаза, как у сына.

Наконец он медленно подходит к Матильде и говорит: "Я знал, что вы меня разыщете. Я жду вас с тех пор, как мне показали ваше объявление в газете". Он усаживается на упавший дубовый ствол, поставив одну ногу на него, а другую, в матерчатых серых туфлях – на землю. На нем нет носков. У него глухой, спокойный, как он сам, голос, более мягкий, чем можно представить по фигуре. Говорит: "В апреле 1920 года я поехал в Кап-Бретон и видел вас в саду на вилле, когда вы писали картину. Я не знал, что делать. Вы представляли для меня страшную опасность, но, думая о себе, я имел в виду и жену, и сына. Увидев вас в инвалидном кресле, а еще потому, что я после войны и курицы не могу убить, а когда приходится, стараюсь делать это как можно безболезненнее и с величайшим отвращением к себе, я подумал: "Тем хуже для меня, если она меня когда-нибудь разыщет и выдаст. Будь что будет". И вернулся домой".

Матильда отвечает, что никогда никого не выдавала, даже когда была маленькой. Так что теперь уж поздно начинать. "Все, что с вами произошло после Бинго, – продолжает она, – касается только вас. Я рада, что вы живы. Но вы знаете, что меня интересует тот, кого прозвали Васильком".

Подобрав сухую ветку, он ломает ее на две, затем на четыре части и отбрасывает в сторону. Потом говорит: "В последний раз, когда я видел Василька, он был плох, но не очень. Для такого длинного, как жердь, он был довольно крепким парнем. В тот день тащить его на спине оказалось не простым делом. Если его хорошо лечили, он должен был выжить. Но я понимаю, почему вы его до сих пор не нашли. Он уже тогда не мог толком объяснить, кто он такой".

По сухой земле Матильда направляет колеса своего "самоката" поближе к нему. Этот Парень давно сбрил усы. Как и у Сильвена, у него загорелые руки и шея человека, работающего на воздухе. Глаза строгие и блестящие. Она видит, что ладонь, которой он опирается о колено, пробита в самой середке. Это четкое, безупречно круглое, размером в одно су, отверстие. Увидев, что Матильда разглядывает его руку, он чуть улыбается. И говорит: "Я много часов обтачивал пулю и все аккуратно проделал. Чтобы поковырять в ухе, я могу и сейчас пользоваться большим пальцем, указательным и даже мизинцем". И в доказательство шевелит пальцами руки, лежащей на колене. Матильда ласково кладет свою ладонь на его руку.

"Немного подождав, я пошел, – говорит Этот Парень. – И вообще, только об этом помню. Просевший погреб я приметил еще раньше при свете ракет, то есть груду кирпичей, выступающих из-под снега. Я был вместе с Васильком и Эскимосом в воронке от снаряда, но для троих она была маловата. Развязал нас Василек, и по тому, как он ловко это сделал, я понял, что он умел обращаться с веревочными узлами. Я сказал Эскимосу, что нам не следует оставаться вместе, и он согласился, этот на войне уже пообвыкся. Я пополз по снегу к разбитым кирпичам, а они пошли искать дыру поглубже. Я не знаю, ни что сталось с человеком, которого вы называете Си-Су, ни с молодым марсельцем, готовым на все ради своей жизни, которого я двинул ботинком по башке, чтобы унять.

Из немецкой траншеи бросали гранаты, запускали ракеты, слышался пулеметный треск. Прижавшись к кирпичной куче, я ждал. Позже, когда все стихло, я пошарил вокруг и обнаружил под рукой деревянную доску, оказавшуюся сорванной дверью, а под ней – провал. Я дождался следующей ракеты, чтобы стало светло и я смог просунуть в него голову, и увидел, что это все, что осталось от погреба. Вниз, где стояла вода, вели пять-шесть ступеней. Когда я оттащил дверь в сторону, крысы, которых я не заметил, пока они не начали бегать по мне, разбежались. По ступенькам я спустился в погреб, где опять же на ощупь обнаружил у стены балку, выступающую из воды. Сначала я сел, а потом лег на нее.

Я ждал. В ту минуту я не чувствовал ни холода, ни голода. Я понимал, что могу утолить жажду, протянув руку и схватив снег. У меня появилась надежда.

Чуть позже я уснул. Возможно, из окопов продолжали обстреливать друг друга, врать не буду, грохот на войне не мешает людям спать, и, если такая возможность появляется, они говорят "будь что будет" и просто не желают думать о том, что может случиться.

В то воскресенье еще было темно, когда я оказался в погребе, который, как вы говорите, остался от часовни. Внезапно я ощутил холод. Согнувшись пополам, я пошел по воде – то, что называлось потолком, находилось примерно в полутора метрах над головой. В темноте я искал около стены хоть что-нибудь, что могло бы мне помочь. И вдруг нащупал руками старый инструмент и замерзшую ветошь, но ничего для освещения.

Я подождал утра. Постепенно оно наступило, без солнца, такое же белое как снег. Сквозь дыру проникало достаточно света, чтобы понять, где я оказался. В углу под обломками находился слив, я потянул цепь, но она разорвалась. Пальцами и ногтями я сумел поднять железную крышку, и вонючая вода ушла с пола в колодец.

Я ждал. Я ждал. Сначала кто-то звал нас из нашей траншеи, хотели знать, живы ли мы: Буке, Этчевери, Бассиньяно и Гэньяр. А потом и Нотр-Дам, потому что я не отвечал. Кстати, вслед за этими призывами немцы и стали бросать гранаты. Их осколки барабанили вокруг, а я все думал о том, что мир остается таким же ублюдочным, как прежде. Потом тот, кого звали Си-Су, запел. Раздался выстрел, и он смолк.

Пролетавшая над нами бошевская "этажерка" развернулась и стала на бреющем поливать местность огнем. Тут я совершил первую ошибку. Мне захотелось выглянуть. Я прополз по ступенькам наверх посмотреть, что происходит, и увидел вылепленного Васильком снеговика с котелком на макушке. Сделав вираж, самолет летел теперь прямо на нас на высоте не более пятнадцати метров. Это был "альбатрос". Когда он оказался надо мной, я успел увидеть, как разлетелся на куски снеговик и как упал Василек между двумя траншеями, из которых палили друг в друга, как в самую худую пору.

Другая моя ошибка заключалась в том, что я тотчас не залез в свою нору. Биплан с черными крестами на крыльях пролетел снова. Находившийся метрах в тридцати от меня Эскимос вдруг выпрямился на снегу и здоровой рукой что-то бросил в него как раз тогда, когда "этажерка" оказалась над ним. Почти тотчас взорвалась хвостовая часть самолета и одновременно пулеметная очередь прошла грудь Эскимоса, а на мою голову пришелся сильный удар.

Придя в себя, я понял, что лежу на полу погреба, что еще светло. Но я не знал, который час, хотя и догадывался, что наступил вечер. Крупные снаряды дальнобойной артиллерии двухсот двадцатого калибра рвались вокруг, аж земля дрожала. Я прижался к стене, чтобы укрыться от осколков, и только тут заметил, что по лицу, там, где уже запеклась прежняя кровь, течет новая.

Меня задела не пуля, а осколок кирпича или кусок хвостового оперения самолета. Не знаю. Я дотронулся до раны на голове и, хотя кровь текла, понял, что удар не смертелен.

Я ждал. Хотелось есть. Было очень холодно. Снаряды падали так густо, что я понял: боши оставили свои траншеи, да и наши отошли, ведь командир в Бинго, которого я уже видел, был не из тех, кто подставляет под огонь своих людей.

А потом я услышал скрежет здоровенных черных чудовищ, перебазирующихся на восток. Досталось тогда и англичанам, которые вместе с нами держали оборону. Когда на передовой вспыхивают бои – это происходит либо в глубину фронта, либо растягивается на километры вширь. Я снова почувствовал надежду. Но сказал себе, что надо ждать, не двигаясь с места, что в завтрашней неразберихе на таком растянутом фронте у меня появится шанс незаметно пройти через наши линии. А уж потом придется, пока будут силы, идти лишь вперед.

Я снова уснул, – продолжает Этот Парень. – Иногда разрывался снаряд и земля сыпалась на меня, но я мыслями был не там и снова погружался в сон.

Внезапно меня что-то разбудило. Думаю, тишина. Или голоса в тишине, обеспокоенные, приглушенные, и шаги по снегу, да, скрипел снег. Я услышал: "Василек еще дышит!" И кто-то ответил: "Подойди сюда с фонариком, да поскорее!" Но тут снова начался обстрел, и рядом разорвалось несколько снарядов. Земля подо мной дрожала, как при землетрясении, вспышки за вспышками озаряли погреб, и я увидел, что дверь, частично закрывавшая вход сюда, объята пламенем. Один из солдат, пригнувшись, спустился в погреб, и я сразу увидел на нем немецкие сапоги. Затем луч фонарика пробежал по стене, и солдат, как подкошенный, рухнул головой вниз рядом со мной.

Я подобрал фонарик и узнал одного из капралов рядом с Бинго, того самого, которого Эскимос называл Бисквитом. Он был весь в крови, ему было худо. Я, как мог, затащил его поглубже и прислонил к стене. Он потерял каску, шинель на груди была разорвана и пропитана кровью. Держась за живот, он открыл глаза и произнес: "Клебер погиб. Я не верил до последнего момента". А затем, застонав от боли, сказал: "Мне тоже крышка". И больше уже не говорил, а только стонал. Я захотел посмотреть, куда его ранило, но он отвел мою руку. Я погасил фонарик. Наверху разрывы сместились в сторону, но стрельба велась с обеих сторон.

Чуть позже капрал перестал стонать. Я вновь зажег фонарик. Он был без сознания, но еще дышал.

Я снял с него сумки. В одной были гранаты, в другой – документы, личные вещи. Так я узнал, что зовут его Бенжамен Горд. В третьей сумке я обнаружил кусок хлеба, сыр, плитку шоколада. Я поел. В его фляжке было вино. Я выпил два глотка и опять погасил фонарик. Дверь над моей головой исчезла, а небо все еще полыхало от взрывов. Я снова уснул.

Глаза я открыл только перед рассветом. Капрала рядом не было. Он лежал на ступеньках. Думаю, придя в сознание, он хотел выбраться наверх и упал. Он умер не меньше часа назад. Лицо стало бледным и холодным. Но тут опять послышались шаги и голоса. Я снова забился поглубже в погреб. Спустя несколько минут луч фонарика осветил Бенжамена Горда, и я услышал по-французски "Вот черт!", а затем какую-то фразу по-немецки. По скрипу снега я понял, что они ушли, но еще долго сидел в своем углу.

Рассвело. Вокруг было тихо, как всегда после ночной канонады. Решив, что пора выбираться, я снял шинель, гимнастерку и башмаки. Подтянув к себе тело капрала, я раздел его. Труднее всего было потом надеть на него мою одежду и обувь. Холода я больше не чувствовал. Но пальцы замерзли. Я не стал зашнуровывать на нем свои ботинки, только кое-как обмотал ноги какими-то тряпками. Натянув на себя гимнастерку капрала, разорванную шинель с запекшейся кровью и немецкие сапоги, я взял у Бенжамена Горда его перчатки и сумку с личными вещами. Подобрав свои давно снятые бинты, я обвязал ему руку вокруг пальцев. И тут, обнаружив его личную бляху, чуть не совершил серьезной ошибки. Повесив ему на шею свою, я нацепил его бляху себе на руку. Перед тем как уйти, я еще раз взглянул на беднягу, но у покойников ведь прощения не просят.

Наверху уже занялся новый день, солнце еще не встало. Я подобрал в снегу каску капрала и его ружье, сбросил все в траншею Бинго и пошел по пустой местности. Между погребом и разбитым снеговиком я обнаружил тело солдата, сопровождавшего Бенжамена Горда. Он лежал около воронки от снаряда лицом вниз, с развороченной грудью. И тут, стоя около убитого двадцатилетнего парня, я услышал недалеко от себя чьи-то стоны и увидел Василька. Весь в грязи, он пытался встать и ползти с закрытыми глазами.

Я подошел к нему и посадил на снег. Он улыбнулся своей отрешенной улыбкой. Стараясь изо всех сил, он попытался подняться и опереться на мои плечи и руку. Я сказал ему: "Обожди, обожди, я не брошу тебя. Сиди тихо".

Я посмотрел, куда его ранило. Оказалось, в поясницу, у левого бедра. В этом месте на его куртке и рубашке была запекшаяся кровь, и я понял, что от такой раны он не умрет. Зато лицо и шея у него полыхали огнем. Погубить его могло долгое пребывание на снегу. Когда он прижимался ко мне, я чувствовал, как он дрожит. На какую-то минуту, – рассказывал Этот Парень, – мною овладело искушение снова стать тем, кем я был на войне, то есть думать только о себе и бросить его тут. Но не смог.

Затем я снял с его руки бляху. Снова пошел снег. Сначала небольшой. Когда я стаскивал браслет с солдата, пришедшего с Бенжаменом Гордом, снег пошел гуще, покрывая вокруг всю вспоротую снарядами землю. Молодого солдата звали Жан Дерошель. Задумав выбраться из полосы боев, мне надо было много чего уладить, чтобы избежать преследования. Но я без сил упал возле трупа. Василек неподвижно сидел под слабым снегопадом. У меня совсем не было сил, но я встал. Ружье Жана Дерошеля я забросил подальше в немецкую траншею. Об остальном – его каске и вещах – я решил не беспокоиться. Подойдя к Васильку, я сказал ему: "Помоги мне, Василек. Попробуй встать". Уверяю вас, у меня совсем не было сил.

Он обхватил меня рукой за шею, и мы медленно двинулись к руслу высохшей реки. Василек не жаловался. Только выбрасывал вперед одну ногу, потом другую. Мы упали. Он был горячий. Мне никогда раньше не приходилось чувствовать такой жар тела через одежду. И весь дрожал. Дыхание было коротким, свистящим, широко раскрытые глаза смотрели куда-то вперед. Я сказал ему: "Мужайся, Василек. Держись. Я понесу тебя".

И взвалил его себе на спину, обхватив руками ноги под коленями. Снег падал и падал, а я шел и шел вперед.

Позднее, сквозь снежную пелену я увидел санитаров с носилками. Я крикнул им, что если они обнаружат батальон капитана Фаврье, пусть скажут, что видели капрала Горда, следовавшего в медпункт. И один из санитаров ответил: "Не беспокойся, капрал, мы все скажем. А кого это ты тащишь на себе?" Я ответил: "Солдата Жана Дерошеля". И услышал: "Мы все скажем, парень, постарайся смыться отсюда".

И я понес Василька через развороченное поле дальше. В гору волок его волоком. Снегопад закончился. Я чуть передохнул. Мимо прошли англичане. Один из них дал мне выпить из фляжки что-то крепкое. Он сказал по-французски: "Крепись, капрал, крепись. Там Комбль. Там ни тебе, ни твоему солдату не дадут умереть".

Я двинулся дальше с Васильком на спине, ему было плохо, но он не жаловался. Я только чувствовал на шее его жаркое дыхание. А потом мы выбрались на дорогу, кругом было полно раненых австралийцев, и нас взяли на грузовик.

В давно разбитом Комбле санитарная часть была разделена на английскую и французскую. Тут царил полный бедлам, все кричали, медсестры и монашки в чепцах носились по коридору, неподалеку слышалось пыхтение паровоза, санитарный поезд был готов увезти тяжелораненых.

Я потерял Василька. Позднее, когда я был уже на втором этаже с чашкой супа в руке, ко мне подошел знакомый лейтенант медслужбы Жан-Батист Сантини и сказал: "Я отправил твоего спутника. Рана на боку у него пустячная. Плохо, что у него пневмония. Сколько он пробыл под снегом?" Я ответил: "Всю ночь, весь день и еще ночь". Он сказал: "Ты молодец, что доставил его сюда. Мне все равно, встречал ли я тебя раньше и какое у тебя настоящее имя. Я тебя тоже отправлю. Когда чуть-чуть подлечишься, скройся где-нибудь, ведь эта война когда-нибудь кончится. Желаю тебе жить".

Тело Жан-Батиста Сантини, лейтенанта медслужбы, ненавидящего войну, как и подобает медику, я увидел час спустя на походной кровати. Голова отсутствовала.

Вы, наверное, догадались, мадемуазель, что мне не хочется рассказывать об этом. Когда начался артобстрел, Василек уже был в поезде, идущем в тыл. Я никогда его больше не встречал. Если в Париже или где-то еще его вылечили от пневмонии, полученной из-за долгого пребывания в снегу, куда его бросила злая воля людей, и вы его до сих пор не обнаружили, значит, у него, по крайней мере, остался шанс все забыть.

Когда в Комбле провалился второй этаж санчасти, мне удалось спуститься вниз. Я пересек двор, где лежали раненые солдаты, призывая на помощь, тогда как ходячие метались под по-прежнему падающими снарядами. Я шел, прикрепив к одной из пуговиц гимнастерки эвакуационный листок капрала Горда, и не обернулся, пока не вышел из деревни.

Я шел по ночам, днем спал, прячась во рвах, кустарнике, руинах домов. Грузовики, самоходные пушки, да и солдаты, двигавшиеся в сторону фронта, были сплошь английские. Тут оказалось меньше разрушений, даже птицы на глаза попадались. Однажды утром я встретил на дороге мальчика. Он пел песенку "Возле моей блондинки". И я понял, что выбрался из войны. Этому мальчику было столько же лет, сколько моему сыну сегодня. Он отвел меня к родителям, таким же крестьянам, как и я, которые все поняли, не задавали вопросов, чтобы не заставлять меня лгать. Я пробыл у них неделю или чуть больше, помог починить сарай, поставить ограду. Они дали мне бархатные брюки, рубашку и куртку, не похожую на солдатскую гимнастерку. Волосы мне сбрили в Комбле, когда обрабатывали рану на голове; поэтому меня снабдили и котелком, похожим на тот, что Василек надел на снеговика.

И я двинулся дальше. Шел на запад, в обход Парижа, где меня могли бы сцапать, затем по ночам на юг, спал днем, ел, что подвернется или то, что по доброте своей давали люди, шел в направлении прекрасных земель, которые вы видите перед собой и где все растет, несмотря на человеческую глупость.

Почему я выбрал район Бри? Скажу. Я приезжал сюда, когда мне было двенадцать лет. Меня поместили на полгода к одному крестьянину в Бернее, который умер, а его сыновья меня не узнают. Я всегда рассказывал Мариетте о том, как был счастлив в Бернее, о своем желании снова увидеть эти поля, где растет отборная пшеница, а подсолнухи такие высокие, что в них могут заблудиться дети. Смотрите, какие у меня подсолнухи. Мне бы следовало начать уборку неделю назад. Теперь я понимаю, почему все тянул. Начну завтра. Однажды, много лет спустя после тех несчастий, которые я вам описал, вы приснились мне, хотя я вас не знал. Вы шли ко мне через эти поля, и я, вздрогнув, весь в поту, проснулся, посмотрел на спящую Мариетту и встал послушать дыхание сына. Сон был тяжелым, и я испугался.

Теперь я рад, что вы смогли увидеть эти подсолнухи. Получив мое письмо в 1917 году, Мариетта продала нашу ферму в Дордони и перебралась с сыном в Берней. Я в течение нескольких дней поджидал ее, сидя на каменной скамье напротив таверны, где остановился, в верхней части площади. Однажды жандармы спросили, кто я такой. Я показал им голову и руку. Они сказали: "Извини, парень. Кругом столько дезертиров". А в одно мартовское утро приехала Мариетта. Автобусом из Турнана. Титу был завернут во что-то шерстяное.

За несколько месяцев до этого, во время страшной осени 1916 года, я написал Мариетте, пользуясь нашим шифром, что буду ее ждать на Восточном вокзале. Я соорудил себе поддельное увольнение. Она поняла и приехала. Но у входа в вокзал было столько проверок, что я даже не пытался пройти. Мы поцеловались через решетку. Ощущая тепло ее тела, я не смог сдержать слез, хотя никогда, даже в детстве, даже после наказаний в воспитательных домах, не плакал. В тот день я дал себе зарок выбраться из этой войны живым.

Я больше никогда не заплачу, мадемуазель. С тех пор как я тащил на себе вашего жениха, меня зовут Бенжаменом Гордом, я управляющий у вдовы Нотр-Дам. И все меня зовут, как я хочу, Бенуа. Титу всеми жилками чувствует, что он мой сын. Я еще подожду. Подожду сколько надо, чтобы эта война стала восприниматься всеми именно так, как надо – ужасной, жестокой и бессмысленной пакостью. Чтобы в ноябре, по случаю дня перемирия, больше не вывешивали флаги перед памятниками погибшим, чтобы все эти несчастные мудаки-фронтовики перестали собираться в своих засранных беретах – кто без руки, кто без ноги, чтобы отметить – что? В сумке капрала, вместе с его военным билетом, удостоверением личности и деньгами, я нашел фотографии пятерых его детей, мальчиков и девочек. И сказал себе – жизнь продолжается, она достаточно сильная штука, чтобы вытащить их на своей спине.

Слышу, возвращается ваш автомобиль. Теперь я уйду и тихо вернусь к себе. Знаю, мне нечего вас опасаться, вы меня не выдадите. Если вам удастся увидеть Василька живым и он забыл то дурное, что было в его жизни, не напоминайте ему об этом. Пусть у вас будут другие воспоминания, как у меня с Мариеттой. Фамилия, скажу вам, ничего не значит. Свою я получил случайно. И также случайно взял себе чужую. Василек, как и Бенуа Нотр-Дам, умер в Угрюмом Бинго однажды в воскресный день. Если где повстречаете Жана Дерошеля, я буду счастливее, чем вы думаете. Напишите тогда. Запомните адрес, принадлежащий только Этому Парню. Я живу близ Бернея, в департаменте Сена и Марна. Я живу на Краю Света".

ГЕНЕРАЛ-ЛЕЙТЕНАНТ БУИНГ В УГРЮМЫЙ ДЕНЬ

В этот последний воскресный вечер августа, вернувшись на улицу Лафонтена и лежа в своей кровати, Матильда обо всем рассказывает отцу и позволяет ему открыть шкатулку из красного дерева. Пока он читает, она спит, и ей снятся кошки, делающие пипи. Кричит Бенедикта.

Утром отец приносит ей телеграмму от Жермена Пира, отправленную из Сента:

Остался с носом, как вы и хотели. Ваше послание получил через брата. Выезжаю в Мелён. Скоро гортензии будут источать аромат в моей комнате.

Через день, во вторник 2 сентября 1924 года в три часа пополудни от маленького человека в белых гетрах приходит новая телеграмма:

Он жив. Не трогайтесь с места, Матти, главное — не трогайтесь с места. Я выезжаю.

Телеграмма отправлена из Милли-ла-Форе в пятидесяти километрах от Парижа.

Матильда сидит в маленькой гостиной в окружении отца, матери, Сильвена и еще кого-то, кого сейчас, когда она пишет эти строки, уже не в силах вспомнить. Может быть, шофера отца Жаку, которого она упорно называет Торопыгой, как и того, что служил у них, когда она была ребенком. Может быть, ни красотки-ни сестры, может быть, какой-то черной тени из ее снов. Телеграмма падает на пол. Сильвен поднимает ее и подает ей. Глаза ее полны слез, она не видит Сильвена, никого не видит и говорит: "Вот черт, какая же я дура".

И сразу оказывается в объятиях своего отца, Матье Доннея. Потом, в своей комнате, она открывает шкатулку из красного дерева, бросает туда телеграмму и закрывает шкатулку, как ей кажется, в последний раз.

Но ошибается. Жизнь продолжается, как сказал Этот Парень, и она достаточно сильная штука, чтобы нести нас на своем горбу.

В июле 1928 года, спустя четыре года, из Канады придет письмо, написанное сплавщиком леса с озера Сен-Жан и в свободные минуты поэтом, в котором рассказывается, как он похоронил в Угрюмом Бинго пятерых солдат.

Пройдет еще двадцать лет, минует другая война, и в сентябре 1948 года Матильда получит еще одну бандероль для шкатулки из красного дерева. В ней окажется предмет, который еле-еле удастся туда затолкнуть. Это подарок от Однорукого из "Красного кабаре".

Мадам!
Я видел пройдоху Пу, и он уговорил меня отправить вам это. Предмет достался мне от одной дамы, он пролежал у нее на чердаке много лет, вполне подходящий экспонат для моего музея. Но я вспомнил нашу первую встречу. Надеюсь, этот кусок дерева обрадует вас.

Ваш Ясинт Депрез

Внизу рукой Селестена Пу, которого она иногда встречает, женившегося, имеющего дочь по имени Матильда, разведенного, по-прежнему переезжающего с места на место, очень старательно приписано:

Мне даже не пришлось стать сиротой.

Предмет, присланный Одноруким, представляет собой деревянную пластину с именем Бинго. Видно, что оно было много раз переписано, и все-таки еле различимо, буквы почти все стерлись, остались лишь УГ и ГО. На другой стороне потускневшими масляными красками нарисована картина, произведение неизвестного автора с той, названной Великой, войны, словно бывают Малые. Как и представляла себе Матильда, на ней изображена фигура британского офицера в профиль, в начищенных до блеска кавалерийских сапогах, в кепке и с зажатой в скрещенных за спиной руках тростью. Это вечер, ибо справа нарисовано заходящее в море солнце. Серая кобыла на первом плане что-то жует. Пальма на берегу слегка оживляет пейзаж. Виден то ли купол церкви, то ли минарет. Внизу очень тонкими, старательно выписанными буквами значится: "Генерал-лейтенант Буинг в Угрюмый день, 1916 год".

Короче, эта написанная в желто-красных и черных тонах картина, очевидно, принадлежит кисти канадского солдата, в частности и потому, что надпись выведена по-французски. Картина пятидесяти сантиметров шириной и с трудом входит в шкатулку.

В этот сентябрьский день 1948 года Матильда берет в публичной библиотеке Оссегора словарь Ларусса.

Джулиан Хейдуорт Джордж Буинг возглавил в 1917 году победоносное наступление под Вими. Это он с колонной танков выиграл в 1918 году решающую битву при Камбре. Он же после войны был генерал-губернатором Канады. Наконец он же возглавлял Скотленд-Ярд до получения звания маршала, после чего ушел на заслуженный отдых.

Разве знал этот окаянный генерал Буинг, думает Матильда, пряча рассказ о его подвигах в шкатулку, что окажется помимо своей воли замешанным в другое странное дело. Теперь она собирает – как и тот, кого звали Язвой, – марки, тщательно раскладывая их по кляссерам. У нее есть блок, выпущенный в 1936 году по случаю открытия в Вими памятника в честь канадцев, павших здесь во время войны. Одна марка красно-коричневая, другая – синяя. Глядя на них, она надеется, что человек, нарисовавший картину, не оказался среди тех, память о ком увековечена двумя устремленными в небо башнями. Увы, таких погибло немало.

Проходит еще несколько лет, и другой французский генерал, тоже получивший звание маршала, в свою очередь получает место в шкатулке из красного дерева. В начале января 1965 года Матильда получает письмо Элен, дочери Элоди Горд, своей подруги. Как и ее братья и сестры, так и Батистен Нотр-Дам и обе дочери Си-Су тоже стали близкими ей людьми. Элен преподает в лицее. Она пересылает Матильде ксерокс страницы семьдесят девять из книги, выпущенной прошлой осенью издательством "Плон" под названием "Секретные дневники Великой войны" маршала Файоля. Последний параграф его записей от 25 января 1915 года гласит:

"Совещание в Обиньи. Из сорока самострельщиков соседней части Петен хочет расстрелять двадцать пять. Сегодня он отступает и отдает приказ связать их и выбросить через накат перед ближайшей вражеской траншеей. Они проведут там ночь. Он ничего не сказал, дадут ли им умереть от голода. Какой характер, какая энергия! Где кончается характер и начинается жестокость и дикость?"

В оценке этого дня Матильда предпочитает трех шутников, здорово ей досаждавших в "Красном ка-

баре". Тем хуже, если, не испытывая симпатии к военной форме и превознося Мари-Эмиля Файоля, она противоречит сама себе. Ведь всегда существуют исключения, подтверждающие правило.

Жермен Пир
(остальное вычеркнуто).
Вторник, 2 сентября 1924 года. Ночь.

Моя дорогая Матти!
Это письмо я отправлю на рассвете. То, о чем я должен вам сказать, – не телефонный разговор. К тому же мне хочется, чтобы вы все обдумали. Это самая печальная история из всех, с которыми мне пришлось столкнуться за всю мою практику. А мне уже шестьдесят лет, я до сих пор ношу траур по горячо любимому младшему брату Шарлю. Его смерть в 1922 году, когда вы меня видели таким убитым, была для меня страшным ударом. Я больше не стыжусь слез и не удивляюсь тем безумствам, на которые может подвигнуть несчастная любовь.

Итак, я вернулся из Милли-ла-Форе. Я видел вашего жениха Манеша, которого теперь зовут Жан Дерошель, и женщину, живущую в постоянном страхе встретить вас, Жюльетту, называющую себя его матерью. Амнезия полностью вычеркнула у него из памяти все, что было до снежного утра, когда его товарищ, чье существование примиряет меня с мне подобными, нес его на своей спине. Манешу даже пришлось учиться говорить. Психиатры, наблюдавшие его с 1917 года, не слишком обнадеживают, но кому, как не им, знать, что эта болезнь протекает очень индивидуально – сколько людей, столько и амнезий, так что можно ли вынести окончательный диагноз? Жюльетте Дерошель, владевшей в Сенте книжным магазином, пришлось покинуть город, потому что там бы ее быстро разоблачили. В 1918 году они обосновались в Нуази-сюр-Эколь, у ворот Милли-ла-Форе. Насколько можно судить, Манеш вполне здоров, по документам ему двадцать девять лет, но мы знаем, что на самом деле – двадцать шесть, это высокий худощавый брюнет. Как и всех, кто с ним сталкивается, меня не оставляют в покое его серо-голубые глаза. Красивые, внимательные и порой даже веселые, они поражают тем, что из глубины зрачков как бы выглядывает взывающая о помощи разбитая, обнаженная душа.

В основе несчастной и в чем-то безумной истории Жюльетты Дерошель лежит неумолимая логика бытия. Познакомившись с ней поближе, понимаешь, что иначе поступить она просто не могла. Она родила сына, когда ей было почти сорок лет. Во время беременности умер от сердечного приступа ее муж. Это случилось прямо в магазине. Причиной приступа был скандал: тираж романа, проданного ему одним издателем, оказался напечатан без имени героини, которое каким-то мистическим образом исчезло. Название романа она не помнит. Можно предположить, что это "Красное и черное", а фамилия героини – де Ла Моль. Ведь Дьявол вездесущ, сумел же он уничтожить моего брата.

Таким образом, вдова одна воспитывает умного, мягкого, послушного сына. Сама она наделена сильным и властным характером. Мальчик хорошо учится, в семнадцать лет становится бакалавром, помогает ей в книжном магазине. А через три года война отнимает у нее сына. В увольнении он был всего один раз, в 1916 году. Больше ей не суждено его увидеть.

В конце января 1917 года, после того как она уже много недель не получала от него вестей и обошла тьму учреждений, где никто ничего не знает, судьба сталкивает ее с одним жителем Тура. Не доехав до дома, тот сворачивает в Сент и сообщает ей страшное известие. Это капрал Юрбен Шардоло. Он прижимал к груди мертвого Жана Дерошеля перед траншеей на Сомме. Вместе с другими личными вещами капрал вручает матери последнее письмо сына, написанное перед боем, в котором он погиб. В этом письме Жан пишет о своем отвращении к войне. Но в нем нет того, о чем Юрбен Шардоло не может не рассказать несчастной матери, – о пятерых солдатах-самострельщиках, которых со связанными руками выбросили перед вражеской траншеей. Капрал провел с ней весь день, боясь оставить одну наедине с ее горем. А она все плачет, расспрашивает и опять плачет. В конце концов капрал рассказывает ей, что самый молодой из осужденных, поменявшись с Жаном Дерошелем личными бляхами, присвоил его имя и фамилию, но об этом никто не знает, он никому не рассказывал, ибо испытывал горечь и отвращение, а теперь уже она говорит: "Раз нельзя вернуть моего Жанно, пусть его смерть спасет жизнь другому".

Вам легко догадаться, дитя мое, что произошло в апреле, когда Жюльетта Дерошель была вызвана в шатоденский военный госпиталь для опознания сына. И все-таки расскажу все до конца – медсестра отвела ее в большой зал, где лежали раненые, разделенные белыми ширмами, и оставила на стуле рядом с постелью, на которой спал другой Жан, а не ее сын. Прежде чем он проснулся, открыл глаза, улыбнулся ей и спросил ее, кто она, прошел долгий час. За это время она успела его разглядеть, полюбить и даже почувствовать смысл жизни. Поэтому ей ничего не оставалось, как погладить его по щеке и сказать: "Твоя мама".

Естественно, Матти, вас может возмутить такой поступок, ведь он лишил всякой надежды другую мать, умершую от горя, и толкнул в озеро Оссегор отца. Но подумайте как следует. Объясняя то, что выше их понимания, наши правители любят повторять: "Таково положение вещей". Попробую вам кое-что объяснить. Если вы станете настаивать на своих правах, то, в лучшем случае, всполошите семьи и правосудие. Манеш, который сейчас счастлив, доверчив и за семь лет успел привязаться к этой женщине, проведет остаток дней в сумасшедшем доме, а Жюльетта Дерошель умрет с горя, чего отнюдь не заслуживает, даже если принять во внимание ее ложь и эгоизм. Она всецело посвятила ему свою жизнь, все распродала, бросила Сент, родных, друзей, с которыми боится видеться из страха разоблачения. Теперь она живет около Милли-ла-Форе в домике с садом, куда я вас отвезу после того, как вы прочтете это письмо. Подумайте как следует, Матти. Я знаю вашу непримиримость. Пусть пройдет несколько дней, пусть ослабнет удар и уляжется ваша злость. Жизнь сама залечит ваши раны. Ваше обручение так затянулось, пусть продлится еще немного.

Прилагаю несколько строк, написанных самой Жюльеттой Дерошель. Вы узнаете ее почерк. Да, это она, прочитав ваше объявление в газете, куда был завернут купленный ею салат, написала вам анонимное письмо в наивной надежде обескуражить, а для того, чтобы еще больше запутать, отправила письмо из Мелёна.

Я знаю, Матти, что никто и ничто не остановит вас, пока вы живы. И все-таки. Не убедит ли вас следующая прекрасная и волнующая подробность. В 1918 году в Комбо-ле-Бен, где Манеш находился на излечении и куда к нему приехала Жюльетта Дерошель, поселившаяся в семейном пансионе, чтобы быть к нему поближе, Манеш увлекся живописью. Я видел его картины в домике, куда готов отвезти вас хоть сегодня вечером. Это абсолютная абстракция, настоящее буйство красок, истинное чудо. Краски словно кричат обо всем на свете, ужасном и возвышенном, подобно ноябрьскому морю во время прилива, словно притаившемуся в глубине его глаз.

Вот увидите. Вам предстоит встреча с сильным соперником, Матти. Я же остаюсь, как вы знаете, вашим самым верным и любящим поклонником.

Подумайте как следует. До встречи.

Жермен Пир

Записка Жюльетты Дерошель написана тем же почерком, на такой же розоватой бумаге, как прежнее письмо из Мелёна. Ее получения оказалось достаточно, чтобы снова почувствовать соленый вкус слез.

Не отнимайте его у меня, умоляю вас, не отнимайте. Мы умрем оба.

В полдень, когда Матье Донней приезжает домой обедать, она дает ему письмо Жермена Пира и записку Жюльетты. Прочитав, он произносит те же слова, что и Язва когда-то в траншее: "Окаянная жизнь".

Она спрашивает, не станет ли он возражать, если в силу сложившихся обстоятельств она захочет переехать поближе к Милли-ла-Форе. Надо будет снять или купить дом и пригласить кого-нибудь с покладистым характером, кто бы стал за ней ухаживать. Ведь Сильвену придется остаться в Оссегоре, было бы жестоко разлучать Бенедикту с таким красивым мужчиной.

Как она и ожидала, отец говорит, что знает ее лучше других, во всяком случае сердцем, и что уж если она что-то задумала, то всем, кто с ней не согласен, придется смириться.

Во второй половине дня состоится то, что Матильда потом назовет экспедицией в Милли. Природа, небо, солнце благоволят ей. Как истинная женщина, она постаралась выглядеть как можно привлекательнее: оделась в белое, чтобы казаться свежее, наложила чуточку помады на губы, брови у нее и так хороши, зубы блестят, только никакой туши для удлинения ресниц, ей ведь известно, к чему это приводит, если сдадут нервы. Она едет в "делаже" с Сильвеном и своим "самокатом", который занимает слишком много места. Папа с Жерменом Пиром и Торопыгой за рулем следуют за ними в другой машине, марку которой она уже не помнит.

На площади Милли-ла-Форе со времен Жанны д'Арк или ее бабушки стоит большой крытый рынок. Она просит Сильвена притормозить. А отцу, который подходит к ней, говорит, что хочет поехать в дом Дерошелей одна, что на площади есть прекрасная таверна, пусть ей с Сильвеном снимут там комнату, а на другой стороне площади видна вывеска торговца недвижимостью, можно выиграть время, если отправиться туда немедленно. Она крепко жмет руку отца. Тот говорит: "Будь благоразумна", как прежде, когда она была маленькая.

Дом Жюльетты Дерошель стоит под деревьями на холме совсем рядом, он построен из серого камня и покрыт плоской черепичной крышей, с маленьким садиком перед домом и большим сзади. Вокруг много цветов.

Уже в доме, сидя на своем "самокате", когда покончено с мольбами, слезами и другими глупостями, Матильда просит Жюльетту Дерошель, свою будущую свекровь, отвезти ее в сад за домом, где Манеш пишет картины, и на некоторое время оставить их одних. Его предупредили о ее визите, сказав, что приехала девушка, которую он очень любил. Он спросил ее имя и нашел его очень красивым.

Когда Жюльетта и Сильвен покидают ее, Матильда оказывается в двадцати шагах от Манеша. У него вьющиеся черные волосы. Ей кажется, что он стал выше ростом. Сейчас он стоит перед мольбертом. Как хорошо, что она отказалась от туши.

Ей трудно приблизиться к нему, потому что дорожка посыпана гравием. Обернувшись, он видит ее, кладет кисть и направляется к ней сам, и чем он ближе, тем больше она радуется, что не воспользовалась тушью, ей не хочется плакать, но это сильнее ее, и в какой-то момент все затягивается пеленой слез. Успев их вытереть, она видит, что он остановился в двух шагах. Если протянуть руку и он подойдет ближе, можно будет прикоснуться к нему. Он все тот же, только исхудал и стал красивее, а глаза именно такие, какими их описал Жермен Пир, – бледно-голубые, почти серые, спокойные и нежные, и кажется, будто в глубине что-то бьется, детская разбитая душа.

И голос у него все тот же. А первая произнесенная фраза буквально сражает ее наповал. Он спрашивает: "Ты не можешь ходить?"

Движением головы она говорит – да.

Он вздыхает и возвращается к своей живописи. Подталкивая колеса, она приближается к мольберту.

Он опять оборачивается к ней и улыбается. Потом говорит: "Хочешь посмотреть?"

Движением головы она отвечает – да.

Он кивает: "Я покажу тебе потом, не сейчас. Я еще не закончил".

В ожидании она только крепче прижимается к спинке своего "самоката", сжимает руки на коленях и смотрит на него.

Да, она смотрит на него, она смотрит на него, жизнь ведь продолжается, жизнь и не такое может вынести на своем горбу.

Она смотрит на него.

В ПОНЕДЕЛЬНИК УТРОМ

Ньюфаундлендские солдаты прибыли на ничью землю перед траншеей Человека из Буинга часам к десяти, когда слабые солнечные лучи все же пробились сквозь оболочку облаков и на время смолкли пушки.

Пока по дороге они месили грязь, шел снег. Их шинели промокли, им было холодно и трудно идти по снегу, каждый из них в дымке собственного дыхания тащил заботы, страхи и воспоминания о близких, которых, возможно, никогда больше не увидит.

Их было десять вместе с сержантом, хорошим парнем, сплавщиком леса на еще более молчаливых ледяных просторах, где он сражался только с медведями и волками.

Пока первая тройка спускалась в разбитую бомбами французскую траншею, трое других отправились на разведку в немецкую. Оставшиеся обследовали местность между траншеями и в разных местах обнаружили тела пятерых французских солдат.

Первый из них в воронке застыл на коленях с открытыми глазами, снег облепил его и превратил в каменную статую. Другой, очень молодой, с неповрежденной рукой, был единственным, у кого сохранился номер полка на воротнике и знаки отличия. Он лежал, раскинувшись, с развороченной осколком снаряда грудью и выражением наконец-то обретенной свободы на лице.

Сержант всегда возмущался, когда сталкивался с варварством противника, раздевавшего убитых, чтобы прихватить домой предметы, которыми можно было бы похвалиться перед своими фройляйн. Он сказал солдатам, что всякий умерший с башмаком на ноге имеет право на достойное погребение, что, конечно, трудно похоронить всех оставшихся лежать на поле боя, но этих – да, они обязаны похоронить, к ним взывает стоящий на коленях, и что, если они этого не сделают, им это выйдет боком.

И ньюфаундлендцы в тот холодный, как многие другие, день на войне взяли на себя этот труд. Командиром их был Ришар Бонавантюр, чем-то похожий на того, кого он только что пожалел, и которому на Дальнем Севере случалось охотиться с эскимосами.

Они сложили трупы в воронку от снаряда, прочитали имена на личных бляхах, и сержант занес их в свою записную книжку.

Затем они отыскали во вражеской траншее прочный брезент, накрыли им убитых и быстро закопали, потому что на западе и востоке возобновилась канонада, напоминавшая барабанную дробь и призывавшая их на войну.

Перед тем как уйти, Ришар Бонавантюр попросил одного из своих людей освободить красную железную коробку из-под табака, вложил туда записку, адресованную тем, кто обнаружит могилу, и на три четверти врыл коробку в землю. На вырванном из тетради листке он написал карандашом:

> *Пять французских солдат*
> *Здесь спокойно лежат,*
> *Ладно, хоть обуты,*
> *Ветер гнал их туда,*

впиши название места ....

> *Где погибают розы*

впиши дату   ....

> *От сильного мороза.*

Оссегор, 1989 – Нуази-сюр-Эколь, 1991

Содержание

В субботу вечером 7

Угрюмый Бинго 24

Соломенная вдова 52

Славные былые деньки 78

Мелочевка королевы Виктории 98

Шкатулка из красного дерева 117

Жена взаймы 137

Мимозы Оссегора 164

Гроза армий 195

Траншея напротив 216

Влюбленные из Бель де Мэ 229

Подсолнухи на Краю Света 244

Генерал-лейтенант Буинг в Угрюмый день 267

В понедельник утром 278

Себастьян Жапризо

ДОЛГАЯ ПОМОЛВКА

Редактор А. Мирзаев. Художественный редактор А. Веселов. Корректор Е. Дружинина. Верстка О. Леоновой.

Лицензия ИД 05808 от 10.09.01. Общероссийский классификатор продукции ОК-005-93, том 2; 953900 – художественная литература.
Подписано в печать 16.11.04. Формат 76 x 92$^1/_{32}$. Гарнитура Баскервиль. Бумага офсетная. Печать офсетная. Усл. печ. л. 9. Тираж 10 000 экз. Заказ 1258.

ООО "Издательство "Лимбус Пресс". 190005, Санкт-Петербург, Измайловский пр., 14. Тел. 112-6706. Отдел маркетинга: тел. 340-09-63, факс 112-67-06. Тел./факс в Москве: (095) 291-9605.

Отпечатано с готовых диапозитивов в ООО "Типография Правда 1906". 195299, Санкт-Петербург, ул. Киришская, 2.

Издательство
"Лимбус Пресс"
предлагает издания серии "Инстанция вкуса":

Олег Давыдов
ДЕМОН СОЧИНИТЕЛЬСТВА

Александр Секацкий
СИЛА ВЗРЫВНОЙ ВОЛНЫ

Елена Шварц
ВИДИМАЯ СТОРОНА ЖИЗНИ

Виктор Топоров
ПОХОРОНЫ ГУЛЛИВЕРА В СТРАНЕ ЛИЛИПУТОВ

Татьяна Москвина
ПОХВАЛА ПЛОХОМУ ШОКОЛАДУ

Дмитрий Быков
БЛУД ТРУДА

Никита Елисеев
ПРЕДОСТЕРЕЖЕНИЕ ПИШУЩИМ

Телефоны отдела маркетинга:
в Санкт-Петербурге
(812) 112-67-06, 340-09-63
в Москве
(095) 291-96-05